HAPPY VALLEY

欢乐谷

〔澳〕帕特里克·怀特◎著

余 莉◎译

重庆出版集团 重庆出版社

HAPPY VALLEY by Patrick White
Simplified Chinese translation copyright © 2016 by Chongqing Green Culture Co.,Ltd.
Published by arrangement with The Text Publishing Company Pty Ltd.
through Bardon-Chinese Media Agency
ALL RIGHTS RESERVED
版贸核渝字(2013)第260号

图书在版编目(CIP)数据

欢乐谷/(澳)怀特(White,P.)著;余莉译.—重庆:重庆出版社,2016.7
书名原文:Happy Valley
ISBN 978-7-229-10997-4

Ⅰ.①欢… Ⅱ.①怀… ②余… Ⅲ.①长篇小说—澳大利亚—现代 Ⅳ.①I611.45

中国版本图书馆CIP数据核字(2016)第029331号

欢乐谷
HUANLEGU

〔澳〕帕特里克·怀特 著 余 莉 译

责任编辑:肖化化
责任校对:朱彦谚
装帧设计:尚書堂·叫獸 BOOK DESIGN

重庆出版集团
重庆出版社 出版

重庆市南岸区南滨路162号1幢 邮政编码:400061 http://www.cqph.com
重庆出版集团艺术设计有限公司制版
重庆升光电力印务有限公司印刷
重庆出版集团图书发行有限公司发行
邮购电话:023-61520646
全国新华书店经销

开本:710mm×1000mm 1/16 印张:16.5 字数:230千
2016年7月第1版 2016年7月第1次印刷
ISBN 978-7-229-10997-4
定价:38.00元

如有印装质量问题,请向本集团图书发行有限公司调换:023-61520678

版权所有 侵权必究

导 读

《欢乐谷》是帕特里克·怀特的第一部小说，它讲述了一个引人入胜的故事，是一位伟大作家在成长过程中的惊人之作。人人都知道这个植根于现实的故事，战争结束后，帕特里克在马诺利·拉斯卡里斯(Manoly Lascaris)身上发现自己对生活的热爱后，开始提笔写作。他的第一部杰作《姨母的故事》(The Aunt's Story)也于1946年带回了澳大利亚。他对这个国家的爱恨情仇为他的伟大著作提供了永恒的材料，无论如何也无法将他与那遭受苦难的、熟悉的家园分离。

《欢乐谷》是文化民族主义者所期望的一部具有自我意识的澳大利亚文学作品，而且该作品于1939年在伦敦出版后，获得1941年澳大利亚文学社金奖，并非没有原因。当年，后来的澳大利亚"民族文化自卑感"综合征的提出者A. A. 菲利普斯就是评委之一。

事实上，《欢乐谷》是一部展现澳大利亚生活的全景式小说，它反映了怀特在莫纳罗(Monaro)实习的亲身经历。与此同时，以乡村小镇为背景，并将兴趣点平均分散到一群人物角色上，为小说增添了几分独特与新颖。

写《姨母的故事》时，怀特是全然成熟的，尽管从某种程度上说，那出表现梦想、疯狂和老处女般孤独的戏码，是怀特作品的标志性特点。然而很显然，从20世纪40年代中期的《姨母的故事》到1979年的《特莱庞的爱情》(The Twyborn Affair)，怀特所写的每一篇故事，都不断透露出成熟与自信，以及——这既是一种赠予，也是一种特征——浑然天成的戏剧性。在《姨母的故事》那些错乱不堪的章节中，你无需清楚地知道自己读到哪个部分，就算知道了，也不过是发现自己被一位伟大的作家玩弄于股掌之间而已（这可不代表怀特的

事业生涯也不平稳）。

话说回来，作为一部未经润饰的作品，这并未影响《欢乐谷》成为一部引人入胜的小说。它让读者产生悸动，以纯叙述的手法向读者展现故事的内容，这是澳大利亚十分古老的小说写作形式的特点之一。这样——加之本书一开始就禁止再版发行这样一个事实——戏弄了那些自认为熟悉（不值得重温的）早期作品的人们，就像它如此真真切切地戏弄了我一样。几乎没有人读过《欢乐谷》，即便读过，也很可能是受到后来作品的影响。

《欢乐谷》实际上是帕特里克·怀特那未被发现的国度，这是一本了不起的书。书中展现出年轻的怀特摆弄时代主流游刃有余，他会因其形式主义的"狂中取乐"而尴尬，也会因笨手笨脚地去拘泥字句而感到害怕，而前者更甚。

他承认"格特鲁德·斯坦因对他的影响很深"，在全世界作家中，格特鲁德是最不可能在一本描写澳大利亚田园与小镇生活的小说背景中发生的。他还认为自己"陶醉在写作的手法中"，他说自己"已经走到了意识流的死胡同里"。

实际上，在格特鲁德·斯坦因的影响下，他似乎开始了装饰性的模仿，有节奏的重复和笔致细腻的措辞有时会让他的句子显得繁冗或是过度粉饰，而另一方面，也就是所谓的意识流，实际上是对詹姆斯·乔伊斯（James Joyce）的风格进行了灵活而令人印象深刻的改编。

《欢乐谷》里的对话省去了引号，凭借寥寥数句嵌入式的独白，将灵活切换观点的手法运用得得心应手，却营造出缓慢而模糊的特殊效果。

看着像怀特这样富于戏剧性的小说家如此痴迷于乔伊斯，着实令人好奇。然而，不管怎样，结果是其严谨与深奥不及福克纳的作品，这是很明显的特点。

每一个不了解《欢乐谷》的人，读完之后都会得出这样的结论：27岁的帕特里克·怀特的作品中，体现出了他的那些已为人所知的文学前辈们的手法——弗吉尼亚·伍尔芙（Virginia Woof）的受虐幻想和多斯·帕索斯（Dos Passos）那渴望社群主义的、飘忽不定而又过目不忘的眼睛——可更让他们惊叹的是，在世

界上最可进步和最能附庸风雅的冲动面前,他在自己的画布上指挥若定的信心。

《欢乐谷》的铭文选自甘地("苦难越纯粹,过程越伟大"),怀特在一些"普通"人的心中呈现出灵魂的暗夜。

大卫·玛尔(David Marr)说,《欢乐谷》是怀特最好的小说。尽管这有些言过其实,可它也确是一部苦心经营的著作。医生哈里迪游离在一段枯燥的婚姻中,后来爱上了钢琴老师艾丽斯。而艾丽斯反过来又是玛格丽特·光达的救赎天使,那个生长在澳籍中国家庭里的忧郁的孩子,无暇顾及她醉酒的父亲和牢骚不断的白人母亲,却与她那内敛而富有同情心的姑姑艾米亲近。玛格丽特是医生的儿子罗德里喜欢的类型,尽管她比他大几岁。书中,在一个戏剧性的时刻,玛格丽特迷上了那个身患哮喘的、病怏怏的校长莫里亚蒂,而莫里亚蒂有一个随遇而安的妻子,名叫维克,她又与那个风流的监工克莱姆·哈根有一腿。这个人物形象沉默寡言,却与怀特后期小说中那些寡言少语的男性形象相差甚远,他不介意与维克在干草堆里打滚,却也乐意把手伸向农场主的女儿西德妮·弗尔诺,而她也被他迷住,并将他视为玩物。

《欢乐谷》形成了一个"准乔伊斯式"的套路,所有的声音在赛马场上相互缠绕,然后——正当我们开始以为这样的场面太过精心和丰富时——凶手出现了,这是一场虐杀,是一次暴行,这是一次极端的死亡,怀疑的阴影悬停在其中一位主人公的头上。然后,这件事就有了解决的办法,它虽惊险而诡异,但却十分符合贯穿整个小说高潮迭起的情景剧和对照法风格。(像他之前的福克纳一样)怀特给人的印象是一位颇具文化修养的作家,他以更加活跃而平民化的构想演绎出一支双人舞。

曲终人散的时候,小说用一个极为挽歌式的收场来回报那些悲哀而不绝望的年轻面庞。这是一种重获新生的专一,是一种分离,它暗示了一个不那么虚妄的未来。

《欢乐谷》是一部耀眼的处女作,小说中,帕特里克·怀特借着其试验性的冲动狂妄了一把，同时展现出了鸿鹄之志，立意写就一部伟大的乡村生活的长篇小说。

小说最后以叙述为主，然而，为了对抗这样一位作家的眼泪和愤怒，后现代派手法的装饰性已经展现得淋漓尽致：他想要创造一种背景，使其能与他想象力所及的最为荒蛮的戏剧相称。

在结局中挑毛病是非常容易的。年轻男孩的成长故事更具有发展性。我们想要更加了解他那差点错过的中国灵魂伴侣。所有的女人都太过相似——似乎对于那个小说家来说，性别在某种程度上只是一种猜测（而牧场主的妖妇就是一场梦遗）。情景剧的要素具有一种巨大的力量，而它们本该被更加全面而谨慎地连贯起来。

然而……《欢乐谷》是一本多么充满激情的、泛着希望之光的小说。

通过本书可以看出，作为一名探索者，帕特里克·怀特从一开始就走到了十字路口。在《欢乐谷》里，怀特引用了背景中那高耸的阴影，引用了劳伦斯对男人的性别优越感和迭起的段落，就像引用乔伊斯的音乐感和华丽的辞藻一样。可是，接下来，怀特用自己的方式创作了一本充满前兆和戏剧性事件，并将精神探索与尖利的色性相结合的图书。

按照帕特里克·怀特的水准，这并不是一本重要的书，可确是一张赤裸裸的名片，如果不是太晚出现在20世纪30年代，或许它早已引起了世界的注意。怀特作为一名初出茅庐的小说家，经验不足，充满惊奇，全心想要创造一个曾属于澳大利亚的美好世界。

1

雪已经停了。一网云洒在淡蓝的天空,下过雪后,偶尔就会出现这样的景象。天气清冷,一只鹰懒懒地靠着漂移的云朵,定是在莫名沉思。但这不是重点。其实,它不过是一种模糊的地理意象。它只是在对的时间出现在了对的地点,也就是早上九点整,出现在穆林以南二十英里外的地方。那里,铁路线如银子一般,在烟雾中一点点铺展开来,朝向悉尼的方向,一会儿又铺进南边的一堆烟雾中。清早的穆林,一片雾银。那里不见雪,只有冰霜,冰霜发出钝刀一般的光泽,其上飘着早班火车开过时留下的缕缕白烟。而在南方,沿着鹰的轨迹,从山谷到山上,白茫茫的一片。更高处,欢乐谷的街道上,雪已半融,路面呈灰白色,而屋顶上的雪却白得纯粹。再往上,山间的康巴拉几乎已经湮没在雪堆之中。

欢乐谷差不多是从穆林延伸至康巴拉,据说,那里以前还盛产黄金,连它的名字都是淘金者所取,他们在穆林下了火车,然后带着少数装备满怀希望地往外走。他们把这个地方叫作欢乐谷,一部分原因是因为喜欢这里,但大多数时候都带有讽刺之意。然而,准确说来,康巴拉的金子被采掘完以后,欢乐谷这个名称(比起山谷来)就更加适用于这个小镇。那只鹰就在镇上灰白的街道上空缓缓滑行。街道上的活动并不多。这有着灰白融雪的世界,一片沉寂,并不给人好感。然而,这些我们都无福消受,更别说几乎已经被藏匿在雪中的康巴拉了。

平日里,你若仔细看,便会发现六七户人家,里面住的都是再平凡不过的家庭。康巴拉的人中,有的一半是中国血统,他们沉默而勤劳,可是,也许在陌生人看来，他们有些不怀善意。然而，康巴拉很少出现犯罪行为，但那里仍有一栋灰色建筑，作为当地的监狱。对于该建筑的规模无需细说，只要知道，建筑师在建造它时，心中无法忘怀那一段岁月：当年，镇子里有九个酒吧，山腰上搭起了成群的帐篷，还有英国人、法国人和德国人来此淘金。可如今，它是那么安详。夏日时分，巡逻的警察就在监狱的阳台上坐着，歪身靠在椅子上，与苍蝇较劲。我还要说一遍，这里很少出现犯罪行为，只是有一回，他们曾经当着酒馆老板的面，放火烧他的妻子。还有一次，一名从墨累河方向来的牲畜贩子突然发了疯，将一位路人钉死在一棵枯树上。尸体是老哈里·葛罗根（Harry Grogan）发现的。他说，就像一个稻草人，只是，它不能把鸟吓走。周围到处都是乌鸦，它们站在上面，用鸟喙不断地啄着。

如今，监狱被白雪覆盖着，巡逻的警察也在里面，他正写着无关紧要的报告，之后还要将报告送去穆林。监狱如同一个醒目的白色土堆，相比之下，房子就是一些小土堆。这白雪之下，遍布着冬眠的气息，连生活也放慢了脚步。再往下，冬日里，康巴拉的人们从雪中踏出小径——甚至可说是地道，相互串门。只能看到烟囱里冒出一道稀稀落落的烟雾，或是檐角小心翼翼地翘出雪外。

酒吧老板的妻子正在旅馆中分娩，那是他们的第一个孩子。她是个健壮如牛的女人，平躺在那里，只见那天生的红脸蛋如今变得灰扑扑的。她时而翻来覆去，时而一动不动地躺着。一开始，她默默地告诉自己，那是在生孩子，直到疼痛加剧，她已经不知道自己在做什么，只是一味地使劲，使劲，用尽了全身力气，像是要把自己撕裂开来。医生将手放在她身上，她闭上了眼睛。一开始，她讨厌医生，不要他碰自己，可是后来，她痛到什么也顾不上了。一年前，她与丈夫一起，从蒂墨特（Tumut）来到这里。人人都说他们疯了。如今她开始恍惚，甚至分不清痛、康巴拉和雪，大雪遮住了窗户，只能从窗户顶部看到外面的世界。她的眼睛睁了又闭，还一边呻吟着。医生在旁边看着她。

屋子里还有另外两个女人：一个沉默寡言，有着一半中国血统，左眼还有

些斜视;另外一个,几缕稀疏而油腻的头发呈一定弧度搭在额头上。她们是过来帮忙的。那个头发稀疏的女人就是斯蒂尔太太,凡有生孩子或是死人之事,她都会来帮忙。她曾帮助接生过很多孩子。她的身体比邻里许多女人都好。此刻,她站在床边,以过来人的经验看着医生,她很讨厌他出现在这里,因为,一方面,她自己也有经验(她自己也能接生,只有酒吧老板乔克先生才会请医生到欢乐谷),除此之外,他又不是老里尔顿医生,她才不会帮哈里迪医生处理这事儿哩,里尔顿早在一年前就离开这一片区了。她和里尔顿医生有一腿。他们相互爱慕。尽管哈里迪医生非常有礼貌地叫她当心,他可是个绅士,可是,她反而更加不屑。她不认为那是绅士该有的品质。

哈里迪医生站在床尾,看着病人,背对着斯蒂尔太太。

他头也不回地说,"斯蒂尔太太,你可以把灯灭了。"

斯蒂尔太太像柱子一样站在那里。于是,那个中国女人默默地爬到椅子上,捻了灯芯,随后,灯光熄灭了,一缕白烟穿过窗户缭绕而上。

医生看了看表。已经九点了。天还没有黑他就到了这里,可是,现在天又亮了。他的眼眶又干又紧,似乎再也不会合上,就定在那儿,像是被黏住一样。他站得小腿都开始疼了。他在那儿待了多久?他不会去数,也没有心思来数。不过,可真是烦人,她的呻吟声令人心烦,她那浅色的头发一直贴到脸后。这时,有人在做熏肉和鸡蛋。他能闻到肥肉的味道,闻到熄灭的灯芯发出的味道,还有小煤油炉的味道,那个中国女人正在煤油炉旁边烤火。这木屋之外,大雪堆积如山,连屋里也冷得可怕。在这样的温度之下,小火炉也起不了作用。他打了个寒战,然后伸手给病人把脉。

她睁开眼,茫然地看着他。

"很快就过去了,"他说。

他觉得自己好像在给一头牛分娩。她的呻吟声也如牛叫一般。还有那茫茫然的眼神,和牛没什么两样。或许,他是冷酷的,有人说那是专业,可也许,只是冷酷而已。和第一次不同,那是一个住在悉尼廉租公寓里的女人,她家在

003

萨里山①下。她尖叫着,或者说那声音听起来像尖叫,嘴里喊着一些非常私人的且与他有关的话,于是他的身体也随着叫声紧张起来,汗流浃背,胎盘也让他感到恶心。他离开屋子后,在威廉大街(William Street)上了电车,这时,仿佛还能听到尖叫声。那声音已经在他的脑海凝结,而且一遍又一遍地回旋。他在街尾下了车,不得不找间酒馆喝上一杯。

"可怜的人儿这下遭罪咯,"斯蒂尔太太的话从身后传来。

她的确正在遭罪。不过,她很强壮,壮得像头牛。很快就会过去了。

确实很快就过去了。孩子生下来就是死婴。他抱起那全身通红、一动不动的东西,递给斯蒂尔太太,而她则把毛巾叠好,放在手心,准备接过孩子。斯蒂尔太太吸着牙齿。她这一吸,让人觉得,好像生下死婴是哈里迪医生的错,而要是让她自己来,没准会好一些。那躺在床上的可怜人儿,真是可怕,圣母玛利亚啊,她要遭受何等的痛苦。她把孩子抱了出去,一路还吸着牙齿。

"可是她错了,"他毫不怜悯地重复着。他不能动恻隐之心。接着,他开始收拾工具,这时,那个中国女人在床边晃来晃去,她一言不发,好像根本不存在似的。他要去洗手。中国女人才说,厨房里有一个水盆。洗完手后,他就去收拾他的包,那是一个浅黑色皮质的便携包,边上印着他名字的首字母,O·H,那是他在悉尼取得学位时印上去的,他还纠正商店里那个人说,不是A而是H,是HALLIDAY。拥有一个印着自己名字首字母的包,自然很气派。这能让你觉得自己很重要。它说明你不再是一名医科学生,而是一名医生了。那个躺在萨里山公寓里尖叫的女人,不过是人生中的一幕。而人生正是由这一阵又一阵颤悸、一幕又一幕场景组成。正如他(十九岁时)在某书上读到的,照理说,生命本该细水长流,而他一定要为它做些什么,把它编成一个简易的公式,或是让它优美地流淌。一切都将是美好的。接下来,又变成颤悸。而一切又都错了。他打了个呵欠。或许乔克会为他准备好熏肉和鸡蛋。

斯蒂尔太太就在屋子后面。她出去那一会儿,似乎又一次感到无可奈何,

---

① 萨里山:Surry Hills,位于悉尼拜赛。

只见她站在那里,双臂合拢,开始吟诵,她的声音低沉而单调。

她说,发生这样的事,真是好笑。我的第一个孩子也是那样。那是个女孩,除了她以外,其他孩子都好好的。而且,我的孩子们都是好样的。小汤姆刚在蒂墨特的邮局找了一份工作。他很孝顺母亲,还给我送钱来。汤姆说,我不应该待在这里。康巴拉不适合上了年纪的人居住。他还说,夏天到来时,我就应该住到蒂墨特去。

她不停地说着,可哈里迪医生并没有听她说。他要准备去欢乐谷了。他要赶着去那里吃午餐,于是把酒吧老板的妻子留给斯蒂尔太太照顾。她很快就会好了,因为她壮得就像一头母牛。只可惜孩子夭折了。接着,他绕过老妇人,朝过道走去,而她则悠闲地站着,一如欧里庇德斯①笔下的合唱团。酒吧老板就在过道里,他坐在一把冷杉木椅上,抽着烟。

他说,"乔克纳,很抱歉。我们已经尽力了。事情变成这样,我很抱歉。"

于是,酒吧老板站起来往前走,他身体微倾,看样子有些紧张。一切都结束了,他也松了一口气。然而,他走路的动作不大,因为他还没来得及去想孩子的事。他想的只有妻子一人。他只是在脑后依稀想着,孩子还能再有。虽然这种想法时而也会蔓延到脑前,可是他又想,生孩子也没什么不好,毕竟,这样一来,酒吧可以多个帮手,好让丽塔有机会躺一躺。因此,当他紧张而又小心地朝医生走来时,那胖乎乎的脸上还带着抚慰的笑容。

"希望下次好运,是吧,医生?"他说。

然后,他笑了,那喘息且半凝噎的笑声毫不悦耳。哈里迪非常不高兴。他不去助长乔克纳的自我宽慰,只是问自己可否先去洗手。厨房的洗涤盆里有黄色的肥皂。乔克纳左右徘徊着,一边说话一边咳嗽。他身材高大,总是穿着拖鞋,他的眼睛白里泛黄。洗手的时候,在酒吧接过一杯威士忌的时候,或是谢绝别人给的熏肉和鸡蛋的时候,都有一阵微弱的陈腐之气落在哈里迪身

---

① 欧里庇德斯:古希腊悲剧作家,与埃斯库罗斯和索福克勒斯并称为希腊三大悲剧大师。

上。不,他得下去了。他的妻子就由她去吧。

"那好吧,医生,"乔克纳说着打开了前门。"我要是能做些什么就好了。谁又知道呢,呃?谁也不知道。"

知道什么?没过多久,那些人说话的样子,就又好像这是最后一次与人类接触似的了。哈里迪在隧道中弯下身来,套上雪橇。此刻,山的上面,许是寂然雪中,那是一种悠长的、沁人心脾的宁静。乔克纳抓着门,就那样呆呆地抓着,生怕什么东西溜走似的,他微微笑着,试图开个玩笑。这时,哈里迪站了起来。

他说,"再见了,乔克纳。"

"再见,医生。天呐,好冷,对吧?鼻涕都给冻住了。"

他在颤抖。一路从隧道走进日光中,哈里迪也意识到了自己的残忍。可他不能停下。他不知道该说些什么,再说,那个人的境况也没糟糕到哪里去。是上去康巴拉还是下到欢乐谷,这可是个艰难的选择。只是此刻,隔绝只是身体上的。所以乔克纳才会像流浪狗那样打战。

隧道的尽头,山谷往外延伸,拉出一条长长的雪道。他踩着雪橇,一路滑下,任凭背包拍打在背上。凛冽的寒风像是要将你脸上的血肉刮去。一下子冲到坡底,身体越来越倾斜,最后几乎不着地了。他开始有些呼吸困难,毕竟,他已经三十四岁了,身体有些吃不消。可又感觉不是那样,那是一种说不出的感觉。在悉尼渡口的那一晚,他以为自己无所不能的时候,才十六岁。伯基特(Birkett)教授说过,他的诗歌里表现着一种青春以外的东西,还说他会成为一名作家,去写诗歌和戏剧,尤其是表达玄学派主题的诗歌,唯一的问题就是要找到这样的主题。这时,一只乌鸦从一棵树上飞出来,有气无力地叫了一声。他并没有找到这样的主题。而他现在已经三十四岁了。希尔达(Hilda)希望他为她写一首浪漫的诗,一首只属于她的诗,还要命名为"致H·G",尽管她知道他的灵感还有待激发。他们坐在植物园的椅子上,她那灰色的眼睛里充满了情感,空气中还可闻到腐烂的香蕉皮和被压扁的莫顿湾无花果散发出的味道。这样一个暖融融的早晨,在植物园里,人的情绪很容易就会被勾起。然后,你就开始谈理想。看希尔达那充满情绪的眼睛,后来你就会明白,女人的同情大多是愚蠢和对未来的担忧混合而成。然而,你也是后来才明白。

一路踩着雪橇,此刻已经暖和起来。等他滑到停车的地方,就该出汗了。冬天,你要上康巴拉,就得把车停到"哈洛伦角"。山下面,雪就不那么大了,可还是很冷。欢乐谷是全世界最冷的地方。亲爱的,把围巾戴上,塞进胸前的背心里,希尔达说。她端出苹果馅饼给孩子们吃,还咳嗽了一下。可罗德里(Rodley)说他讨厌吃苹果馅饼,因为它会卡在喉咙里,说着就哭了起来。这时,希尔达说,亲爱的,亲爱的奥利弗,你得管管那孩子,他要把我折腾疯了,我再也受不了了。

奥利弗·哈里迪,一家之主,这就是他。然而,基本上,他与十六岁时并没有什么不同。毫无疑问,这是错的。不过是一层"基本不变"的外衣包裹着肤浅的阅历罢了。那时的他从未试图调整,他根本没有时间。正如那本自命不凡的破书中所写:你将来做的每一件事,都会让你的生命细水长流。他还抄了一些下来。用彩色墨水写下关于"生命之流"和"宇宙力"的东西,会让你觉得自己很有学识。十六岁,"宇宙力",喝茶前在杯中映出紧张的神情。珍妮大婶对梅多斯太太说,他工作非常努力,所以什么也不会去听,可他却听了。他还写了一些有趣的信,船上的人们重温着一点点思想和琐事,到了晚上,还会唱一些低俗的歌曲。船上有个叫怀特的人,是一名带斜视眼的剪切工,有歌声,还有小船溜走时上面飘动的旗帜,还有简阿姨说的话,奥利弗,我快受不了了,我就不明白,你为什么非得这样做不可。他很骄傲地告诉他们,他十九岁了。没人能体会这种感觉,他长大了。可是,夜晚躺在床上时,他仍然感到害怕,听着那个人的鼾声,看着一望无际的大海,想着希尔达或许会忘了自己说过的话,她说等他回去就会嫁给他,因为他要去参战,这让她感到骄傲。当时,悉尼的报纸上印着有关战争的报道。而你也参加了这场战争。然后,突然,天知道你在印度洋上会发生什么事,那感觉不怎么好,可也不会一直存在,那时已经十八岁了。或许他会得到一枚勋章,因为他十六岁,或许悉尼的报纸上会写……他曾经十六岁。

奥利弗·哈里迪用手帕擦了擦脸。让你的大脑像这样转动,有些残忍。所以,你站起来后,会觉得有点不好意思。就好像在厕所里读书,或是洗了太长时间的热水澡。如果手中有枪,他会朝那只鹰开枪,让子弹射进它肚子里,给它当午餐,然后它就会落下来,躺在雪地上,红色的血洒在雪地,变成一只死鹰。可是,直至湮灭,它都没有感受到痛苦。或许,它一生都不知道什么是痛苦,不像在康巴拉的床上疼得打滚的乔克纳太太。然后,那只鹰从这里飞离,就像一名专注的特工,它潜入这一片冰天雪地里,潜入那与之并未相连的群山中,群山还一边默默散发出阴沉而冰冷的痛苦。宇宙将这些"特工"和它的目标隔开,它们的目标就是:旅馆里那个正将死婴挤出子宫的女人,或是欢乐谷小镇——它那痛苦的小阴谋就像慢慢化脓的溃疡。或许,那是一种中世纪的姿态。可是,生活在中世纪的人,依然带着黑暗的恐惧和具有解毒功效的信仰。他的雪橇在雪地上划出一声长响。一小撮雪从树上簌簌落下,穿过枝丫的间隙。一些拱起的树被白雪覆盖,从结构上看,颇具哥特式风格,他觉得就像一座大教堂。而乌鸦也好像在祈求上帝怜悯。一只黑色的胖乌鸦从石楠树间往外窥视,就像牧师在窗前告解。

圣罗马教会还是有些作用的。它教你将痛苦和害怕转化为某些精神上的用途。可你并不是天主教徒,疼痛只会让你感到苦涩,或让你羞于自己的苦涩与恐惧感。在运兵船上时,他每晚都会在床铺上对着自己默默祷告。他躺在那儿,感受着害怕,越来越近,越来越近,然后,战争就停止了。当然,它必须停止。从某种意义上说,我很难过,也很害怕,因为,十六岁被征入伍时,你还太小,甚至不明白怎么回事,也无法让大家觉得你很勇敢,尽管勇敢是强加于你身上的东西,不管你愿不愿意。可他还是去了伦敦。他在巴黎待了两个星期,那里的每一个人都很疲倦,很苍老——这些都是精神上的状态,而且根本没有人注意到他。此时的他,比在家里将伟大的思想抄在笔记本上时感到年轻得多,但这又是一种新的感觉,他很享受这种感觉:走在巴黎的街道上,每一个路人都心事重重。可他又很担心,因为每个人都很苍老。当他从城市走到乡村,走到圣日耳曼,走到枫丹白露(Fontainebleau)①森林时,乡村是年轻的。这已经很奇怪了。然而,更奇怪的是,在家乡,一切都颠倒过来了。家乡的人们年轻、有活力,几乎是萌芽伊始状态。他从欧洲返回来,看着他们,什么都未曾发生。生活就是一个玩具,任你拨弄。但乡村是古老的,比枫丹白露的森林还要古老,时间把那潜藏的苦涩越刻越深,放眼皆是皱纹,黑石的表面也满布凹坑。在这一切之上,隐匿的激情与内心的战争在盛行,却似乎没有人注意到。在悉尼,你参加聚会,而在欢乐谷,你要么通奸,要么喝酒。你摇着拨浪鼓,寻找自身的价值,却不知,自己正坐在一座也许不会熄灭的火山上。一开始,这让他感到困惑。

　　于是,他再度想要逃离。即便已经结了婚,他还是想要离开。希尔达说,你真是浮躁,亲爱的,你是累了,如果你能腾出一两星期时间,我们就驱车去伍伦贡(Wollongong)②。他二十四岁与希尔达结婚。而那已经是八年前了。不过,希尔达的特长就是等待,等了八年多。罗德里九岁了,乔治也四岁了。而他仍然是十六岁,可是,对于其他事一清二楚的希尔达却不知道这一点。像希尔达这样再好不过,表面完整就足够了,自己认为完整就是完整了。而他,只有一次觉得自己是完整的。在他看来,那是一次偶然,地点在巴黎,在卢森堡公园周围,他走进了一座教堂,他不知道自己为什么要走进去,那是一座普通的教堂,在里面,无论他走到哪里,都好像有一阵冷风在吹。那时,教堂里还有人在吹风琴。他还记得,当时双脚冰冷,还能闻到一股清漆的味道。风琴吹奏的是巴赫的赋格曲。他知道那是巴赫的曲子,因为,在家时,他曾从曲谱上摘抄过一些。然后,他又在家里了,可又不是在家,是在卢森堡公园附近的教堂

---

① 枫丹白露:法国北部城镇。枫丹白露森林因面积大和景色优美而著名,是巴黎人喜爱的周末度假地。

② 伍伦贡:澳大利亚东南部港口城市。

里，在法国，古老德国巴赫的曲子从管风琴台上流溢出来，战争也停止了，他就要无法呼吸，就要……然后，他站直了。他想象自己正在呼吸。他也不知道。可他知道自己在哭。他并不在乎自己是否哭过；这样的哭泣无可厚非，也没人看见。音乐从管风琴台上奔流而出，展开了声音的旗帜。你能触摸它，能感觉到它。你能同时感受到静止与音乐，能同时漂浮和静止，在时间里，在空间里，一路无阻地，带着对有形事物的新认识，穿越，直至这一切融化，成为精神上的东西。

  一大块黑岩石于白色路面的边沿赤裸地翘出。他停下来，用雪橇踢它。这就是有形的东西。你一踢黑色的岩石块，它就会发出倔强而尖刻的声响。可是，那安静的、信奉基督教的、德国十八世纪的约翰·塞巴斯蒂安（Johann Sebastian）又是如何处理一团对跖的岩石的？她的安静，也许只是受了环境的影响，而算不上心灵碰撞的结果。至少你宁愿这样想。因为这样一来，凡事都变得简单了。你一开始就可以停止不动，可你并没有这么做，而是朝着欢乐谷的方向不停地转弯。你在树木的臂弯下闪避，它还差点撞上你的脸。你半闭着眼睛躲避风雪，感觉这样很刺激，于是你屏住呼吸，希望这并不是你弥留之际，似乎差不多，但却不是的。奥利弗·哈里迪的雪橇一头栽进雪凹中，他随之倒在一个雪堆上，这也许是一个树节，它感觉就像是树节。像这样迂身倒地，沮丧与压抑的感觉油然而生。他感觉到自己黯然的神色显露无遗，接着，脚尖传来疼痛。于是，他把手搭在雪上，想要起身，不料雪堆下沉了一两英尺，使得他的手按到了地上。

  他仰头，对着天空大笑，那一片天空在浮云的映衬下显得如此纯洁而迷蒙。他还曾写过关于云朵与往事的自然诗歌。可他不再写了。他要站起来，卸下雪橇，取到车后，他还要赶回家吃午餐，也许还能在瓶子里找到一些冷的羊肉和咸菜，那天是星期一，希尔达说过，"你别想在星期一吃到热的食物，怪就怪那些总也洗不完的衣服"。所以，眼下只有冷的羊肉和咸菜，没有关于云朵与往事的自然诗歌，他曾热衷于写山，它们不断浮现在他脑海里，放眼都是

蓝色,或者还有雾,可那都是在听说康巴拉以前了。那个男人倚门观望,似乎发着抖,或是就站在那儿等着某人到来,可是除了那个半大不小的中国人外,整个冬天都没有人来,他从其中一户人家出发,沿着雪道爬上来。

他曾在某个星期天的报纸上看到过"思想的奇迹"这一说法。上帝创造了带发条装置的玩具,并且乐在其中,可是后来他擦伤了头,才发现它的性能过于好了,于是他顿生怜悯,又安了一种装置,最终只需推一下杠杆,那个动作就会停下来。

他慢慢地向前走,也不去思考。终于走到停车的地方,车顶上覆盖了薄薄一层雪。于是他开始吹口哨,那是一首小夜曲。他曾在留声机里听伊丽莎白·舒曼唱过。这浅唱低吟之声,冰冷而无激情,可有时候,它就是不断进入你头脑中,让你的感觉错位,并在那些同样冰冷、稀薄而无趣的早晨,从雪地上走过。

2

那只鹰继续在上空盘旋,画着空旷的大圈。它或许是在去康巴拉的路上,经过欢乐谷的屋顶,又或者只是在穆林一带的上空漫无目的地飞行。

克莱姆·哈根(Clem Hagan)说,"如果我有枪,就会朝那只鸟开火。"

可是,他并没有枪,所以它知道自己再安全不过。该死,那边太远了。你都说不出到底有多远。可他没有枪,所以它还好好的。

弯着身子开车的查非·钱伯斯(Chuffy Chambers)说,"那是一只鹰。"

"来吧!给我说一些新鲜事。"

邮车从穆林一路颠颠晃晃地开来。路面变成了黄棕色,黏糊糊的,落在低坡上的小雪融化了,此时,乡村恢复了往常的赤裸。邮车一路缓慢地前行,发出吱嘎声。路的两边是蔓生的野草和冬夏灰沉的树木。一群大大小小的羊惊惶逃跑,跑进山谷中就不见了,留下一路零星的黑粪。邮袋在邮车上东倒西颠。此外,车上还有几袋玉米、哈根的行李、一个保温箱和一台拆卸开的机器。车子一打滑,拆开的机器就撞到保温箱上,发出巨大的金属碰撞的声音。

哈根扶着门说,"这声音好近。"

"是啊,"查非·钱伯斯也应和道,仿佛就在耳边。

他说完又坐回了驾驶室。他不太会说话,喜欢坐着,还喜欢吐痰,别人说点什么,他就附和着笑,如果别人不说话,他就光坐在那里。因为和哈根不熟,所以,他今天就只是坐在那里。他从穆林开车到欢乐谷,每天跑两趟。他的主要作用就是连接这两个地域的经济点,然而,他也会吹口风琴,而且只要欢乐谷的艺术学校有舞会,他就会受到邀请。查非·钱伯斯和其他人一起坐在前台,他那黄色的头发耷拉下来,女孩们跳着舞经过时,就对他笑笑,他感到极为

满足。她们说,没有人吹口风琴能比得上查非·钱伯斯。

哈根开始打战,于是他把外套的领子竖了起来,那是一件蟹青色的外衣,他站起来时,衣服可及脚踝。他从没感受到如此寒冷,即便在北方也没有这么冷(他来自新英格兰)。这里就是一片不毛之地。也许,羊的身上还有蠕虫。或许,他来到这里就是个错误,只是弗尔诺(Furlow)给的钱比任何时候都多。有了钱你还有什么做不成的呢!有了钱,你在悉尼、在澳大利亚或是大都市酒店,就可以不用再做工头了。正是这点让他开始考虑钱的问题,那些人在酒吧里围坐成一圈。于是他写信告诉弗尔诺自己会去。他将有一间自己的村舍和一名厨子,以及两三个学徒。作为这些学徒的监工,会让他觉得自己无比重要。可是,这个村子,光一看就让人倒胃口,简直是寸草不生,亏得人们还说这里是产羊的地方。然而,我们总说,当自己陷入一团糟的时候,只需随遇而安就好了。于是,他拿出一罐烟草,开始卷起烟来。

"真冷啊,"他说。

"是啊,"查非说,"好冷。"

"去这儿有事吗?我是说欢乐谷。"

"哦,我也不知道。我时不时来一趟。这里有比赛。而且,光达①家那里每个月还有画展。"

"他们是中国人吗?"

"是的。是中国人。开商店的就是光达家,他们是中国人。他们的商店倒还不错,什么都有卖。"

---

① 光达:这里的 Quong,有可能取自人名 Mei Quong Tart,中文"梅光达"。梅光达(1850—1903),生于台山市端芬镇山底村龙腾里,9岁时随叔父赴澳大利亚新南威尔士州阿拉顿金矿"淘金"。后加入了澳大利亚国籍,成为澳国第一位华裔公民。之后,迁居悉尼,从事商贸活动,专营中国茶叶、丝绸及饮食,很快成为名倾悉尼的华人大富商,对悉尼及澳国经济的发展、澳国与中国商贸往来及友好关系做出了重大的贡献。悉尼《公报》赞扬光达是"一位世界性人物"。

哈根卷好了烟。对于中国人的地盘,无须多说什么。中国人,外国佬。他们总是抢占别人的好处。他从货车边上往外吐痰,以表示对中国人的讨厌。他将那白色的管状物展开,露出通红的手指,那白色的东西很快就变成了一支烟。他的手背上有微红的毛发,它们就像从手腕处悄悄摸出来的先行守卫。

"那里有女孩吧?"哈根一边卷烟一边问。

"是的,有女孩。"查非说。

"什么样的女孩啊?"

"我想和大多数地方的女孩一样吧。什么样的都有。"

"哦。"

查非·钱伯斯并不喜欢谈论女孩子,因为对于他来说,她们只是无法实现的渴望,即便她们说,"查非,你口风琴吹得真好",可是除此之外,她们再没有说什么。她们还笑他,说他呆头呆脑的。尽管查非很孝顺母亲,他是一个好孩子,可是——那又怎样,你不能因此就对他掏心掏肺,或是待他怎么样。所以,一旦有人说起女孩子,查非·钱伯斯总是眯着眼睛,他觉得很尴尬。他感觉衬衫里有一阵发热,就在那神圣的勋章和庄严的心旁边。查非信仰宗教,他是一名天主教徒。珀塞尔(Purcell)神父从穆林来到欢乐谷,就会去钱伯斯太太家喝茶,而家里来了神父,会让他感到自豪。信奉宗教会让人得到莫大的慰藉。新教徒们叫他米基[①],可他并不在乎他们叫他什么。这让他相对那些和女孩约会的男孩们有了一种神秘的优越感,当事情变得异常糟糕时,他自我安慰道,我不想和女孩们出去,那样不好,他摸着那神圣的勋章告诉自己,那样做不对。

"像大多数地方的一样,是吗?是的,没错。"

在野外干活的人,尤其是那些放羊的人,总习惯重复做一些事,甚至是一些很琐碎的事,有时候还要重复好几次,或许是谈话太少,所以从嘴里说出一两句话会让他们有陪伴感,即便这些话此前已经说过。克莱姆·哈根就是这样。他硬生生地重复着同一句话,有时候还会用不同的声调,只是为了不那么

---

① 米基:教名迈克尔的昵称。

无聊。他凝视着前方,你若不知道他这一生大部分时间都在望着远处的羊群,或许还会觉得他这样的神情很有趣。长时间望着远方的人最终肯定会被误以为哲学家或神秘主义者。可哈根并不是哲学家,也就是说,他寻找的只是眼前的东西,是现实欲望,而这些,简单说来,就是两边有汁液流出的美味牛排和胸部舒软的金发女孩。

他也有男人好色之心得到满足后的那种极度自信。假如你看见过他走路,一定是这样:他走得很慢,双腿稍微分开,双臂微曲,裤子紧紧贴在屁股上。他笑的时候,其中一颗门牙还会泛起一点金光,女人就喜欢这样的。他只需靠在吧台上微笑,她们就会在瓶子后面躲来躲去,并且把威士忌当成杜松子酒倒出来,是的,哈根先生,不,哈根先生。一切都发生得非常自然。他斜拉了一下帽子,遮住眼睛。他总是斜着戴帽子,样子看起来十分懒散,就好像他有多么遗憾似的,而你只是迟来了那么一会儿,可事情就是这样,就算你张大嘴巴拼命呼吸也无济于事。

哈根叹了口气。他的双脚开始抽筋。裤子在他的胯部紧绷着。他还想小便。可是,那条泥泞的黄路似乎永远也没有尽头。从那一阵阵刺耳的声音就能判断,邮车上,保温箱和那拆卸开的机器最终挨到一起了。该死的吵闹声,村子走也走不完,究竟有多少英里,有多恶劣、多刺耳,也许,羊的身上还有吸虫,而他却不知道自己为什么要来。她说过她叫贝拉(Bella),就是那个红头发的女孩。她坐在那柳条编成的椅子上喝着杜松子酒和姜汁啤酒时,屁股就像装饰着柳条的拉车马。她说,风吹得她受不了,可她就喜欢姜汁啤酒,她说,那酒沾在手指上,不是很好玩吗。她还喜欢姜汁汽水,可它会冲鼻子。总的说来,她是个非常无聊的女人。于是,他撕了她的明信片,扔到火车上的厕所里了。女人就是这些地方不好,无聊,喜欢谈论姜汁啤酒,而当你告诉他们你自己的事时,她们立马就会闭嘴,开始哼哼,然后跟着她们从杂志上剪下纸样的、或是周六带她们去看比赛的人走了。有时候,她们令你愤怒,所以,你再也不会和她们出去,于是你就走开了。或者,有时候,你与她们约会,就像那晚,十一个女孩等在"国王十字火车站"的画展外,而你乘电车经过时,看到她们都在那儿,不由得喜笑颜开,她们相互注视着,等在那里,引得路人纷纷猜想,那是多么好看的画展啊。可它是专为女人开的,为那些在街上迎面走来的女人们,把她们哄得很开心。

哈根笑了。

"呃?"查非·钱伯斯感到诧异。

"什么样的女孩都有,"哈根一边吐痰一边说。

车子东倒西歪地前行,看来他不得不下去,否则……

"喂,你,你叫什么名字啊?"他说。

"钱伯斯。"

"叫什么?"

"查非·钱伯斯。"

"这是什么样的名字啊?不管怎样,停一下车吧。我得下去撒泡尿。"

于是,车子胡乱轰鸣一声,停了下来,让哈根下了车。查非·钱伯斯就坐在驾驶室里。他的脸有些发红,因为他说自己名叫查非·钱伯斯,可他也没办法,人们就是这样叫他的。他也记不起人们从什么时候开始这样叫他,可他们一直都是这样叫的,他们说,查非,过来,他就过去。而他的真实名字是威廉。

3

假如你能像那只鹰一样飞到天上,便可看见山中的欢乐谷,我是说欢乐谷小镇,它离我们的车还有一段距离。车子要随后才能到达那里。可我们还是得一点一点往前走,不过,只是空间上的前行。因为天还很早,所以街道上的活动并不多(除了展览、比赛和选举日以外),不像平日里的欢乐谷。因此,街道上此时没什么动静,而我们从上往下看,却也没有看到什么特别漂亮的设计。有人曾在这里建了一座房子,我想可能是老光达,接着又有人来建了第二座,就在不远处。如此继续,到处都建起了房子,人们却从未合作干过什么事。欢乐谷里从来就没有合作,更别说在生活中了,或者可以说,在生活中合作的时候更少。

哪怕再往前一段,村子仍无法与小镇相连。正如奥利弗·哈里迪从欧洲返回时发现的那样,乡村睡着了,它正暗自筹划着一场有关激情的密战,或者正试图拆掉那些已经消耗的古老激情的余线。这就让小镇显得如此静默。入夏时节,斜坡上满是黄泥垢,土地一片灼热,躺在上面,身体舒展开,小镇上,那有着红色或棕色屋檐的房舍,让你想起某个地方的丑陋疮疤。说不定有一天,它还会掉下去,在下面留一片漂亮而纯净之地。

可是,那一天还没有到来。夏天也还没到,小镇看起来不怎么像疮疤。尽管大部分的雪已经化了,你能看见周围的村庄和去康巴拉的小路,还能看见去穆林的路和那条人们不常走的、去格伦湿地(Glen Marsh)的路,那就是弗尔诺的地盘。山顶上住着贝尔珀(Belper)一家人,那里还有一个亮红色的水槽。那是一处无意识显现出来的颜色。我说是无意识显现出来的,是因为没有人想过那些事,就连贝尔珀太太也不曾想过,她除了养狗以外,还具有"艺术的一面"。她在闲暇时,还绘制烙画。可是,在欢乐谷,你大部分时候都只是在生活。生活也是无意识的,但却更加无可避免。每个星期一的早晨,你都要吃饭、睡觉、扫地、做饭、晾衣服。

如今又逢星期一,所以,每家的后院里都晾着一些衣服,那些衣服在污雪的映衬下,开始显得白净。接着,天下起了毛毛雨,你就不得不出去把衣服收进来。你在围墙边上抱怨一番天气,然后匆匆离开。除此之外,也没什么别的事发生。铁匠的铺子里发出一阵重击声,随之传来一股马蹄烧焦的气味。一条黄色的小牧羊犬,小心翼翼地踏过街道去,它戴着一条大了好几个尺寸的颈圈,红红的鼻子迎风翘立。

"我要去上面的莫里亚蒂(Moriarty)家,"艾米·光达说。

一开始亚瑟并没有说话。他本就不多话,不过,他也知道,眼下也没什么可说。于是,他扯了一束甘草,把它们挂在另一个钉子上。

"我都说了一周了,我要去莫里亚蒂家。"

亚瑟嘀咕着什么,转身离开了。

"得有个人去才行,"她说。

亚瑟抹干净一块咸肉。肉质粗糙而均匀,味道闻起来也不错。如果你对不协调有一定的品味,那么整个商店闻起来就还不错。这就是杂货店的特殊优势。亚瑟一边小心翼翼地清理着咸肉,一边说:"得有个人去。"

他身材瘦小,棕褐肤色,脾气温和。他的声音柔软而温柔。除了妹妹艾米外,他对人们没有好感,正因为这样,他才不想去莫里亚蒂家,尽管他也知道自己应该去。艾米会去莫里亚蒂家,而且经常去。他用那双眼睛慢慢盯着艾米,镇里的人们都觉得他的眼睛很奇怪:每一个虹膜的边上都有白边,而虹膜是棕色的,所以,整体上,这就让你想起弹珠,就是装在包里的高级玻璃制成的弹珠。因为那双眼睛,孩子们有些害怕亚瑟。他们进到店里,都希望遇见艾米,她同样娇小而温柔,脑袋后面挽着圆髻,眼里却没有白圈。

艾米更像欧洲人。他们只有一半中国血统。他们的爸爸老光达娶了一位

可怜的爱尔兰姑娘,也就是艾米和亚瑟的妈妈。他们还有一位兄长叫瓦尔特·光达(Walter Quong),不过,艾米和亚瑟很少提起瓦尔特。如今,老光达死了,而他娶的爱尔兰姑娘在他之前也死了,因为她的身体本来就不好。不过,老光达可活得久哩。他背着一个包来到这里,卖东西给康巴拉的矿工们,比如鞋带什么的,他总喜欢笑,成天乐呵呵的,康巴拉的人们也都喜欢他,还教他淘金。所以,老光达有时也去淘金,不过,他还是坚持卖东西给矿工们,后来,他就在欢乐谷搭了一间小屋。矿工们从长途汽车上下来,就会和光达说说话。如今,昔日的小屋已经变成了有屋檐的房子,楼上还多了一层,屋前还打着"杂货店"的招牌。而这些都是老光达死之前好些年发生的事了。

艾米说,"上周你就不该让她拿那条丝带。"

"看吧,"亚瑟说,"你这样想就会不高兴。好了,就那样吧。"

可他并没有觉得不高兴。他只是不愿去想丝带之类的事,也不愿去想莫里亚蒂太太有些什么。商店交给艾米看着,而亚瑟想的是更为重大的事。在大厅里开画展,就是亚瑟的主意,此外,他还在后院的马厩里养了一匹赛马。那是一条干净的栗色小雄马,整天立在干草堆里,有人从院里经过,它就开始嘶叫。他在马厩一角蹲下来,顺着马背往下捋,还发出轻慢的呜呜声,以配合手上的节奏。可是,捋完侧腹后,它突然叫了一声,于是他迅速闪开,并在马的侧腹拍了一下,它站在那里,紧张地颤抖着。他很喜欢这匹马驹。他把手放在马的颈子上,当他的手碰到它那肌肉结实的颈子那一刻,某种情感油然而生,他的身体也一度拉紧,马的身体也紧拉了一下。他想把头靠在马的身上休息,然后闭上那此时时已不再温柔(而是锐利)的棕色眼睛。

此外,光达家里还有一辆新的大别克,可它总是停在车库里,因为他们很少外出。贝尔珀太太不情愿地说,也不见得那车有什么用处。人们总会去猜光达家赚了多少钱。可他们永远也猜不着。你永远搞不懂那些中国人。这也是痛苦的来源之一。因为,对于一个有钱的男人,你觉得他有很多钱,却永远不知道到底有多少,于是痛苦就源源不断。至少,在欢乐谷就是这样。

艾米·光达套上雨衣。她穿了一条棕色的裙子和一件衬衫,以及一双束带的黑皮鞋,她还把鞋带绑成一个蝴蝶结。此外,她还戴着金边眼镜。她从里屋拿出一把雨伞,准备上街去了。

艾米·光达一路喃喃低语,"莫里亚蒂家的人",那声音含含混混,就像商店里的角落。

她走在街道上,举起伞遮住脸庞,不让雨斜飘进来。街道上泥泞不堪,幸好去莫里亚蒂家的路也不远。艾米放慢了脚步,一下子踏进泥浆里。她想起亚瑟被她责备时的样子,不由得微微一笑。亚瑟是她生命中的激情之一,在她的生命中一共有三种激情,它们非常深刻,令她无法自拔。可是,在大街上说出艾米的激情也没什么意义,况且,她还要去莫里亚蒂家呢。她们家要从后门进去,你得绕到后面去。

"早上好,光达小姐,"莫里亚蒂太太家的仆人格蒂·安塞尔(Gertie Ansell)说。她穿着一件浅蓝色的毛衣,她双手又红又僵,垂在身前。

"我找一下莫里亚蒂太太,"艾米·光达说。

"好的,光达小姐,"格蒂说。

于是她走到房子后面去了。

院内的洗衣房里,一只棕色的母鸡有气无力地在地上啄着什么。艾米认为它下蛋不勤,从鸡冠就可以看出来。轧布机也好像坏了似的,开着口,还有一件衬衫悬挂在那里。

"哦,光达小姐,"格蒂返回来说道,"莫里亚蒂太太去学校了。恐怕要午饭时才能回来。""非常抱歉,"她傻笑着说道,还一边揉着衣服。

"我就要找莫里亚蒂太太,"艾米说。

"哦。"

那女孩站在门口揉着衣服。

她说,"你还是进来吧。"可她看上去犹豫不决,就好像——算了,毕竟也不是她的错。

艾米就在客厅等着,屋里很明亮。她把雨伞靠在角落的墙上,然后坐下来等。屋子中央的桌上,有一株仙客来①,种在一个银色发亮的碗里,光线照在碗上,映出屋里其他东西的倒影,它们的影子全都有点扭曲,灯罩也被拉成了睡帽的样子,长长的、红色的。那个碗很漂亮,她忍不住起身摸了摸,于是,她的倒影也在上面了,她从未见过这么好看的东西。她的呼吸让上面蒙了一层雾气。可她说,我不介意这样。

因为,除了亚瑟外,艾米的激情就是物品,她自己也叫它们物品,她有许多物品,比如,扇贝做成的盆子和一件在悉尼中央车站附近的商店里买回的中式礼服。她对她的物品有一种神秘的依恋感;她和它们一起,捆缚在世俗的茧内,于是,她为它们擦去灰尘,把它们拿起又放下。然而,她还想要更多物品,她总是急于在那柔软而必要的茧上添丝加线。

她轻叹一声,又坐下来,看着那只碗。她会把它放在她房间里,在圣母玛利亚的画像下,还要在碗里放一个罐子,然后在里面焚上香。她喜欢焚香的味道。星期六下午,她就会躺在床上,一边闻着焚香的味道,一边看圣母玛利亚的画像,那画像就挂在涂漆橡木制成的十字架旁。焚香的味道使她闭上了眼睛。她躺在棉被上,那是一种奇怪而美妙的气氛,她自己也无法解释,只知道这种感觉与圣母玛利亚和她的物品密切相关,这时,亚瑟就在院里闲逛,或许又在给马拿些吃的。于是,到了星期六下午,艾米·光达的三种激情就缠绕成一个复杂的结,她自己也不知道如何解开。而她也不想解开,只是闭着眼睛。

碗里的仙客来往外蔓生,形成一个撩人的大曲线。

"还在吗?"莫里亚蒂太太推开门问道。

她不会把早安问候浪费在一个中国人身上,你也不必拐弯抹角,尤其是当你知道她是来向你要东西后。

"不好意思,"她对艾米说。"你瞧,我也没时间换衣服。在屋里忙了一早

---

① 仙客来:多年生草本植物,原产地在欧洲南部希腊等地中海地区,后来成为世界性观赏花卉,一度被推举为盆花中的女王。其花语是内向。

上,衣服也弄脏了。""格蒂,"她朝门外喊道,"你竟敢把牛排给忘了。"她对艾米说,"这些个丫头,你都不能把她们当仆人使唤。"

事实上,莫里亚蒂太太并没有穿衣服,或者只穿了一半。她向艾米解释是因为自己不知道该说些什么。她噘起嘴的样子不再迷人,倒显得肥胖,你不得不承认,莫里亚蒂太太真的很胖,尽管她的爱慕者们都说那是丰满。她身材小,皮肤红润,蕾丝帽下露出一张噘起的红唇,她还扎着大约一周前在光达家买来的丝带。有时候她说自己三十二岁,有时候又是三十三,那都是随口一说。

"我来是为了那五英镑,"艾米盯着地上说。

"哦,是吗。是五英镑吗?"

"是的,"艾米盯着地上说。

莫里亚蒂太太说,"亲爱的,这些东西涨价可真快!"

她站在壁炉架旁。她穿着裙子和一件粉色的短上衣,那或许还是件睡衣,因为颈子一圈还有天鹅绒。它交叉在胸前,然后用别针别起来。"我本不该来的,"艾米说,"只是——只是前些时候——"

看看她的样子,再看看那个中国人的样子,莫里亚蒂太太皱了皱眉,不过,在欢乐谷这种地方,也只能如此,为什么欧内斯特(Ernest)要带她来这里,他们本可以住在悉尼的公寓里。所以,她噘起嘴,皱着眉头,捡起别针上一两点干掉的鸡蛋屑。客厅里非常安静,只有一个棕色的红木钟在滴答作响,那是别人送给欧内斯特的结婚礼物,他们明确地说,那是送给欧内斯特的。她讨厌它,她想要一个法国镀金钟,像她妹妹家的一样,只是那并不是法国货。

莫里亚蒂太太说,"让我想想该怎么办。"很明显她是在心底深处寻思,而她的叹息声会让你明白她思考得究竟有多深。

那个中国女人在说着一些关于薄利和快速回报,或者这样那样的事。都是瞎扯。莫里亚蒂太太暗暗不快。他们让弗尔诺太太、贝尔珀太太和医生的妻子也欠下账,真不要脸,她想,就因为她不是"上面三位"的其中一个,她是校

长的妻子又怎么样,另外,贝尔珀家的老女人闻到狗的味道时用手戳着鼻子的模样也让她反感。脸上长了皱纹也是无可奈何。她还要记得写信去悉尼要那种护肤液,或许他们会给她一瓶试用装。那个光达家的女人还坐在这儿,她不得不给她一英镑,这样一来,她或许连邮汇的钱都付不起,要不然周六去一趟穆林,要不然……

莫里亚蒂太太从一个粉红色的缎子靠垫后面摸出她的包,她这么放,倒不是为了防贼,而是因为它自己不知不觉就在那儿了。眼看整整一英镑就要给别人,她很难过。她说,"给你,这是一英镑。"

她拿着钱的一角,很慷慨的样子。她的小指弯曲着。

艾米说,"谢谢。剩下的我周六过来拿。"

她站起来,拿起靠在墙上的雨伞,黄黄的脸上有了一丝微红。

这些人的脸啊。

莫里亚蒂太太看着地上的那一摊水,毫不客气地说,"你该把雨伞放在外面的。"

"对不起,"艾米说。

"我还得把它擦干。"

"这又不是地毯。"

"是啊。这又不是地毯。格蒂!"她喊道。而格蒂去取牛排了。于是她又说,"我还得自己来擦。"

真丢脸。她本该有仆人的。送艾米·光达这样的人出门,这就是欧内斯特带给她的,要是他能得到北岸那份工作就好了。她看着艾米穿着雨衣、踏着平静的步子走下街道去,她头后的圆髻黑得发亮。天呐,这是一个什么样的地方啊,你每天都会看见那条街,却从没有人进来。

欧内斯特有时候会说,可怜的维克,你好像不怎么开心,还会拍拍她的手,只有这个时候,她才会从他那里感受到一丝温暖,可是他知道,这一两句话起不到什么作用,而拍她的手也不会让她更加高兴。然后,她回到客厅,因为她还要做一些事情。露西·艾德琳(Lucy Adelon)的杏仁乳液具有美白双手的功效,她早晚都擦一些,或许再戴上手套,又或者戴着手套睡觉,而欧内斯特一边呼吸,一边拍着她的手,说不定她听着他的呼吸还睡不着呢。她以前很喜欢他的胡子。一个长着胡子的校长,看上去就是与众不同,黛西(Daisy)嫁给了杂货商,但她不能和黛西与弗瑞德(Fred)一起住在马力维(Marrickville)的杂货店里。此外,她还学着在双绉①上画花。欧内斯特曾夸她品位好,他说她的品位来自他的胡子,是那胡子让她与众不同,也让她有了教养,还让她学会画花,嫁给一位校长,比黛西和弗瑞德强多了。另外,他还喜欢集邮,把他的集邮册拿出来展示,还不惜弯下身来告诉她邮票的名字,这可是一项有教育意义的爱好,如果她愿意听,他还会教她贴邮票:舔一下那有趣的标签的末端,舔过之后,舌头上还会留下有趣的味道,她还去舔欧内斯特舔过的,还会双颊绯红地说,哦,亲爱的,而欧内斯特的脸也会红。他问她是否看过电影,他曾看过一部名叫《沙克尔顿》②(Shackleton)的电影,他说,见识一下人类的本领,不是很有教育意义吗。下个星期,剧院里整周都会放映一部与昆士兰土著居民有关的电影,说不定某个晚上她会跟他一起去看呢。

她在客厅里坐下来。她还有些事要做。她打了个呵欠,整张脸都动了起来,两鬓的金色小卷发也跟着晃动。她晚上睡觉前还会拿出梳子把它们梳开。欧内斯特说她的头发很漂亮。她说,"哦,亲爱的,这个地方对你的哮喘不太好。""你这是在将自己往死路上逼啊,"她说,"还不如说在将我往死路上逼。"

只因为我喜欢欧内斯特,不然,也不会和他一起生活这么久。如果你有钱,就可以住在悉尼的公寓里,可以请一名厨师和一个戴帽子的女仆。如果欧

---

① 双绉:绉类丝绸织物,质感轻柔、平滑、色泽鲜艳柔美,富有弹性。

② 沙克尔顿:欧内斯特·沙克尔顿(Ernest Shackleton)(1874—1922),英国南极探险家,1907—1909年带领"猎人号"船向南极进发,1914—1916年带领"持久号"船去南极探险,因而闻名于世。

内斯特得到了北岸那份工作,她就可以在床上吃早餐,她还会去图书馆,会在床上看书。她还会出现在《悉尼先驱晨报》(Sydney Morning Herald)的女性页面上,因为她会打桥牌,在那里,你不得不打桥牌,就算你讨厌纸牌也没用,因为那就是一种社交义务。报纸上还会写:星期二下午,史密斯、布朗和莫里亚蒂太太等在大卫·琼斯家打桥牌,说不定还要描述一番她的裙子,到时候她会穿一件粉绿色的裙子。

她坐在那里,脚上长了冻疮,雨从窗户飘进来。那就是欢乐谷。天呐,那条街道。窗子也卡住了。街对面,埃弗里特太太种的天竺葵死在了盆里。这该死的窗子,竟然卡住了,怎么也关不了,雨都飘进来了。

瓦尔特开着一辆崭新的福特轿车过去了。她那胖嘟嘟的圆脸上堆满了笑容。他不停地挥着手,他的这双手就像他的脸颊一样,好像她就只知道站在窗前朝中国佬挥手似的。可她却从不向瓦尔特·光达挥手。在穆林的时候,他带着她穿过了街道,他还扶着她的手说,天快黑了,所以不能送她回家,可她说她会等他。所有关于瓦尔特·光达的故事就讲到这里,那么,他和墓地里遇见的那个埃弗里特家的女孩的故事又从何说起呢:老埃弗里特太太从一块石头后面跳出来,用别人拿来插花的瓶子打了他的头。这也会使你发笑。

莫里亚蒂太太"砰"地一声关掉了窗户。她的胸中涌起一阵气息。她的上唇和胸针上有几滴小小的汗珠。她揉了揉手,瓦尔特的手又小又肥。爱上了一个中国佬啊。然后,她走到后面,去看格蒂是否准备好牛排了。

艾米的雨伞留下的那摊水还在客厅的地板上。

4

艾丽斯·布朗一个人生活在镇外的郊区,就在康巴拉路弯的边上,附近也没有别的人家。然而,从她卧室的窗户能看到贝尔珀家附近那亮红色的水槽,它呈现出如此美妙的、无意识显示出来的颜色,在小镇的暗淡色调中脱颖而出。其实,艾丽斯并不喜欢那个水槽,她说,因为它就像会扇你的耳光一样,而她总是招架不住各种颜色,她的着装有时候好像浅灰,有时候又是淡紫。淡紫是一种危险的颜色。假如你看到一个女人穿淡紫色的衣服,那么,你立马就可以打赌那是个愚蠢的女人,假如你再和她挨近,便会发现她身上有一种与淡紫色相衬的气味,而如果有人把你介绍给她——那么,你会后悔的。

不过,艾丽斯·布朗并不是各个方面都像那种淡紫色女人,尽管她也穿淡紫色的衣服,她至少有一根脊柱,不至于让你觉得她是一块摇摇欲坠的雪纺布。而且,她自己也有一些明确的见解,只是谁都没有机会听到,因为她是一个人生活。

莫里亚蒂太太说艾丽斯·布朗是一个势利小人。而贝尔珀太太则说她神经质,不管说得对与否,这个词可是贝尔珀太太从女性杂志上一篇关于大众心理学的文章里学来的,既然学了,总得用上吧,她非要用上不可,而在整个欢乐谷,艾丽斯·布朗就是最适合这个词的。不管怎么说,她独自一人生活,还好像乐在其中,这似乎有些奇怪。

像大多数独居的人一样,艾丽斯很孤独,而又像大多数独居的孤独者一样,她说自己喜欢独居。她是布切尔·布朗(Butcher Browne)的女儿,在淘金年代,布切尔在康巴拉还有土地,赚了不少钱,可是,没等到艾丽斯长大、明白钱是什么,他就已经破产了。他很少动脑筋,却经常喝酒。有一次,他骑着小母牛在街上走。其实,布切尔·布朗也是个与众不同的人。他最终因震颤性谵妄①而死在水沟里,当时艾丽斯在悉尼给一位叫斯托普福德—钱珀努恩(Stopford-Champernowne)的太太作伴。

艾丽斯并不了解她的爸爸。她是一个非常独立的人,她喜欢自己做事。所以,当时她说,爸爸,我要去悉尼了,我要去修道院。然后她就去了悉尼——她当时十五岁——她在修道院待了四年,期间学会了钢琴和刺绣。她的爸爸也并不担心,因为他正忙于盘算他的土地,以及如何在酒馆里出风头。他说,好啊,艾丽斯想去修道院学刺绣,好啊。于是,大家都称心如意了,尤其是艾丽斯,她和修女们相处融洽,却不特别温顺,因为她不想当修女。她也不知道自己想当什么。她喜欢读书。她觉得恋爱很美妙,如果她知道该怎么做就好了,再说,修道院里也没有什么机会。

她读过很多书,此外,她还读诗歌,尤其是丁尼生(Tennyson)②的诗。她十七岁时就博览群书,成为一个十分神秘的人,这让她高兴不已。然后,她开始打扮得很神秘。她不费吹灰之力就写得一手好的左斜体字。然后,她觉得自己该换一个名字。因为她的名字叫"爱丽丝",但是很明显,这个名字和她神秘的外在不符,于是她署名的时候就写成"艾丽斯",而且自我感觉良好。可那已经是很多年以前了。她很久以前就已经不再用左斜体写东西了,因为,在欢乐谷,没有人喜欢神秘的东西。留下的只有"艾丽斯"这样一个名字,它也成为了一种习惯,可她其实也不知道为什么。在她大门口的黄铜桌上,还写着,艾丽斯·布朗,钢琴。

在欢乐谷里教钢琴,让她获得了不错的地位。如果她愿意,还可以和贝尔

---

① 震颤性谵妄:又称撒酒性谵妄或戒酒性谵妄,是一种急性脑综合征,多发生于酒依赖患者突然断酒或突然减量。

② 丁尼生:全名阿尔弗雷德·丁尼生(1809—1892),是英国维多利亚时代最受欢迎及最具特色的诗人。他的诗歌准确地反映了他那个时代占主导地位的看法及兴趣,这是任何时代的英国诗人都无法比拟的。代表作品为组诗《悼念》。

珀太太一起。而她之所以没有和她一起,多少是因为贝尔珀太太说她是神经质。不过,艾丽斯喜欢独立。她离开修道院以后——当时十九岁——就去给斯托普福德—钱珀努恩太太作伴,她是一个懂得梭织①、还会打鼾的老妇人了。按理说斯托普福德—钱珀努恩太太该是个难缠的女人,可事实上她并不是这种人,艾丽斯在那里也很开心,住在悉尼,跟着老太太学梭织,还练习持家。她一度长得很胖。可她觉得自己还不够独立。她还想去加利福尼亚。于是,她去了运输事务所,拿回一些小册子。可她并没有去成加利福尼亚,在斯托普福德—钱珀努恩太太家里时,她一到晚上就把那些小册子放在膝盖上,坐在那里,然后开始问自己,是否真的明白什么是独立。然而,她也无法决定。有时候她认为是钱的关系,可有时候又觉得是因为一些更加抽象的东西,精神上的东西。她曾读过亨利②的一首诗,大意是"血可流,头不可低"③。这一切做起来都非常艰难,她该如何是好。

到了这个时候,她才敢说,她的爸爸死在了水沟里。这多么令人不安。然后,她开始觉得孤独,或者感到不那么独立,又或者是孤独地独立着。布切尔·布朗并没有给她留下什么钱,所以,从这个方面讲,她并不独立。康巴拉附近的几亩地和欢乐谷里一座带屋檐的房子,她得到的就只有这些。接着,她又瘦了,同时自我安慰道,这样更好一些,她天生就很瘦。她给自己做了一条新裙子来庆祝这样的变化,穿上裙子时,她对自己说,胖的时候,我就好像睡着了,但现在我看起来比以前瘦了几百倍,虽然我的的确确非常朴素。

这就是我,她对自己说,苗条而朴素的艾丽斯·布朗。对于我的头发,我只

---

① 梭织:区别于针织的称法,是用梭子带动纬纱在上下开合的轻纱中穿过,一纱一纱构成交叉的结构。

② 亨利:威廉·埃内斯特·亨利(William Ernest Henley, 1849—1903),维多利亚时代的英国诗人,自幼体弱多病,患有肺结核症,一只脚被截肢,为了保住另一只脚,终身与病魔搏斗,不甘屈服于命运。代表作《不可征服》(*Invictus*)。

③ "血可流,头不可低":出自《不可征服》(*Invictus*)。

能说难以形容。此外,我的眼睛也不那么难看,当然,这只是一个借口。什么也无法阻止我去加利福尼亚,除非是我自己不争气,毕竟路途太过遥远,而且他们说塔斯曼海①十分凶险。

最后,她去找了斯托普福德—钱珀努恩,并对她说:"斯托普福德—钱珀努恩太太,我爸爸给我留下一小笔钱和一座在欢乐谷的房子。我就是为这事来的。我决定回欢乐谷去了。我要去上钢琴课。在那里,我也可以做些缝纫。"

"如果你已经决定了,那好吧,亲爱的,"斯托普福德—钱珀努恩太太说,"你自己喜欢就好。"

于是,一切就这么定了。艾丽斯很惊讶。事情就这么定了,回欢乐谷去,她也弄不明白究竟为什么。可不管怎么说,她对自己说,这样一来,我就能更加独立地教音乐,比在瑞西卡特湾公园(Rushcutters Bay Park)陪斯托普福德—钱珀努恩太太散步和向她学梭织时还独立。

如今,她已经回来很久了,是六年,还是七年?

然而,她身上并没有发生什么变化。她感觉自己还和以前一样,但却不是这样。在悉尼,曾有一个年轻人,在银行工作,他送她巧克力,可她并不喜欢巧克力,而且那个男人身上也没有什么东西能让她更加喜欢它们。她说,什么都没有。而且,毕竟,恋爱只是"次级过程"②。她还是要去加利福尼亚。她把康巴拉附近的牧场卖了,然后将钱交给贝尔珀太太做投资。只是,到目前为止还没有红利,如果有的话,她就会去加利福尼亚。可是,为什么要去加利福尼亚呢?她突然愣住了。她自己也不知道。也许,那也是一种"次级过程"。也许她本不想离开,是"离开"自己钻进她的头脑,替代了其他事情。有时候,她也会思考,可是总也找不到满意的答案。满意的答案总是千载难逢。

与此同时,她还有许多事可以做。舞会前,她给女孩们做衣服。她们来看

---

① 塔斯曼海:介于澳大利亚东南部与新西兰之间。
② 次级过程:在精神分析学中,次级过程可以指成熟的自我所特有的某一类型的思维,也可以指我们所认为的在成熟的自我中产生的心理能量的结合与动员过程。

她，带来自己的样品，而她则帮她们决定是该用塔夫绸还是其他。此外，住在格伦湿地的弗尔诺太太的大多数衣服都是她做的。弗尔诺太太想要什么就买什么，也许还带上西德妮（Sidney）一起。那样子颇有出巡的阵势，因为她是这一带最有钱的男人的妻子。可她的女儿西德妮·弗尔诺却总是坐在车上。她的嘴巴很红很红，此外，她还上了女子精修学校。

有时候，艾丽斯会想，如果我是西德妮·弗尔诺就好了。后来，她就不这么想了。倘若理由一点都不充分，有时候你还就想继续做自己，就好比你知道自己会无可避免地突然改变方向，而你却只能等待一样。于是，她继续缝纫，继续教音乐。她的钢琴虽不是弹得最好，但却已经很好了。有时候，她也自弹自乐，她先是弹奏舒曼的曲子，再是肖邦，然后是贝多芬。可她最喜欢的是舒曼，因为他的曲子让她略感忧郁，她就这样不停地弹奏，弹到天昏地暗，曲终人散。

她还喜欢读书。她一开始读俄罗斯作品：《安娜·卡列尼娜》（*Anna Karenina*），屠格涅夫，可如今，丁尼生的诗更加吸引她，但她再也不能读他的诗了。她喜欢坐下来喝茶，脱掉鞋子，读一章《安娜·卡列尼娜》，尽管有时候她发现《温莎杂志》（*Windsor Magazine*）读起来有些费劲。然而，托尔斯泰还不错。她不小心洒了一些茶水在第七十二页。不过，这让这本书看起来更加舒服、亲切，而她也比从前更喜欢它了，因为这样就好像她总是带着它，而且已经读了好几遍一样。

这就是艾丽斯·布朗。那天，她起得很早，就是哈里迪医生给酒吧老板的妻子接生、哈根开车来到欢乐谷、艾米·光达去莫里亚蒂太太家的那一天。她也不知道自己为什么早起，可她还是掀开了被子，起床来。地面上还有雪。后来，就开始下雨。"雨下了又下，我也不会出门，说不定明天还会下雨，"她说，"可我竟然这么高兴，为什么呢。"

后来，她就切了手。她正在厨房里切洋葱，准备午餐，菜刀就切到了她的手指。她看着鲜血从手指上流出来，渗进木头的缝隙里。她说，正如所见，说完后立刻发现这听起来很傻，她还得做些什么，因为她的手指还在流血。于是

她用手帕包好手指。落到屋顶的雨打在阴铁上滴答作响。她捏着那被手帕包着的手指,傻傻地看着外面的雨。这就是独立的境界,在下雨天切了手指,血从手帕溢出,就好像内心的一切都随之流淌出来。

他们说,假如你绑上止血带,或是用线拴着,又或者将它放到水龙头下,那冰冷的液体就会凝结。她把手放到水龙头下时,雨也不停地下着,雨水和自来水都流个不停。线松了,她无法用一只手拴好。她想,或许我很做作,我弹奏舒曼的曲子,还假装喜欢《安娜·卡列尼娜》多于《温莎杂志》,可实际上我却很喜欢《温莎杂志》。可是,如果我不忸怩,就能拴好线,就能止血了吗,我还是不能止血,不能像伤了腿的埃弗里特太太(Mrs Everett)一样止住血。

眼看快到中午,可她什么也不想吃。她觉得自己宁愿哭一场。可是,独自哭泣并没有什么好处。高处的山是灰色的,上面有一片灰色的草。但是,在春天,草是绿色的。到了春天,她就会爬上去,在山上躺下,可是,那很遥远了,如今不是春天,一切都很遥远。

然后,她发现血止住了。她说,"我真笨。"说着又把手指包好,可这一切都没有人看见,这就是独居的一点慰藉吧。桌面上有一摊殷红的血。她想,可我并不喜欢血,也不喜欢碘酒,可是我该备些碘酒,放在家里。

总而言之,她感到非常孤独。客厅里的火都快熄灭了。火奄奄一息,她也奄奄一息了,这就是她的感觉。她要去看医生,让他给自己包扎手,尽管哈里迪医生看到她大中午赶来会不高兴。可她什么也顾不上了,她还是要去。她会走进他们家餐厅,打扰他们吃午饭,只要她看到他们坐在那儿就会很高兴,因为,在切到手后,在你发现自己不如想象中能够独立生活后,能看到别人的脸,就是莫大的安慰。于是,她穿上外套,走下山去,手紧紧揣在衣服里。她走在雨里,对一切都浑然不觉。如果她能去医生家里,看到他们坐在那儿吃午餐,这一路泥泞又算得了什么呢。走在街上,与人们擦身而过,她什么也不去想,她没有戴帽子,而那些戴了帽子的人就盯着她看。

当她走到哈里迪家时,哈里迪太太出来开门。她说她整个早上都很忙。

光看她的头发就略知一二了。

"可是医生不在家,"哈里迪太太说。"他出诊去康巴拉了。他一晚上都在那儿。"

"还真不巧。"

"不过,他应该很快就会回来了。他不会出去得太久的,你是否愿意等一下。"哈里迪太太问。

"那我就等一会儿吧,"艾丽斯说。

于是,哈里迪太太带她进了医生看病的房间。

"就在这儿等吧。"

说完她就出去了。这是星期一的早晨。要做的事还很多呢。

5

货车在商店前停下,车里探出一个人头来,东张西望一阵,然后缩了回去,由此看出这是一个陌生人,他穿着大衣。

"这一定是弗尔诺请来的人,"艾米·光达说。于是她放下手中那瓶橄榄油,自己跑出去看个究竟。

哈根正要从裤子口袋里掏车费钱。可是,他穿着大衣,手很难伸进去。风吹红了他的脸。一滴鼻涕挂在鼻尖,亮晃晃的,藏也藏不住。

"你是弗尔诺请来的吗?"艾米·光达问他。

他说,"是的。"

她就是其中一个中国人,一个黄褐肤色的小丫头,就像女教师一样站在那儿,或许她不完全是中国血统,可她像极了马塞尔布鲁克(Muswellbrook)的女教师。

她说,"他们会派车过来,可还没到这里。像这样的天气,从格伦湿地过来的路很不好走。"

"我正好到处看一看,"他说。

"哦,如果你愿意等,它迟早会来的。"

"看来我不得不等了。"

是淋在雨中,还是走进商店里,和一群中国人坐在一起。她就站在那儿,看他叠着双手。要看清陌生人的面孔,也会花一定时间。

"这里有酒馆之类的吗?"他问。

"往左边,顺着街道往上走。那上面就有。"

"哦,我上去找找看,"他说。

和一个疯子在车上待了那么久，是时候喝上一杯了，没有什么比以酒为伴更好。那个女孩把杜松子酒倒进姜汁啤酒中，然后冷静地坐在那儿喝掉它，就好像那是一杯白水。她说她叫贝拉，住在悉尼，喜欢杜松子酒。然后，他走上街头。在车上挤了一阵后，他走起路来显得很僵硬，他的大衣垂到了脚踝处。他转过角落，看到一个女孩把手放在外套里快步走下山去。

她看上去很讨厌，就属于那种人：你对着她们笑，她们却看着别的地方。其实你也不想浪费时间，只是友好地笑一笑罢了。你碰到的就是这么一个地方，你也见识到了，可你并不是傻瓜。这是一个肮脏的地方。房屋看上去像是要倒塌的样子。这里又穷又脏，瘦得皮包骨的老妇人在后院里东寻西找，就像佝偻的母鸡。可他也得知道，从穆林来到欢乐谷的就只有面包工人，而他们就是贫穷的象征。

从新英格兰来，让他有了优越感。在那里，你有用不完的钱。即使你没有钱，别人也有钱，这才是重点。总有人站着，递给你一杯喝的。你一靠在吧台上，就有人招呼，过来呀，哈根，这次又有什么新鲜事啊？他们亲切而友好。你还可以跟他们讲故事，天南地北，从干旱讲到洪灾。

他并没有找到酒馆。她说过，在街头上。可他满眼所见都是从小镇蜿蜒出去的灰白道路，还有两头短角的老母牛面对面立在道路拐弯处。此外，还有一条可怜的小牧羊犬在路边发着抖、狼吞虎咽地啃着一块骨头。他感觉自己就像一条淋了雨的狗，像一个傻瓜。

当然，四周围还有房子。你可以一路问过去。比如，那边，那个从前门探出头来的、戴帽子的女人，她穿着一件短上衣，身体遮了一半，看上去还算好看。

"请问，你能告诉我去酒馆的路怎么走吗？"他开口了。然后，他摘下帽子。

"可以，"她说。

她说着走下台阶来。

"就在街头。往右走绝对错不了。"

说完她就回到走廊里去了。他觉得,从这些丝带与胸针来看,她倒也有些别具一格。你能想象她在床上吃早餐的样子。于是,他手拿帽子站在那里。

"左边还有一家,可是关门了,"她笑着说,"不可能两家都赚钱啊。"

"那真是可惜了,对吧?"

他把她逗笑了。她笑的时候,两边的小发卷儿也在上下跳动。

她突然"哦"了一声,然后闭上嘴。

接着,她跑回了客厅,好像被咬了一样,好像……

她又回来了,笑着说,"不,你说得没错。早晨的时光过得真快啊!不管怎么说,你是一名游客。他们总要卖酒给游客的。"

"我想,这倒是个好去处。"

"那你继续往前走啊。"

他自己也笑了。他的头发被雨水淋湿了。他应该戴上帽子的。

她说,"看吧,就在右上方。"

就好像她在暗示他,最好走开,不能站在她家门前一样,可是她也想留住他,或是叫他进去,或者……她的左脸颊上有一颗痣。而此刻,他站在一个水坑里,他该走了。

"再见,"他说。

她点了点头,笑了,然后,她把嘴唇缩了噘回去,噘起嘴来。

如她所说,酒馆就在右上方不远处。那是一栋大的棕色建筑,木制的,还有几篮蕨类植物从阳台的平顶吊下来,它们从篮子里向下垂着,又黑又长。阳台的地面很脏。一只赛璐珞①制成的玩具娃娃脸朝下躺在地上,还有一条腿高高翘着。这就是要找的地方,只要能喝酒,在什么地方都一样。他回过头往路上看。她还站在家门口。可是,他一转身,她就进去了,好像她不想让他知道

---

① 赛璐珞:即硝化纤维塑料,旧称假象牙,是塑料的一种,由胶棉(低氮含量的硝化纤维)和增塑剂(主要是樟脑)、润滑剂、染料等加工制成。透明,可以染成各种颜色,容易燃烧。用来制造玩具、文具等。

自己在看他似的。他挥了挥手,可是她已经进去了,并没有看到。于是,他笑了笑,推开了酒吧的门。

"早上好,"哈根说着,走进了黑乎乎的酒吧里。

他用手拍打那黑色的木头,只是为了表示友好,表明他知道在这样的地方该有什么样的举止。酒吧老板点了点头。他一脸厉色,神情憔悴,他的唇都快窝进牙龈里了。这可不是你心目中酒吧老板的形象,这里也不是你想象中的样子,但这毕竟是在欢乐谷,于是他对酒吧老板说道:

"两杯约翰尼·沃克①,伙计。"

在一个昏暗的地方,你能看见里屋(那可能是厨房或洗碗室)里,酒吧老板的妻子和两个女孩一边擦着碗,一边看着这张陌生的面孔。可你也不想回看她们。在这样一个昏暗的屋子里,你连坐的地方都找不到。只有那个站在家门口、用胖嘟嘟的双手遥指方向的女孩,让你觉得自己的确是到了某个地方。你知道,她是与众不同的,而她也觉得你与众不同,这就是一种共鸣。

酒吧里还有两个男人。其中一个可能是牲畜贩子,他穿着格子外套,还镶着马刺。他双脚移动时,马刺就会叮当作响。此外,他手臂上还搭着一条黑色的皮鞭。而另一位是个老人,就是乡村酒吧里常见的那一类安静的老人,他似乎没什么用处,只知道站着、点头,希望从别人那里听到些什么故事。这一类人,要么就叫亚伯,要么就叫乔。然而,事实上,这个人名叫巴尼(Barney)。

就像一根干枯的柱子,一根蚂蚁丛生的烂柱子。哈根一口干了酒。那个奸诈的牲畜贩子,手上缠着的皮鞭就像一条黑蛇。

那个牲畜贩子对老人说,"没错,那可真是头不错的母马。"

"驼了你一百英里,她的背就不疼吗。她很勇敢,而且还不大。是一头漂亮的小母马。"

"你的母马要卖多少钱。"瓦尔特说,"艾伯特(Erbert)要我卖那匹母马,还

---

① 约翰尼·沃克,著名的苏格兰威士忌,原产苏格兰,用经过干燥、泥炭熏焙产生独特香味的大麦芽作酵造原料制成。

不如把我自己卖了呢。"

"你说得对,在乡下,你再也找不到比她更好的母马了。"

那个男人点点头。

你再也找不到更好的母马了,他也觉得是这样。

哈根又喝了一杯威士忌。他们竟然谈论一匹小矮子①,真让人恶心,就好像你们真的能在这个鬼地方养马一样,那可不是长着两条跛腿的蠕虫。真让他恶心。

"对于马,你们知道多少?"他说。

"呃?"那个牲畜贩子睁大眼睛说。

哈根想趁机表现一番。他要让他们大开眼界。他还希望她能(扎着粉红色的丝带)看一看自己如何与酒吧里的人打交道,或是他在辛格尔顿(Singleton)时如何骑上马去,那才叫真正的马。于是,他喝了一口威士忌,毫无疑问,威士忌会让你感觉舒服,然后你就会解开大衣的扣子。他站在那儿,双腿稍微分开,一脸严肃地看着那两个男人。

他说,"这里根本就没有马。"说完还停了一下,好让他们听明白。"山村里是没有马的,只有小矮子,"他说。"伙计,再来一杯威士忌。""你要是没去过北方,就不可能看见过马。这里只有小矮子。"

"谁说我没去过北方?"牲畜贩子甩着鞭子说。

他一口痰吐在地上,马刺"叮当"作响。老人那暗红色的唇呆呆地垂下来。

哈根拿起酒,"没人这么说啊。我只是在假设而已,没别的意思。"

两个人不能玩假设的游戏吧?

哈根弯下身来。他正在和酒吧里的人说话,因为他能讲好玩的故事,所以他们都认真地听着,而他,则第一次有了好感,好像酒吧里坐满了人,而此时恰逢北方的比赛周,人们走进来,女孩们则在房间里换舞会的裙子。

他吞下一口酒,说,"辛格尔顿有一匹马。那是一匹真正的马,一匹棕色的

---

① 小矮子:指发育不全的矮小动物。

大马。他们什么也不让它干。它长得很漂亮,骨骼饱满,不像小矮子那样。他们站成一圈,拿来了马勒,天知道,它竟然甩了下来,连搭在它颈子上的鞍褥也一齐甩了下来。你看了都得笑。"

"有个叫鲁布·伊萨克(Rube Isaacs)的人,腿上直接挨了一脚,你听说后也忍不住笑。踢完过后,那匹马就站在那儿,一边喷鼻息,一边扇耳朵。于是我走上前去说,你去别处逛一逛,让我来骑,怎么样?那畜生碰到我可就完了。于是,我抓住那畜生的耳朵,用力一拧。然后,我骑上了马背。它就围着院子飞一样地跑啊跑,吓得每一个人都紧紧抓住围栏。马蹄一路踏地,那个大杂种还时不时来个急转,那时候,我感觉自己的肠子都快甩出来了。接下来嘛……你们猜怎么着?"

可是没有人说话。屋里的那三个女人拿着餐巾顿住了,也盯着外面。那个牲畜贩子用手背擦着鼻子。

哈根接着说,"它冲出围栏,去喝了一口酒,然后开始不停地踢脚。可它并没有踢到我。没有。还没有哪匹马能踢到我呢。我就让它疯去,随它去了。"

牲畜贩子"砰"地一声放下杯子,说,"我在想你是不是根本就没那么做啊?"

"做什么?"

牲畜贩子甩着皮鞭说,"你应该知道啊。讲故事的是你,又不是我。"

"听我说,如果你认为……"

酒吧老板靠着吧台说,"没必要生气。"他的唇在牙龈之上抖动着。因为他只有在星期天下午才会戴假牙。

"谁生气了?"哈根说。

"你应该告诉我们的。别说那家伙踢到你了,"牲畜贩子说。

那个老人拿着啤酒傻笑。

"如果你认为我是在说谎……"

"你可真容易生气,"牲畜贩子感叹道。

这就是你给阴险的人讲故事的后果,你还不能和他争辩,你顾不上他的感受,就想折断他的背。你讲了一个故事,并且知道这只是一个故事,或一个谎言,又或者是故事,可你并没有告诉某个人这是一个故事。可对于那些卑鄙的小人,他宁愿在脸上给他们一拳,就像他在韦里斯克里克(Werris Creek)打那名剪切工一样,那时,她就知道他有多么强壮,而且她也喜欢看,她就站在那儿,脖子上围着一圈毛。他想打某个人,某样东西。他想下马来,证明它并没有喝醉,因为,反正它就是没有醉,他还要赶在七点吃饭,她说是时候叫他回来了,回来看看,吃点东西,看看几点了,看看是否有旅客经过。

"友善一点,先生,"酒吧老板说。

牲畜贩子说,"说得对,比尔。大家都是朋友,对吧?朋友好啊。你会把我当朋友吗,那位打马的先生?"

"一样啊,"哈根说。

"别人敬你酒,你是无法拒绝的。"

"那可是一匹好马。"

"你确定吗,"牲畜贩子说。

"对,真是好马。"

即便他不曾骑过,就算没骑过那匹马,也骑过别的马,然后,他们手靠在吧台上,手肘相互挨着,此时,气氛稍微融洽了一些,瓶子里洋溢着熟悉的光彩,酒吧老板的两腮往外鼓着。厨房里,酒吧老板的妻子将碗盘堆叠起来,碗盘碰撞,发出咔嗒声,其余两个女孩将餐布挂在炉火边烘干。牲畜贩子讲起了他和一群羊一起被雪困在康巴拉山上的事,那还是初雪时节,当时,他正将羊群从夏季牧场赶下来,可却被雪困住了,羊也死了。在同一个地方,曾经还有两个男人死在雪堆里,大约五年后,还有人仿佛看到过其中一个男人,可那并不是他,只是像他而已,那东西在树林中飘来飘去,又或者,那只是一棵灰色的树而已。接着,哈根又讲了他如何在涨水时游过巴望河(Barwon)的故事。然后又是那个女孩和摩托车的故事。大家都笑了,那个老人也笑开了,你也就有些沾沾自喜。大家都是朋友嘛。

"我得走了,"哈根说。格伦湿地那边派车来了。

他说完拍了拍牲畜贩子的背。他甚至想躺在地上,让那个牲畜贩子从他身上走过去,所有人都可以从他身上走过去,他喜欢他们所有的人。可他不得不去格伦湿地。他总是这样,眼看一个地方待熟了,却不得不走,真让人难过。

"我会来看你的,"牲畜贩子也往他背上拍了拍说。下午他就要去塔瓦(Tharwa)了,而且,也许一两年内不会再回来,他就是从那儿来的。

"再见了,巴尼,再见了,比尔,"哈根说。

然后,他就踏着一路泥泞走了。雨水滴啊滴,因为你喝醉了,因为弗尔诺说过,不管有没有钱,在路上都要保持清醒,该死的弗尔诺。他能感觉到泥浆一路溅啊溅。她挥着手,他们都在挥手,尽管这只是一种礼节,而你径直向前走去,希望看到一只白皙的手在窗前挥动。

一辆崭新的福特车在街上颠簸着行驶,接着又突然转弯,溅了一堆泥浆在哈根的大衣上。一张泛黄的、欢快的中国佬的脸从驾驶室往外看,他想要皱眉,却笑了起来。而那车子一路轧下山去了。

哈根骂了几声。被一个中国佬开车从路中间碾过你身边,这让他更加生气。他用手刮掉泥浆,然后抖落在路上。再然后,他呆呆地看着自己的手指。它们又粗又硬,背面还有一些微微发红的茸毛。他迷迷糊糊走下街道去,走到商店前,已经有一辆车等着载他去格伦湿地了。

6

他们在便池后胡乱地站成一团。有安迪·埃弗里特(Andy Everett)、威利·施密特(Willy Schmidt)、亚瑟·保尔(Arthur Ball)和罗德里·哈里迪(Rodney Halliday)。威利·施密特正嚼着一根从光达家买来的甘草,这样,他那一贯精致的红嘴巴,就变成了深蓝色的脏嘴巴。

"呃,"威利突然说,"你也尝一尝吧,安迪。如果你要,我可以分一半给你。"

而安迪·埃弗里特正朝便池墙上的瓦楞铁上扔石子。那些石头"梆梆"响了两声,然后扎进泥浆里。

"我可不要你的甘草,"安迪·埃弗里特说。"我如果要吃,就会带点出来,可我不喜欢它。"

他继续扔着石子。

"他当然可以带一点,"亚瑟·保尔笑着说。"我也可以啊。"

这时,威利·施密特的脸变得通红。

罗德里·哈里迪站到了一边,他和他们在一起,但是稍微隔开了,他正踢着地上的一个坑。听到安迪·埃弗里特那样说,听到石头发出了梆梆声,想着接下来要发生些什么,这让他不由得一颤,这个动作奇怪而令人恐惧。他们经常在课间跑到便池后面去。罗德里看着钟面,他知道再过多少分钟就会发生那样的事,于是他的手跟着指针转动,心也在跟着转动。下课后,他们就会到院子里去。他心里感到一阵害怕。他讨厌安迪·埃弗里特和亚瑟·保尔。他还看不起威利·施密特,他总是在那儿嚼甘草,嘴里嚼着,还露出一截在外面。而威利·施密特则像罗德里一样坐立不安。

这时，安迪已经没有扔石子了。

罗德里仍然看着地面。他真希望自己没有跟着他们到院子里来。他大可以走开，去和女孩们一起玩。他夜晚躺在床上就会想，我再也不和安迪·埃弗里特一起出去了。可他还是去了。有一次，他梦到安迪拔他的牙齿，那牙齿有木头那么大，梦醒后，他点燃了蜡烛，他看着房间另一边的镜子，他的脸在烛光中显得很黄，脸的映像在跳动，脸上满是泪水。周围一片安静，只有钟表的滴答声，一个巨大的影子在床前弯下来，过去、现在和将来，安迪·埃弗里特的影子都无可避免地出现在他的脑海里。

"看，'绿脸鬼'在那边，"安迪·埃弗里特说。

在便池后面待着也很无聊。没什么事可做。他突然对罗德里·哈里迪产生了一种蔑视。你看，他走过来了，那张又方又红的脸。罗德里也看见他了。他心里感到害怕。"像草一样绿的哈里迪，"亚瑟·保尔唱道。

威利·施密特嚼着甘草在一边傻笑。

罗德里往地上一踢。你什么也不能说，因为你的喉咙又热又胀，你的胃开始刺痛，或者翻倒，因为明天一到，你就要和他们一起到院子里去。他讨厌安迪·埃弗里特修剪不齐的头发下的那张脸，讨厌那带有红斑的皮肤，他的双手坚实而强壮，因为他晚上会帮爸爸挤牛奶。

"我们能把'妈妈的孩子'怎么样呢？"安迪抓着他的手臂说。

那张脸越来越近，还看得见上面的红斑，身体也不听使唤地往你这边压。安迪·埃弗里特总是穿着一件旧的哔叽外套，上面有一股挥之不去的奶牛的味道。

"给他一记勾拳，"亚瑟·保尔唱道。

从前，你还会抵抗，用力扯开缠绕在你耳朵上方的头发，他们都在笑，可你还是要反抗，但是，反抗当然没有好处。所以，你也不反抗了。就让它来吧。你的脸上就像一个拳击场，威利·施密特狠狠一拳揍过来，你就只能看到亚瑟·保尔那露出牙齿的嘴巴和安迪·埃弗里特那颗弹丸头。如果你足够拼命，或许还有反抗的余地,最终,你还是憋住了那声沉闷的呜咽,因为你绝不会让他们听到。

"我也要给他一记勾拳,"威利·施密特说。

结果,他们一个接一个,每个人都打了一拳,安迪·埃弗里特制住他的双手,并用身体压在他背上。他们说奶牛会把虱子传染给你。而安迪·埃弗里特可能会把虱子传给他。可他并不在乎。也许他们会拔光他的头发。威利·施密特这下集中力量,一连给了他好几拳。他一步一步地冲过来,狠狠地嚼着甘草。

有时候,你的大脑会与那无生命的疼痛相对抗。即便你知道自己就快疯了,可是他们感觉不到。以无感的方式发泄出来,让那种疼痛加剧,这样反倒会让你感觉好受些。这种做法看似很绝望,可你就得这么做。于是,你踢椅子,或者一头撞在墙上。正是有了这股劲儿,罗德里·哈里迪才从安迪·埃弗里特的手里挣脱,然后"啪"地一声打在亚瑟·保尔的嘴上,还一脚踢在威利·施密特的胫骨上。可是,接下来,他又害怕了。他们一起上了。事实证明,与疼痛为敌是一种短暂而愚蠢的做法。

"我要扭断你的脖子,"亚瑟·保尔咆哮道。

罗德里·哈里迪知道,按比喻的说法,他的脖子已经和断了没有什么区别,他知道自己躺在地上,安迪·埃弗里特坐在他的胸口上,他们不停地敲打,他的耳朵开始嗡嗡作响。他的头脑里不时会响起一阵声音。妈妈说,"你怎么把外套弄得这么脏,全身都是泥。"他并没有哭。他的身体停止了呼吸。或者说,呼吸已经凝结了。那一阵艰难而沉重的呼吸,最终还是没有出来,这时,上课铃声响了。

"还是别管他了,铃声响了,"亚瑟·保尔说,他的嘴巴上还挂着一道血丝。

安迪仍然不停地敲打着。

"教训教训你,"他说。

然后,他站起来,坏笑着,慢慢地、慢慢地把手擦干净。安迪、亚瑟和威利回过头来，看到罗德里还在那里躺着，他们的脸上还有一副不得不作罢的得意样。"会不会出事啊，"威利在门口紧张地说，"可是，说到底还是安迪的错。"

然后，罗德里站了起来。安迪露出了坏笑。他们三个走了进去。

结束了，罗德里·哈里迪想。他还要进去做算术。可今天这一页总算是翻过去了。他试图刷掉外套上的泥浆。他开始感觉到疼痛。他流血了。可同时他也自由了。他要回家吃午饭，然后读那本关于哥伦比亚的书，下午还要赶来上学。下午没有休息时间。以往放学后，他都是尽可能快地跑回家。有时候他们会追赶他，朝他扔石子，可是他跑得非常快。而此刻，他感到筋疲力尽，却也有些成就感，就像从穆林的牙医诊所走出来时一样，只是妈妈不会给他买冰激凌。这场战斗结束了，他还要进去和算术题作斗争。

他进去时，他们并不看他，都埋头看着作业本。只有几个女孩看了一眼。艾米莉·施密特（Emily Schmidt）双手遮住脸窃笑，因为挨打的是罗德里·哈里迪。她和玛格丽特·光达（Margaret Quong）说着悄悄话。可是玛格丽特趴在书上，在页边的空白处画着什么，并没有抬头。于是罗德里坐下来。这节是算术课。他的一处指关节上磨掉了一块皮。

"分给A和B一袋苹果，共有一百八十个，"莫里亚蒂太太一边念，一边往黑板上写，"A每天吃两个，B每天吃三个，两星期后，C来了，他每天要吃七个，问多久能吃完这一袋苹果？"

她的声音干涩而密集，就像掉落的粉笔灰。当她停下时，你听到威利·施密特模仿她的声音，当然，他的声音并不大，那头老牛是听不到的。粉笔在黑板上吱吱响。玛格丽特·光达扭动一下身体，然后把头缩进针织套衫的领子中，就像一只乌龟。"一百八十个苹果啊，"威利·施密特惊讶道。这时，有人打翻了墨水，有人放了一个屁；火炉里的火噼啪燃烧着，时钟又过了一刻。

欢乐谷的学校和镇里的其他建筑一样，都是为了某种目的而建造的，但却不是为了美观，也不曾考虑到建筑时间，它的房体已被雨水大量侵蚀，托梁也不再结实，接口开始松散，颜色已不再白净，墙面也已裂痕斑斑。这样一座低

矮而简陋的学校矗立在一座院子里，院子的尽头就是厕所，一个男厕一个女厕，山上吹下的风拍打在房子上，它就变得摇摇欲坠。瓦楞铁搭成的屋顶的一角也在风中摇晃。大一点的教室里还放着水盆，用来接住从屋顶上漏下的雨水。莫里亚蒂先生说，按理说大家都看得见，可事实上却没人在意它。

普尔维斯老师（Miss Purves）带着小一点的孩子们坐在较小的教室里，她患有慢性咽炎，脚上还会长冻疮。所以，她的时间大都花在鼻子和脚上，不是擦就是抹，还把手帕裹成球状放在课桌上。此外，她还有另外一条手帕，可她很少使用，只是用它来擦一擦、抹一抹，或者放在冰冷的手上，让那凹下去的下巴靠一靠。

大孩子们就由欧内斯特·莫里亚蒂先生带着在稍大、稍好一点的教室里上课，就是那间混杂着焦炭炉、凝固墨水和粉笔灰气味的教室。下雨的时候，就能听到雨水从屋檐上滴下来，落在那个瓷釉盆里，但也不会有人出来看。而屋子里是一片凄冷之象，只有莫里亚蒂先生穿着外套、戴着围巾（他说这也是以防哮喘病发作）坐在那里批改作业。这种凄冷，无可言喻。此外，讲台上方还挂着亚洲和非洲的地图，还有一幅稍大一点的澳大利亚地图。你若是累了，就趴在手上，想象自己在恒河（Ganges）或伊尔库茨克（Irkutsk）一带游荡。一只箱子里装着一只喂饱了的狐狸，还有几瓶泡着各种蛇类的药酒。时不时会有人带些花来。

罗德里·哈里迪叹了一口气。A和B和C。是要我和安迪·埃弗里特和亚瑟·保尔一起分享苹果吗？想起与安迪那有奶牛味的身体接触时自己那狼狈不堪的样子，他的身体轻轻一颤。他算不出来。如果你趴在手上直到它麻木，你迷失在印度洋那宝石蓝的水光中，你轻轻穿过里海东部那橘红色的草原，你走过了作为洪水天堂的印度平原。把注意力集中在ABC上，他的指关节不再痛了。他在指关节上吮了一下，无论炉子如何焦躁不安，他呼出的气如银帆一般没入黄海，除此之外，还有百科全书里上帝的脸和长着须的肉桂树，还有一个神仙蹲在一种植物上，就像玛格丽特·光达一样。于是他朝玛格丽特·光达那边看去，她坐在凳子上(而不是莲花上)做算术,她很擅长算术,她的算术是班里最好的。她今年十三岁,帮着姑姑在书店里整理书籍。他想和玛格丽特一起玩。她的声音很温柔。可是她已经十三岁了,而他才九岁,况且她还是个女孩。所以,他只能和安迪、亚瑟,还有威利一起去厕所后面,你知道的,你也是知道的。你在头脑中翻过一页,然后ABC又出现在你面前。也最好是那样。

7

来到一间以前很少来的陌生屋子里,这让你感觉与一切隔离开来。尽管你神志清醒时认为自己属于整体的一部分,可你现在已不是。你在一间陌生的屋子里等着,这却又是另外一种生活。你试着凭借屋里所见的物体重现这另一种生活,它们全都在另外一个平面,全都有一些怪异,你甚至觉得它们或许会说悄悄话。

艾丽斯·布朗一个人等在医生的看诊室里时就有这样的感觉。屋子里没有火,这就增强了那种孤独感,同时让那些物体的轮廓变得更加鲜明,这显然是另一种不属于她的生活。她在皮椅子上小坐了一会儿,切伤的那只手放在大腿上,一阵冷意袭来,她感觉自己被遗忘了,尤其是那只手和那张椅子,在一个没有火的屋子里,坐在一张皮椅子上,再没有什么比这更能让人感觉被遗忘的了。然后,她也坐够了,于是站起来四处走动。那个带她进来的女人在院中的洗衣房里整理亚麻线。艾丽斯从窗户里看见了她,还有一辆装满石子的玩具马车横在院子中间。除此之外,从窗户里再也看不见什么东西。

于是,她又坐回椅子上。此前,她的身体还有一丝温暖。或许空气也有一丝温暖。壁炉架上是两个小男孩的照片,其中一个手拿砖块坐在地上,看上去神情专注,另一个年龄稍微大一些,只是竖着耳朵站在那儿。那个大一点的孩子就是罗德里,她一眼就看出来了,他们早晚走过街道时都会问候一声,她喜欢他竖起耳朵的样子。只是,从照片上看,他的面色很苍白。此外,照片上还有哈里迪太太,她坐在医生的椅子上,脸上一副"我就这么点时间"的样子,眼看就要跳起来了,可照相的人才不管她哩。艾丽斯想起哈里迪一家刚到这儿的时候,大约是在一年前。那时候,她觉得自己该去拜访一下,可她并没有去,她说稍后再去,然后这种想法就过去了。可是贝尔珀太太去了,她说他们家的烤饼都发臭了,还有,哈里迪太太——对了,哈里迪家里没有生气,虽然你能感觉到那个可怜的女人生了病,但是一个家里总得有生气啊——是个呆头呆脑的女人。

哈里迪太太紧张地坐在那里。艾丽斯为她感到难过。她跷着二郎腿坐在皮椅子上,感觉自在多了,因为,即便是在火车站的候车室里,待的时间长了,你也会慢慢习惯。她看着那黑色的地毯,上面还有被什么东西烧过的小洞,是从炉子里落出来的火,还是烟头。此外,壁炉架上还有烟斗,还有医学书、一个骨灰瓮、一卷多恩的诗集和一本康德的书。她曾读过康德的作品,并深受其打动。或许,哈里迪医生还读过屠格涅夫的书,或者还读过《安娜·卡列尼娜》。可你们并不会谈论这些,你是为就诊而来,然后就会离开,因为哈里迪医生不会让你谈论什么。在街上遇到,他也会打招呼。其他时候,你就像不存在一样。他眼神冰冷,她觉得,那双眼睛是蓝色的,又或者是灰色,她也不确定。而且,他正在慢慢变老。此刻,他们开始吃午饭了,她听得到碗盘的声音,可是医生并没有回来,或者还在路上,而哈里迪太太……

这时,有人打开了门。

只见罗德里边朝里看边说,"我回来了。"

他看上去有些惊讶,尴尬地站在门口。接着,他无话可说,便又出去了。

他想进去拿书,午饭后看一下有关哥伦布的东西,可是布朗小姐坐在屋里,他就走开了,他可以等一下,因为他不想和布朗小姐说话,不想和任何人说话。他很乐意把贝壳送给玛格丽特·光达,这样他就可以去光达家的车库里看那只小狗了。于是他从走廊走到了客厅。

这时,哈里迪太太说,"罗德里,乔治去哪儿了?看看你的衣服!你都做了些什么?弄得满身是泥!"

他就知道她会这么说。

"我在院子里摔倒了,"他说。

"哦,亲爱的,你这是在糟蹋你的衣服!去把乔治找回来。"

他坐了下来,说,"他回来了。"

不管回没回来,反正他饿了,又是冷羊肉,他讨厌吃这个。他从瓶子里拿出一个洋葱。他妈妈则站在那边切肉。

妈妈切下一片肥肉,说,"真希望你爸爸能够回来。"

"乔治!"她叫道。"乔治在哪儿?罗德里,你总是没用。"她马上放下那些洋葱。

"好吧,"罗德里说,"乔治会回来的。"

他说着又坐了回去,挠了挠头。他希望家里有个比自己大的小孩,比如玛格丽特·光达,可乔治太小了,就只知道在院子里玩马车,要不就是从哪里摔下来,伤到自己。

家里有个弟弟是件很伤自尊的事。

一会儿就听到乔治在喊,"妈妈!我开——开不了门。"

于是妈妈说,"罗德里,你没看见我的手不空吗?你就不能去帮乔治开一下门吗?"

"哦,好吧,"他说。"只要你等得及我去开。"

他们可真够烦人的。他花不了多长时间吃午饭,因为他还要去拿书,然后一个人在屋里看。也许,他将来会成为一名探险家,而不是医生。又或许,到了那个时候,已经没什么可探索的了。

乔治很胖,甚至站也站不稳。罗德里打开门的时候,他差点摔倒了。

"别摔着了,"罗德里说。

"我没有!"

"别逗他,"妈妈说,"乔治,亲爱的,看看你的鼻子!好孩子,快擦一擦吧。"

"我不要擦鼻子。"

"不然它会掉进你的碗里,"罗德里说。

"别说得那么恶心!"妈妈说,"到妈妈这儿来,我帮你擦。"

乔治哭了。他老爱哭。

哈里迪太太咳嗽一声,说,"哦,天哪,我都有两个什么样的孩子啊!"

她坐在羊肉和腌洋葱前,喝了一口水,却仍在咳嗽。她把手靠在桌子上,看样子是在思考自己是否有时间吃东西:还有伍德豪斯太太(Mrs Woodhouse)撕碎的那条床单,还要织毛衣,鸡也还没有喂。"奥利弗回来了,"罗德里喊道。他衣服上满是泥浆,望着院子里那生病的母鸡,奥利弗拿出一支枪,站在很远的地方,准备射击它。

希尔达·哈里迪把那盘羊肉和咸菜推了回去,一手靠在桌子上,一手放在胸前。一想到生病,即便只是一只母鸡,也会让她把手拿到胸前。

"把这也吃完,乔治,好孩子,"她说,"妈妈不饿,你吃你的。"

希尔达·哈里迪已经快四十岁了。而奥利弗才三十四岁。可是她说他们很幸福。坐在植物园的椅子上,闻着莫顿湾无花果的味道,他说他要写一首诗。她戴着一顶黄色的帽子,如此,显得她的脸色略微苍白。当然,罗德里也很苍白(他长得像她,不像奥利弗),可这却不是大家所说的贫血。

"你没受伤吧,亲爱的?"她问。

"为什么会受伤?"

"摔倒了呀。"

"没有,"罗德里说。

他要折一个纸飞机,然后爬到光达家车库的大梁上,让它慢慢滑下去。那时,玛格丽特会站在下面。瓦尔特·光达给他的打火机加上汽油,可他只是用来看火焰,因为他不会抽烟。

"你千万要小心,"希尔达说。

奥利弗也这样说过,他们叫来给她治咳嗽的布里奇曼医生(Dr. Bridge-man)也这样说过,可她没想过要告诉奥利弗,布里奇曼建议她多去空气清新的地方,会好的,没什么可担心,只需吸入足够的空气就好了。空气。希尔达·奥利弗坐在桌边上,深深吸了一口气。会好的。她很快好起来,奥利弗也高兴了。只是,有时候,她在夜间开始咳嗽,就会硬堵着不咳出来,以免吵醒奥利弗。到了晚上,她有时候也会想,如果他们能离开欢乐谷,去昆士兰,或者暖和一点的地方就好了,不为她自己,只是为了孩子们。她可不想成为拖累。奥利弗真的该向院子里那只一瘸一拐的母鸡开枪。

"罗德里,你的手怎么受伤了。"

他正想象着自己在黄海航行,忘记了手上的伤。这下他又回来了。

"是的,"他突然说。"我打了亚瑟·保尔的脸。"

"这么说,你打架了。我想也是,你并没有摔倒。我可不喜欢你不说实话。"

这明明就是赤裸裸的谎言,而她却说这是"不讲实话",他觉得这样很搞笑。然后,他咬了咬唇,皱起了眉头。

"哦,知道了,"他说。

"不。我倒希望你说的是真的。"

一切仿佛又重现了,安迪·埃弗里特——那头身上有奶牛味道的大奶牛,他的身上或许还有虱子,他还有着一颗弹丸头——在梦里,在你的床头弯下身来,在学校的便池后扭你的手臂。去读寄宿学校吧,爸爸说过,离安迪·埃弗里特远一点,能走开就走开,要么就回你的房间去,试着不去想也没有用,这一切又重现,一次又一次,不去想也没有用。

"亲爱的,罗德里,你不准哭。你已经这么大了,不要哭,"她说。

可这番话反而让他想哭。他讨厌这一切。她看着他,他就更加想哭了。他要去找她。他还要回学校去。他将脸依在她的脖子上,然后哭了。

"我在这儿呢,在这儿呢,"她一边说,一边用手拍着她的背。

这时,乔治张开了嘴。他坐在那里,胖嘟嘟的模样,一脸吃惊的样子,他扬起勺子,一片土豆在他的嘴边晃来晃去。

"好吧,"妈妈说。"你很快就会去别的学校。那里会有许多好相处的男孩。"

她的脖子很柔软,他的脸触上她的头发,他躲在她的发间轻轻啜泣,他想留下,或是希望她能在他晚上醒来时出现,就像得了支气管炎,点上一支蜡烛,他感觉好多了,墙上已经没有了影子,她就坐在床头,捋捋他的头发。

"罗德里做了什么?"乔治说。

"没事。罗德里没做什么。吃你的饭。"

"可是罗德里在哭啊,"乔治说着哭了起来。

"哦,亲爱的,"她说,"是谁干的,罗德里?"

"没有人。"

他吹了吹鼻子。他觉得这样很傻。他要回房间了。

"你不吃点布丁吗?"她说。

"不,我不要了。我要去房间里玩。"

看他进了屋,她把头转向乔治。

"现在好了。罗德里很伤心。还要苹果布丁吗?"她问。

"苹果布丁,"乔治叹息一声说。

她将手放在胸前。她一定要和奥利弗谈谈孩子们的事。在悉尼的最后一个冬天,罗德里患了支气管炎。他说,百叶窗"砰"一声落下来,惊醒了他。就好像奥利弗在床上坐了起来,还有运兵舰,而她和简大婶一起站在码头上,人们说战争很快就会结束,事实也是如此。乡村医生的妻子带着病人到候诊室,只是他们并没有候诊室。她一定要告诉奥利弗关于布朗小姐来过的事,告诉他自己犯咳的事。她不能去想了,因为一想她又得咳嗽了,她不能吃苹果布丁,只能拿着一块手帕,咳嗽。

"妈妈在咳嗽,"乔治说。

希尔达·哈里迪终于缓过气来。这把她弄晕了,她也不知道接下来要做些什么。你脚之所及,没有踏实之地,除了嫁给奥利弗,她等啊等,他终于回来了,还从巴黎给她带回一条围巾和一枚胸针。他们结婚的时候,她还戴了那条围巾。嫁给奥利弗以后,她感觉安全一些。她说,他们非常幸福。六年如一日,因为他们志趣相投,而且她欣赏他,她有主见,想要帮助他(如果他愿意的话),不管怎么说,她可以做很多事,而他晚上就坐在椅子上给她讲有关病人的事。正因如此,一旦有事发生,就变得如此可怕。她必须当心自己的身体。

奥利弗·哈里迪走进餐厅。他累了。他的脸上已经长出了胡楂。

"哦,你终于回来了,"希尔达说。

他弯下身来亲吻她。他一脸冰凉。

"是啊,"他叹了一口气说,"我终于回来了。"

"爸爸回来了,"乔治说着掉了一圈苹果在地上。

希尔达又开始切羊肉了。

"你看上去很累,"她说,"那个可怜的女人怎么样了?"

"她很好。"

"孩子呢?"

"不好。"

她一边切着羊肉,一边同情地皱了皱眉。她不打算再问下去,不会当着乔治的面问孩子的事……如果那是罗德里或者乔治的话她该怎么办。如果是乔治的话,她就没法活了,旅馆里那个可怜的女人又该怎么办呢。痛苦将她与酒吧老板的妻子紧密联系起来。

"这是午饭,你一定饿了吧,"她说。

他坐在椅子上,他的确饿了。而且,从雪橇上跌倒那一刻,他的肌肉就开始疼痛,他的脚尖也扭伤了。可他还是回来了,回到了自己的家。餐桌是一张红木圆桌,上面放着一个调味盘。他坐下来,开始吃饭。光吃羊肉也不错,希尔达双手交叠坐在旁边,可她面色憔悴,仿佛没睡觉似的。她在笑,或者说那种神情像在笑,每当她发现他在看她时,她就是这副神情。那是一种亲密和鼓励的信号,或者说,要么是亲密,要么是鼓励。他喜欢她,可正因如此,事情才不好办,你喜欢上一个人,却要在这喜欢背后去寻找另外的东西,这就是难上加难。

"罗德里呢?"他又起一块洋葱,问道。

希尔达叹了一口气说,"可怜的罗德里,他……"

然后,她又打住了。

"他吃完饭后就回到屋里去。"

"罗德里怎么了?"

"我不知道,他好像心情不好。"

她不打算现在告诉他。因为他累了。可是之后,她会跟他说罗德里和寄宿学校的事,还有喂鸡的事和那只生病的母鸡。她不会跟他说伍德豪斯撕碎那条床单的事,因为他会不高兴。芝麻绿豆的小事总会惹怒奥利弗。

"罗德里在哭呢,"乔治说。

"跑出去玩吧,"希尔达说,"看,没下雨了。"

达到燃点后,火从木头的裂缝里蹿燃起来,奥利弗并没有看希尔达。他只顾着吃。他知道她一会儿有话要说。你应该感谢那些小小的借口。只是,在面对决定性的问题时,总会浪费许多时间,这便是永恒的纵容,而永恒的纵容里总有让人又气又怜的东西。希尔达试着不这样想,又或者,她不会这样想,因为这让她感到害怕。她将自己的浅薄建成一只木筏,任其逐流而下。她试着把他拖上自己的木筏,当他差点将其打翻时,她也不曾抱怨。"我一定要好好对希尔达,"他心里默默说。"我开始变得孤僻,也开始自省。是天气使然,又或者是年龄。"那些夜晚,去伯基特教授(Professor Birkett)家,一边聊天一边喝啤酒时,内心倒也萌生出一系列可谓好办法的公式,你走的时候,还在脑子里清楚地记下它们,供将来参考。任什么也不能和理论抗衡,因为它是历经了风雨锤炼的。后来,你就把那些标签丢失在时间里,于是你又开始,或者试着开始,结果却弄得一团糟,你想把这一切掀翻,可那是不可能的,因为希尔达、罗德里和乔治还抓着那些碎片,而这些碎片又建立在那些你以为曾经存在过的东西之上。罗德里为什么会哭呢? 他继续切着羊肉,一边还听着火燃烧发出的"噼啪"声。周围很平静,这种平静让他高兴。他的双腿还在疼

痛。他已经疲惫不堪。

"哦,亲爱的,"希尔达突然说,"我怎么给忘了,奥利弗,布朗小姐还在你的屋里等着呢。"

他断然地说,"让她多等一会儿。"

"或许你应该……她已经等了四十五分钟,她说她切伤了手。"

于是奥利弗放下刀叉。他通过走廊往屋里走去,那是他的药房兼询诊室。

"早上好,"她说着从椅子上站起来。"我本不想中午来打扰你。如果你不愿意,我可以回去。"

因为他皱着眉,这让她有些不自在,所以说了这番话。她看着他,他的眼睛是蓝色的,不是灰色的,而且他的胡子也没有刮。很显然,他整晚都在外面。他看上去十分憔悴,就像圣徒之书里写的长着胡子的圣徒,又或者他根本就不是圣徒,他只是累了,只是没有刮胡子而已。不过,看着他皱眉的样子,她倒希望自己没有来过,她暗暗责备自己那突如其来的慌张,是它勾起了自己对于陪伴的渴望。

"让我看看,"他说,"听说你的手切伤了。"

于是她揭下手帕。

"基本错不了,"他说,"我看,至少得缝六针。"

"哦,不,不要。我讨厌缝针。会痛吗?"

然后,他拿出一瓶碘酒和一块原棉。

"当然会痛。"

这句话几乎是从齿间挤出来的,她觉得,就好像……碘酒渗入伤口中,她的膝盖弯儿突然发热,她托着手腕,傻傻地笑了。她想四处走走,想咬住嘴唇,她能感到气息从喉咙往上冒,正形成一声呻吟。然后,她看着他。这时,他也看着她,一副超然的样子。她曾将某种被压制的东西的意义缩小在一页纸上,或者在镜头下翻滚。然后,她又发现,其实他并没有看她,那只是她的想象而已,或者他之前看着她,又突然转移视线,并转向一个她从未设身的世界,也没留下可循的迹象。他转身,拿出一条绷带和一些软麻布。

"好痛,"她说。

他给她绑上绷带,并不理会她。他的手很冷。他捣弄着她的手,就好像那只是与身体隔绝开的一包骨骼与组织。她觉得他没有必要这么专业,甚至有点粗鲁了,然后,她就想起了斯托普福德—钱珀努恩太太,那位曾经教她梭织的老妇人,她的身体和心灵都像凫绒一般柔软而舒适。

她不喜欢哈里迪医生,因为他也不喜欢她,这一连串的事让她开始羞愧:联想到一半的关于哈里迪医生的事;她独自坐在屋里想象着自己会问他是否读过这个、读过那个;或许他也曾觉得她与众不同。因为,艾丽斯·布朗私下里非常希望人们认为她与众不同,也正因如此,她才会在午后读《安娜·卡列尼娜》,才会弹奏舒曼的曲子。

"好了,"他说,这语气分明是在说,我终于可以回去吃午饭了。

再没有什么可说,于是她让他带她出去,她走下石阶,走上街道。此时,她感觉愈发清醒了,就好像自己最终摆脱了许多过剩的、肤浅的情绪。贝尔珀太太的裙子还没做好呢。她试着不去想哈里迪医生,在他眼里她就是个傻瓜,让自己以傻瓜的身份置身于聚光灯下,这种感觉极不舒服。

"你得朝那只可怜的母鸡开一枪,"希尔达说。

他回来时她就站在餐厅的窗前。希尔达在那只生病的母鸡身上发现了同情的实质,又或者她自身就容易让人同情,他是这么觉得的,就好像他曾在法国教堂里看到的一幅寓意深刻的肖像一样,有着哥特式的凄凉而空无的双手,站在欢乐谷中,只不过,她是希尔达,喜欢穿连裤装,要么是蓝色的,要么是灰色的,而且都是她自己做的。她的头发卷卷的,垂下几缕在两边。他将手放在头上。那个切了手的布朗家的女孩,是不真实的,或者他,或者欢乐谷,都是不真实的,它(欢乐谷)映入一个寓言的世界,而那里的主题就是疼痛。你看着那个布朗家的女孩,除了一层自怜的面纱外,什么也看不到。已经两点半了。你站在餐厅里,独自怜悯,这就是不同之处,却也是相同点,惊了别人,自己却也

躲不过,终究是相同的。

"你还没吃布丁呢,"希尔达说。

"我不想吃布丁。"

"奥利弗……"

她看着他,想对他说一些难以启齿的事,她揉着双手,就好像很冷一样。他们俩想说些什么,于是就有了下面的对话。

"是罗德里,"她说。"他得去别的学校。他开始发觉自己与众不同了。我是说,与其他人不一样。他们欺负他。我们得把他送去悉尼,找一所合适的学校。"

"好,我知道了。"

他的头开始痛。

"我们得尽力,"她说。

"好,我来想想。这就要花钱,你得给我点时间,希尔达,我不能一下子就处理完这些事。"

他这是在保护自己。她看上去很担心,担心罗德里,或是担心她自己。希尔达夜晚会在床上咳嗽。她在床上翻来覆去,说,"我睡不着,奥利弗。""几点了?我睡不着,"她说。"我口渴了,你给我倒一杯水好吗。我睡不着。"此刻,他看着她,她站在那儿,说着罗德里的事,而接下来,他也有很多话要说,还记得布里奇曼医生,记得她藏起手帕。可是,对于与你亲近的人,你无法用语言来表达同情。于是,情况就变得更难了。

他走过去,用手碰了碰她的脸,帮她把几缕头发捋到耳后。

他说,"好,我们想想办法,好好解决这些问题。"

他感觉她退缩了。

"不是……我只是说罗德里应该有一次机会。"

"没犯咳嗽吧?"

她垂下眼帘,说,"我没事。只是有时候不舒服而已。只是有一点咳嗽。

夏天一到我就会好多了。"

他拉着她的手。两个人之间,有说不完的话。他喜欢她,所以应该有说不完的话。可是,他们就像站在车站里等着火车的两个陌生人。你总是等着一些没有说出口的话——一些或许最终你不会说,但你认为应该说的话。

他坐在桌子边上开始就事论事起来。昆士兰有个我认识的人,叫伯基特。奥利弗想用他的诊所在南方换点什么。去那儿你就会好一些。我们经过悉尼时,就把罗德里留在那里。

她一动不动。可他能感觉她松了一口气,能感觉到她内心的感激,因为他们就要离开了,希尔达又有一次机会将她的脚伸向踏实之地。

"我不是那个意思,"她含含糊糊地说,"我只是觉得,罗德里……"

"我今晚就给伯基特写信。"

"去昆士兰就好了。那里很暖和,"希尔达慢慢地说,然后慢慢地收拾碗筷。

此刻,她安宁了。他似乎让她一些小小的神经停止了颤动,正是那些神经让她没完没了地来回跑动。可是她收拾东西时的样子看起来很疲倦。

希尔达说,"你该躺下休息。"因为她喜欢将自己的情感传递给和她接触的人。

他轻轻地亲吻她的颈背,闻到一股熟悉的香味,那香味,那轮廓,坐在植物园的椅子上,那时,他以为自己什么都懂。如今,他什么都不懂,或者说,至少他不懂希尔达,除了她的香味和轮廓外,他什么也不懂。

他张开嘴,想说——什么?然后,他经过走廊,向药房走去,他要去里面躺一躺。他累了。稍后,她会给他端茶来。乔治在院子里用玩具马车载石子玩。

8

弗尔诺太太(Mrs Furlow)推了推门,发现门锁了。

"西德妮(Sidney),亲爱的!"她喊道。"西德妮!"

"什么事?"

"你在干什么呢,亲爱的?"

"没什么,妈妈。"

弗尔诺太太站在门边,一只手拿到嘴边,有点不知所措。

"你不出去呼吸点新鲜空气吗?"

"外面下雨,不去。"

"已经没下了。你出去走走吧。"

门内的沉默使得弗尔诺太太皱紧了眉头,头靠在门上。

"要不去骑个马,"她说道。"我让查理(Charlie)给你备马。"

随后她便走开了,心里稍微松了口气。她早已为西德妮去骑马做好了安排。

弗尔诺太太总是一副困惑不解的模样,显然,根由是她女儿,而且最让她心心念念的也是她女儿。她总爱说,我小时候可不会这样做,不会那样做,但是这样的念叨根本无济于事。我已经尽力了,她常说,这意味着她又做了一系列的安排。她做过很多的安排。她曾安排西德妮嫁给一个名叫肯布尔(Kemble)的年轻男子,他是个英国人,总督府的一名副官。肯布尔对此并不知情,但弗尔诺太太知道,这事就成了一半儿。弗尔诺太太只负责唠叨,余下的全留给女儿自己去努力。弗尔诺先生则很温和,因而女儿很爱爸爸。弗尔诺太太说过,西德妮对爸爸的爱尤为热烈,这句话里没有丝毫的妒忌,或者说,解决这一尴尬情况她自有妙招,她会暗示自己,是她亲手培育了西德妮的这份热烈。令弗尔诺太太感到宽慰的是她自身的能力,无论是作为慈善机构的主席还是排解他人的情感问题,她都做得很好。

西德妮让她捉摸不透,但这并不影响她的自信。在精神上,弗尔诺太太总是戴着一顶王冠。而且她也确实有一顶王冠,平时小心地收捡在一个丝绒盒子里,只在重要场合佩戴,比如总督府举行晚宴或者市长大人举行舞会的时候。戴上王冠的弗尔诺太太看起来非常优雅,高昂的头加上略扬的下巴,尽显她的女性魅力。当她昂然走在满屋珠光宝气的人群之间,所有人都在惊呼"我的天哪",这样的话传入弗尔诺太太的耳中,直接会被理解成对自己的赞美。这是因为她天生就坚信自己作为公众人物的重要性。她喜欢看《悉尼先驱晨报》,上面有对自己衣着的长篇大论。此外她还在暗地里关注威尔士王子。

弗尔诺太太说,可西德妮却成日闷闷不乐地躲在自己房间里看书。我那会儿可不这样。并不是说弗尔诺太太那会儿就不看书,她可在迪莫克的图书馆支付了不少的订阅费,那里时不时就会寄个包裹过来,休·沃尔浦(Hugh Walpole)的小说和与旅行有关的书籍,虽然她最喜欢的还是那种带有情节和图片的旅游手册。但西德妮却在房间里百无聊赖。她没给女儿缴纳镇上女子精修学校的学费,所以女儿才只得在房间里生闷气。这也是她去敲门的缘由之一。让她去外面骑骑马是为了她好,为了让她的气色变好一点。总得有个人想着舞会,想着《赛事周刊》(*Race Week*),想着罗格·肯布尔副官呀。

"我得叫他们把西德妮的马备好,"弗尔诺太太走进丈夫书房时说道。

弗尔诺先生随意应和了两声。他总喜欢坐在书房消化午餐。此时他正在看周六的《悉尼先驱晨报》,因为周一还未来临,又因为他总得手上拿份报纸才舒服。他盯着巨额的股票价格挪不开眼睛,之前他已经看了好几遍,但对于弗尔诺先生来说,永远也看不够。

"我真不知道该拿西德妮怎么办,"弗尔诺太太说道。

她丈夫嘟囔了两句。

"她会想明白的，"他说，"别去吵她。"

"但是总该做点什么吧。但她对什么都不感兴趣。也许，我可以让她负责插花。对的，就让她干这事儿。西德妮以后也用得上。"

然后她便出了丈夫的书房去给布兰弗德太太（Mrs Blandford）写信，并非自己有很多话要说，但总得写满整整一张纸才能让人安心。和弗尔诺太太一样，布兰弗德太太也是一名拓荒者。也就是说，在很久以前的某一天，她们的人就已经移居于此，对于这一点原本无可厚非，虽然弗尔诺太太的一个远亲确实嫁给了一名罪犯的后裔。弗尔诺太太一直在努力忘记这件事。她觉得布兰弗德太太应该不晓得这件事。无论如何，她俩都是拓荒者，而且，不管是王冠还是与总督府的亲密关系，都代表着一个庞大的家业。

"如果西德妮能明白事理就好了，"弗尔诺太太说。"她这么漂亮，在舞会上却像根木头一样一直坐着，也不给那些年轻人一个机会。"如果是弗尔诺太太可不这样。罗格·肯布尔长相英俊，脸庞微微泛红，还带着一点局促不安。"非常英国，"弗尔诺太太评价肯布尔的这几个字可是她能给出的最高赞扬。整句话的重点在于：非常像威尔士王子。但是罗格·肯布尔却不是很喜欢那样，虽然在各个方面他都跟她女儿非常相配，但婚姻才是唯一令人满意的结局。可以这样说：西德妮·弗尔诺就是罗格·肯布尔太太。弗尔诺太太写给布兰弗德太太的信中满是这样的暗示，只要她看透了这些暗示，这事儿基本就能定了。

但这事儿要定下来也不容易。布兰弗德太太这人挺善变的，她告诉自己。她在想布兰弗德太太是不是已经听说了温特斯夫妇（The Vinters）要离婚。实际上，布兰弗德太太告诉过她，只不过她忘了。

弗尔诺太太坐在休息室窗口的书桌边。窗外起风了，种母马们挤作一团，任随它们的屁股接受风的洗礼，牛群为了取暖也拥挤在一起。这令人厌烦的鬼天气，弗尔诺太太在信中写道。这天气已不再是自然现象的一种干扰，而是引发弗尔诺太太精神磨难的一种状态。这些牛群和种母马，加上因体重超标从而步履沉重地朝着河对岸的围场走去的公羊，山坡上的母羊，后厨的女佣，以及此刻因便秘几乎无法走动的小猎狐犬，所有的这一切都表明了她在物质上的富足。

事情往往会这样，倘若你一生中的大部分时间都家境优渥，而你的家人也生就衣食无忧，那你们便会对此习以为常。格伦湿地庄园(Glen Marsh)便是如此。对于书桌前的弗尔诺太太和书房里的弗尔诺先生来说，外面的美景已经失去了它的吸引力。你与这片土地之间已经生成了一种紧密的关系，但它凭借在相应的季节之中不夸耀不虚饰的变化，永远都在展现自身最完美的状态。

弗尔诺先生翻到赛马版面。他的腹部传来了咕隆咕隆的声响，现在的他是该好好享受一下午后的悠闲时光。再者说，新的监工下午就到了。他轻轻地叹了口气，开始研究这一季选手的状态。沃里克农场(Warwick Farm)的绝杀(Checkmate)和火蜥蜴(Salamander)，罗斯希尔(Rose Hill)的乐乐(Gaiety Girl)。而对于待在自己房间里的西德妮，他或许该去看看，又或者不该去，坐在这里研究赛马可要容易得多。只因弗尔诺先生的人生线路始终坚持的是随遇而安，得过且过，而且他也从未扪心自问过自己是否需要遵循某种人生准则。

弗尔诺先生并没有多少想法，而只有在理解一些近乎蛰伏的本能时与他人相同。他对自己的家业只有一种说不清道不明的情感，而对于妻子，这种情感更加含糊，因为这已经成为了一种习惯，他们就在那儿，而他也接受了他们。同时他也在以一种慈爱的方式摸索着疼爱自己的女儿。在她还是个小女孩的时候，他教她骑小马，去悉尼旅行的时候带她去冷饮小卖部吃雪糕，把她放在高脚凳上，骄傲地看着她点最贵的雪糕。他说，那儿那儿，小姑娘，擦擦嘴。他很幸福，所以也希望自己的女儿幸福，吃吃雪糕，干她想干的事情。看着女儿一天天长大，天天都充满了惊喜，而且近乎于震惊。后来她成年了，当然也越来越懂事。以前，他很喜欢女儿趴上他的椅背，将脸靠在他的肩膀上，跟他说，亲爱的爸爸，我没钱啦。于是他就不带她去吃雪糕，而是换作给她五英镑。他不会像杰茜一样忧心忡忡，而是坚信时间会解决一切问题，而且时间也确实解决了这些问题,西德妮长大了,开始梳妆打扮了,至于结不结婚,只要她喜欢都可以。一只苍蝇飞过来停在了弗尔诺先生的鼻子上。

他费力地从椅子里站起来。今天还没有测量雨水。他穿过过道走到长廊,站直双腿,调整了下气息。在西德妮的门口,他停留了片刻。随后一股顺其自然的从容笑意爬上了他的脸庞。

西德妮·弗尔诺躺在床上。她脱了鞋,一只脚伸向天花板,并努力把腿抬高,细细观察着自己的足背。然后不停地拉扯着长筒袜上的吊袜带,让它有一搭无一搭地拍打着自己的腿。她叹了口气,将腿放在床上,唉,她又叹了口气,接着咬住嘴唇。枕头非常暖和,这种温暖带着些许的堕落和错位,午饭后躺在这种温暖的床上,将脸颊放在亚麻布料上摩挲,思考着下一步该做什么。这种感觉让人直想哭,要么无所事事,要么看看书吧,看看书吧。她哭起来的时候,十分可人,有时她会对着镜子哭。或者拿起一本书翻翻,在字里行间寻找一些比较有意思却引人绝望的词句。"唉,"她又叹息一声,"我是孤独的。"①她似乎想去外面草地上骑着马在风中驰骋。妈妈说查理必须一起去,以防意外发生。但我可不愿意去哪儿都要马夫跟着。"我相信在我单调的祖国(我是孤独的),我周围的一切都在我对镜子的狂热中(看到了)。"想想那张愚蠢的脸对你说,西德妮小姐,我需要帮你把鞍带绑紧一点。去他的鞍带,她才不在乎自己是会跌下马,还是会弄折了胳膊,被仆人抬进房间,而妈妈则从楼上冲下来看她。它用睡意的沉静反映着,目光如宝石一样明亮的海洛狄亚德……最后的魅力呵,是的!我感到了,我是孤独的,总戴着棉手套的蠢笨的凯雅老太太在科汀小姐的学校教法语,我的小西德妮,海伦(Helen)和安杰拉(Angela)都盼望着几个海军军人能带她们去舞会,虽然这些个军人都相当邋遢。书掉在了地板上。

西德妮·弗尔诺19岁了。她在悉尼的科汀小姐精修女子学校读了两年书,

---

① "我是孤独的":这句诗出自马拉美的诗《海洛狄亚德·奶娘篇》。此段所有法语句子都是。

并没学到太多知识,但科汀小姐学校的目的并不是教学。弗尔诺太太,我们学校的唯一目的就是让我们的女孩子们做好面对人生的准备。科汀小姐的课程包括茶道和礼貌的调情。结果这些女孩子大都学得不错。她们都不生气,像西德妮一样,她们在被年轻男子邀请跳舞的时候都能说一些漂亮话,而且能在恰当的时候优雅地依偎在他们怀里。如果你再让她学一年,她必将大有所成,科汀小姐说道。

她绝不会还想再待一年的。她想回家。所以她回了家,而家里太无聊了,就是因为无聊,西德妮才会在午饭后读马拉美(Mallarmé)的诗。"我自信在我单调的祖国我是孤独的,目光明亮的海洛狄亚德……"①她把又细又黑的手臂伸过头顶,抓住床栏杆,放纵一股强烈的懒怠感在她的皮肤中游走。衣裙之下的双峰隐约可见,瘦小却挺拔。她的头发像无数的蛇信子一样散落在枕头上。

"见鬼,"西德妮猛地坐起来说道。她想哭。"最后的魅力啊……"她跳下床,坐到梳妆台前,怒气冲冲地看着镜子里的自己。在那次舞会上,他曾想要用手抚摸她。她面带愠色地轻抚自己的乳房,她的双乳之间温暖而结实,这种感觉让她嘴角露出了笑容。她让他去死,在战舰上习惯了唯命是从的他一脸目瞪口呆的表情使得她大笑起来。但她并没有受到过这样的教育,所以一时间笑得前仰后合。海伦说她的笑容就像是一条线,还有她那薄薄的嘴唇——好吧,确实很薄。

她从梳妆台上拿起一只口红,开始拼尽全力地涂抹嘴唇。此时她的嘴看起来就像是一个伤口。随后她拿起眼影上眼妆,坐在那儿眯着眼睛观察蓝色眼影和嘴唇的效果,衣服已经掉到了胸部位置。她笑了起来,或者说至少鼻子里发出了一声轻哼。是的!我感觉到了。她现在看起来就像是一个妓女。

"西德妮,"弗尔诺太太的声音从门那边传来,"你还没去骑马呢?"

"没,这就去。"

"别那么粗鲁,"弗尔诺太太在门那边抱怨了一声。

---

① 采自傅雷的翻译。

她离开了。你能听到她穿过走廊的声音。她已经走了。

"现在该做什么呢,"西德妮自语道,或者说她的鼻息在询问这一问题,同时拿起薄棉纸开始擦拭眼睑。她把头埋在梳妆台上开始哭泣,完全没有抑制这一情绪。这情形看起来就像是一根电线在不停地抖动。

"斯坦(Stan),亲爱的!斯坦!你在哪儿?"弗尔诺太太在呼唤。

随后,她走到长廊,看到他手里拿着个量杯,正在测量昨晚落到测量仪器里面的雨水。"呀,你在那儿呢。新监工到了,你最好去书房见见他。我已经让他去那儿等你了。"

弗尔诺先生举着量杯,半眯着眼睛查看上面的数值。

"他身材十分高大,"弗尔诺太太略有所思地说道,但却没表现出任何的赞同之意,因为她觉得他有些粗笨,其实他就是个普通人,虽然她并不知道自己为何总是想要监工能够与众不同一点。她觉得他也许会是个好工人,这就意味着他懂得牛羊,从长远来看,这还意味着弗尔诺太太以后能够仰仗监工对牛羊的了解,时常地去悉尼愉快地旅行。这就是弗尔诺太太一向中意的监工。如果你的利益回报能够得到保证,他们就是会下金蛋的鹅,但是对他们你不能过分监督,否则只会自受其害。

"你最好去见见,"她说,"雨水你该早量好了吧。"

弗尔诺先生已经量完了雨水,尽管他还一动不动地盯着测量值。这是一种想延迟会面的状态。他拿着量杯静静站着,纠结于自己是否有必要去见他一面。实际上,他可以说自己需要思考些事情,作为格伦湿地庄园的主人,别人都希望他讲述一些了不起的事情,但是弗尔诺先生从不思考,他倚赖一个缓慢筛选的过程,并相信天意会推动机制的运行。这个筛选过程的进展仍然处于一种难以预测的状态之中,在压制住即将冒出的打嗝之后,他走进书房,看到了坐在里面的哈根。

"日安,"弗尔诺先生边说边轻轻地关上门。

坐在椅子上时,他试图表现得严肃和正式一点,并努力想找点话题。

"下了好大一场雨吧，"哈根说道。

"是的，很漂亮的一场雨。"

哈根捏着帽子坐在那儿。他的酒已经醒了。

"山坡上的那群母羊长得不错，"他说。

"是的，是长得不错。"

"美利奴绵羊？"

"嗯？"弗尔诺先生回应道。"哦，是的，是美利奴绵羊。"

他叹了口气，将双手叠交在肚子上。

"我现在正在尝试'林肯杂交'，"他说。

他发觉自己终于找到点话题了，非常满意。

"肉羊？"哈根问。

"是的。"

你看看，十足一个昏昏欲睡的老笨蛋，钞票却全往他的口袋里钻，你辛苦操劳却在为这样一个老话痨做嫁衣裳，你曾试过投票表决却从未奏效，你命不好没抽到一手好牌，这样的事实让你非常挫败，让你愤恨气恼，由谁抽中那片地似乎早就内定了，但是如果查明事实，就会发现你和他们一样优秀，只是你连机会都没有。哈根挪了挪屁股。一阵沉默让他有些失落。他用手指在打字机盖子上敲打着一首曲子。随后他便意识到自己的行为不当，于是停了下来。

弗尔诺先生清了清嗓子。

"好了，我要说的就这些。绕到后面去，你就能找到仆人带你去你的房间。剩下的事情我们可以明天再谈。我们可以骑马去看看整个庄园。希望你能好好休息一下。"弗尔诺先生说着，打开门走了出去。

"没问题，"哈根说道。

门外的走廊上站着一个女人，是弗尔诺太太，她在敲门。

"西德妮，你出来！"她大喊着。"今天你必须得给我出去走走！"

她站在走道上，一直不停地敲门，她的音调因为气恼而提得很高。哈根沿着走廊往后面走去。她正忙着捶门,用她的戒指不停地敲打着,似乎完全没有注意到他。你一眼就能看明白是谁在管理这个庄园,肯定不会是那个谈论"林肯杂交"的老笨蛋。

"啊,看在上帝的分上,"另一个声音响起来,听着十分刺耳,像是撕裂了一般。"我已经长大了,别对我大呼小叫的。"

一阵匆忙赶路之后,他来到了后门。有人来了,他想回头看,但他得先开这道门,现在回头看似乎不太合适,虽然……他打开了通向后长廊的门。有人来了,从后面猛地推了他一下,差点让他撞到门。一个女孩跑到了长廊上。她身着白色的衣裙,从他身上扫过去,她的手臂在他手背上轻擦了一下。她回过头来生气地盯了一眼,将她对那个女人的愤恨都转移到了他身上,他感觉到了。她的那张线条分明的红嘴巴让她看起来有点像泼妇。她的气息猛地一下从他身边经过,但她并没有停下来看他一眼,或者说句话道个歉什么的,而是就那么跑开了。

"现在又怎么啦?"弗尔诺先生不快地问道。

"她,她……"弗尔诺太太大哭起来。

哈根没有听见弗尔诺太太接下来的话。她在泥泞中跑下了山坡,穿着一双高跟鞋,跑的时候她双腿不停摆动,把泥点都溅在了裙子上。她很瘦,像个小不点,不是他喜欢的类型。无论如何,他都不能整个下午都站在走廊上。他得去找到那个仆人,于是便走下台阶穿过院子。那女孩已经抵达了山脚,打开马厩走进去之后,"砰"地关上了身后的门。一路上她都有所察觉。这样瘦弱的背影他从未见过,与那个穿着短外套的女人不同,你是不会看到她跑下山坡的。他还在院子里走着,帽子倾斜在双眼之上,他走路的时候手肘微微弯曲,西装里的身子有些僵硬,这是他最好的一套衣裳。他吹着口哨,是一首从留声机里听来的曲子。在马厩门前,一只红色的公鸡正在与一只母鸡交尾。

9

吃完晚饭后,玛格丽特·光达帮着妈妈洗了盘子。她拿着毛巾站在旁边等着把洗过的盘子擦干。她虽然动作敏捷,可是心却早已不在这里,她眼睛看着窗外,舌头往臼齿上的一个洞里钻。她突然哼起歌来。晚饭吃得有点多,回学校上课又太早了。其实,她只是有了一种与世隔绝和时间暂停的感觉,这使得她睁大双眼,至少看起来是那样。况且,这种时候也没办法想太多,或者说思维无法串联成线,而且,用舌头去顶臼齿上的洞,本身就是一种安逸舒适,甚至近乎挑逗的举动。

"有人觉得我们家是旅馆呐,"妈妈说。

玛格丽特没有回答,她很少回应妈妈的话。话就在她脑际蹿动,却不会蹦出来。若从她平日说的话中随意挑选一句话来回答,那也必定需要妈妈再回应。一句话便能构成一种不可避免的联系。所以,现在她只是哼歌,任由妈妈看着时间皱着眉说:"什么时候都有人来吃东西,不是旅馆是什么。"

光达太太用手拂起水,水又落回洗碗槽里,溅起一阵小小的哗哗声,就像光达太太的声音一样。然后,她脱下了手套。

埃塞尔·光达(Ethel Quong)身材瘦削、形容枯槁,整个人看起来就像一个小巫婆,以至于人们总对她避而不见,她自己也说,我根本就没有朋友,谁叫我嫁了一个中国佬呢。于是人们又说了,那你为什么要嫁给瓦尔特·光达呀。哎,这都是命啊。埃塞尔有个朋友名叫梅布尔·斯蒂尔(Mabel Still),她住在克洛夫利,她嫁给了一个经常在福特地区走动的男人。他还去过几个南方的小镇,比如图姆特、巴特劳和穆林。此外,他还去过欢乐谷,但并不是因为那里有什么生意,而是有一个叫瓦尔特·光达的人,梅布尔说。他有一个车库。他们

说,这个小伙子不错,你得放宽心,中国佬又怎么了。当时,埃塞尔还是总督府里的女佣。她时不时会去拜访梅布尔·斯蒂尔,两人要么一起喝个下午茶,要么晚上一起看电影。她说,没错,你是得放宽心。在这点上,她是赞同梅布尔的。此外,梅布尔还借一些有关性的书籍给她。开阔的心态使她引以为傲:你总得与时俱进啊。她经常去斯蒂尔家,于是在那里遇见了光达先生,当时他来悉尼做生意,他说,是哈里·斯蒂尔(Harry Still)要他一起来的。梅布尔说,你不觉得瓦尔特·光达是个好小伙子吗?关于这一点,埃塞尔不得不承认。她并不想与一个中国佬过从甚密,可如果你放宽心,把他叫作中国人也就没什么了,况且他还只有一半中国血统。晚饭后,他们玩了一会儿牌,瓦尔特说要送她回家,于是她让他载了一程。

她不得不向梅布尔坦白,她喜欢瓦尔特·光达。一天,他带她去了曼利(Manly)。那天,天气非常热,瓦尔特脱了外套,还讲起了笑话,也没人多看他们几眼,所以她玩得很高兴。她心想,中国佬和其他人也没什么区别嘛。然后,他们来来回回地走着,他给她买了一个甜筒冰激凌。再然后,他们就在沙滩上坐了下来。天开始黑了,凉凉的海水不断拍岸而至,松林里传来一阵热气。任沙子流过指尖,听着海水的声音和瓦尔特的说话声,真是惬意无比。可是她说,她该走了。而他说,为什么要走,是要去见朋友吗?(他知道她一到晚上就没事了)。她笑了笑说,她没有朋友,可他们还是该回去了。瓦尔特说,这是何必呢。哎,也许吧。黑暗中,可见白色的浪花拍打着海岸。到了晚上,海水更加冷了。她躺回沙滩上。后来,她对梅布尔说,尽管她也不想这样,可事情还是发生了。她不知道自己为什么允许这样的事发生,只知道,在沙滩上,有人向她压了过来,而她并没有推开瓦尔特,不过,她今后也没必要见他了。然而,要是这样就好了。梅布尔说,是啊,如果是这样就好了,只要不出点别的事。可还是出事了。正因如此,埃塞尔才嫁给了瓦尔特·光达。她给那孩子取名为玛格丽特。她长着一双小小的眼睛。埃塞尔说,没错,造下的孽,是怎么躲也躲不掉的。

玛格丽特正铺开毛巾来晾干。

"那条裙子就快穿不下了,"她妈妈说。"你手腕都露出来了。"

她看了看玛格丽特,皱起眉头来,因为她又瘦又笨,看她藏在深色羊毛裙下那竹竿儿似的双腿和那修长的手腕,以及那双眼睛。玛格丽特继续拍打着毛巾。裙子上的羊毛口袋垂了下来,里面装着罗德里送的贝壳。她很高兴,午茶过后,她就要去上音乐课了。

看看时间,她妈妈说。"这不是存心骗我吗。"

"怎么了?"这时,瓦尔特走进来说道。

"我不知道你这个时候进来是要干什么,"她说,"看看你靴子上的泥巴。"

"是啊,"他说,"外面一路都是泥泞。"

他笑着看了看她。瓦尔特总是一副嘻嘻欲笑的样子。这是他那黄色的脸上的一贯表情。

"不管怎么样,我可不希望这里弄得到处是泥,"她说。

"那你要我的脚往哪里放?"

"那我不管,我只是不希望地板沾上泥浆,"她说。

"我也不能在天花板上走路啊,埃塞尔。抱歉,我做不到。"

"我可贫不过你。对了,饭好了。"

"好的,"瓦尔特说。"我在亚瑟那吃过一点。就是顺道回来看看你。"

接着,他笑了笑,就出门修他的福特车去了。

她从后门往外看去。她身材瘦削、形容枯槁。她看着又黄又胖的他在车子下面爬来爬去。她很愤怒,很无语,而他只是笑。或是让她在那个被他叫去墓地的女孩面前难堪,又或者,那时他在穆林喝醉了,还想在大街上撒尿。可如今,他只是笑。光达太太从门口转身时,脸上一副痛苦纠结的模样。

"你就不能让人看起来利索一些吗,"她对玛格丽特说。

因为,那丫头在照镜子,她看见了很生气。玛格丽特戴了一顶红色的圆帽,还把帽子拉下来遮住眼睛。你都不会相信,她没有一个地方不像中国人。

"你没必要在镜子前面浪费时间,"光达太太说。

然而,任凭母亲的"苦水"流过,玛格丽特也无动于衷,因为她们之间的关系就是那样,有些人的声音就像钟表的滴答声,就像家具的碎裂声,不过是声音的外层,再怎么"滴答"和"噼啪",也无法穿透物质。但至少我们能感觉到,因为量变引起质变,它有时候也会爆发。而玛格丽特则平静地说:"再见,妈妈。我要迟到了。我要去商店喝茶,之后还要上音乐课。"

然后,就听到她打开前门的声音,这也是一种习惯,就像她妈妈的声音一样,那是你能确认的东西,它自觉地溜走,却似乎总给你留下挥之不去的印象。然后,她走下台阶去,几步并作一步走。天空又变蓝了,可依旧很冷。欢乐谷的房子湿漉漉地挤成一团,房子间隔着被淋湿的花园和后院。路边的水沟里还长着湿漉漉的荨麻。

夏天一到,路边水沟里的荨麻就散发出热辣刺鼻的味道。那是欢乐谷中盛行的味道。它能让你感觉到温暖与慵懒,而在某些冬日的午后,冰冷的天空将你与这片风景隔绝开,你走在地球的顶端,对着天空,甚至与那些最切实可见的物体隔绝开,这让你感觉又冷又怪。可这一切都与玛格丽特·光达无关,只见她一路跳过水坑,朝学校走去。然而,也只是有些时候,一路景色才给人这样的感觉,或是荨麻的香味,或是一片冰冷的天空,她对这些非常敏感,比对妈妈的声音还敏感,或许,正因如此,她才仿佛被扔回了一个感官体验的世界。

她到学校时,他们已经开始做地理题了,他们在思考中亚的降雨量到底有多少,可这有什么必要呢。炉火还在"噼啪"燃烧着。粉笔在黑板上"吱吱"作响。她对地理一点都不感兴趣,不像罗德里·哈里迪那样。只见他扑在手肘上,两只耳朵张开来。她从口袋里拿出贝壳看了看,那东西光滑又红润,在课桌底下摸着很舒服,他说那是从海底捞上来的哩。

"那是什么?"艾米莉·施密特小声问道。

"没什么,"玛格丽特说。

于是她把贝壳放回口袋。艾米莉·施密特朝她吐了吐舌头。

玛格丽特看着桌面。她那又黑又直的头发散落在肩上。她要把那贝壳放在一个盒子里,那里面还装着她和布朗小姐一起摘来的风信子,还有一朵象牙玫瑰和一颗蚕蛾卵。象牙玫瑰是亚瑟叔叔送给她的,艾米姑姑说那是真正的象牙做的。罗德里·哈里迪扑在手肘上,脸色看着十分苍白。艾米姑姑是个大姑娘。罗德里才九岁。她算了算,布朗小姐二十七岁了。她说,我如今十三岁,等再长大一点,我就去商店工作,去给艾米姑姑帮忙,那就是两个大姑娘了,我总会长成大姑娘的。她心想,我才不管呢。布朗小姐的手又白又滑,像贝壳那么光滑,她在教音阶的时候,或是在缝裙摆的时候,你就能看到她的手。罗德里的手上有一道伤口。布朗小姐差不多是个大姑娘了。罗德里盯着小牧场里的一头奶牛看。布朗小姐洗完头发,跪在炉火前,等着烘干。布朗小姐脸上挂着笑容,她说,她喜欢在甜面包上放很多奶油。

玛格丽特叹了一口气,他们还在做地理题。

下午的课结束后,她一路朝商店走去,到了商店就看到艾米姑姑在给施密特太太拿蜜饯果皮。店里光线很暗,他们开了灯。玻璃瓶发着光,还有切培根的刀具也都在发光。艾米姑姑在称蜜饯的时候笑了。那笑容浅浅的、逗逗的,仿佛洋溢着光彩。

"我来了,姑姑。"玛格丽特说。

她喜欢艾米姑姑。她已经放学了。她把小圆帽往椅子上一扔就往后面跑去。这一天全都结束了,又或者这才刚刚开始,你看到前方有东西,就想跳过去,你扶着那稳稳的门,看亚瑟叔叔给马喂糠麸饲料。

亚瑟叔叔拍了一下马的颈子,说,"转过来。"

叔叔并没有和她说话。他知道她就在那儿,可他还是没有说话,而她也不指望他说些什么,只是喜欢待在那儿,扶着那扇稳稳的门。光达家的人都不怎么说话。他们坐在商店后的屋子里,一边喝茶,一边吃着一罐鲱鱼,艾米、亚瑟和玛格丽特,他们非常完整,他们就那样静静地吃着,东西挨个儿递过去,他们的手碰到一起,然后拿开,光是这样坐着就够了,他们三个人,就足够了。玛格

丽特想住在店里,艾米和亚瑟也喜欢她来。可这种情况他们还没考虑过,也不曾提起,尽管他们都知道彼此心里的想法。光达家的人做事几乎总能不谋而合。

艾米的肚子咕咕叫了两声,然后,她开始倒茶。

"再来一杯吗,玛格丽特?"她问。

"好吧,再来一杯。然后我就得走了。"

在商店里喝茶时,她感觉自己长大了,不像在家里那样,因为艾米姑姑总能让她有这样的感觉,她总说一些有关大人的事。玛格丽特坐直身体,抿了一口茶,她闭上那圆圆的眼睛尽情地享受着,喝热茶的时候她总是如此,她喜欢这样。然后,她放松下来,睁开眼睛。屋子里暖暖的,缭绕着雾气。

她走的时候说,"我能拿二两牛眼糖吗?"

"拿吧,"艾米说。"山上冷,你该穿件外套。"

"我跑着去,"玛格丽特说。"我只走到布朗小姐家。谢谢你的牛眼糖,姑姑。"

艾米和亚瑟坐在里屋喝茶。亚瑟静静地剔着他的牙齿。你走的时候,也不说再见,因为你只是出去一趟。艾米和亚瑟盯着桌布,艾米的肚子咕咕地叫着,亚瑟剔着牙齿。你很快就会回来,确实没必要说再见。

玛格丽特·光达一路跑上山。她跑得气喘吁吁。每一次到布朗小姐家,她都会累得气喘吁吁。她手上拿着热乎乎的袋子,牛眼糖粘在袋中的纸上。天空澄澈如镜,她跑起来就像马车,脚下仿佛叮当作响,还留了一路车辙。每一次去布朗小姐家就好像登高一样,时间也仿佛慢慢朝山顶爬去。像这样气喘吁吁地跑上山,已然成了一种习惯。在商店里喝茶也是一种习惯,但那时很平静、很淡然。在商店里喝茶不需要费劲。不过,她想,在布朗小姐那里,我又是另外一个人了。我必须保持特定的坐姿,必须说特定的话,因为布朗小姐也会这么坐、这么说。我希望能像布朗小姐一样。我也想穿淡紫色的裙子。我还希望自己去过悉尼,能聊起修女们的事。

和布朗小姐聊天很开心，总感觉意犹未尽。

玛格丽特敲了敲纱门，往客厅走去。只见布朗小姐双脚跪地，将图案铺在地毯上，手里拿着剪刀，正在裁剪裙子。不过，她的手上缠了一条绷带。

玛格丽特也跪了下来，她想去摸摸她的手。

布朗小姐说，"嗯，我切伤了手。很傻吧？我差点哭了呢。"

"我有一次还切到膝盖哩，"玛格丽特说。

和布朗小姐一起分享疼痛经历，真是苦乐交融。然后，她又想去摸她的手了，可是她很害怕，于是就用声音去碰一碰，那声音代表着一种更为明显的姿态。她说，"当时，我在院子里，用斧头砍肉块。突然，一只火鸡进到院里来，我被吓到了，想把它赶走。可是它张开翅膀，样子看起来十分凶猛，然后，我捏着斧头的手就松开了，斧头落下来，砍伤了我的膝盖。"

她累得气喘吁吁。给布朗小姐讲这么无关紧要的事，看起来很傻，只是，布朗小姐并不知道。

"我们不讲这个了，"布朗小姐说，"我们不能如此病态。"

玛格丽特并不明白"病态"是什么意思，只知道布朗小姐不许。这仿佛是一个大热天，这天晚饭后，院子里传来各种声音，仿佛一场暴风雨呼之欲出。

"看，我给你带了一些牛眼糖，"她说。

"牛眼糖？玛格丽特！"布朗小姐惊呼道。"当年我和斯托普福德—钱珀努恩太太住在一起时……"

有一种过去的经历，常常被当作传说中的分离点，而对于艾丽斯·布朗来说，斯托普福德—钱珀努恩太太就是这样一种过去的经历，它是一块路牌，而艾丽斯·布朗就是它所指向的地方的主角。她喜欢讲自己的故事，喜欢说起她的过去，因为那是已经实现的、与众不同的经历。细细说来，就比如在瑞西卡特湾公园(Rushcutters Bay Park)散步，或是在达令霍斯特(Darlinghurst)的商店里买一些牛眼糖，这些经历已然结成晶，不似将来，虚渺而无常。玛格丽特也喜欢布朗小姐讲起自己的故事，因为她听着听着，自己也仿佛住进了那个时间

的角落，那些能回忆起的过去，她知道那个公园，还知道那个陈列着棕色的纸和线的橱柜，她和布朗小姐在一个靠窗的位置坐下来，到了星期天晚上，下面的街道上还会放《救世军》。她们跪在地板上，沉醉在过去里，挂在客厅的钟也好像不存在似的。

"我们得上课了，"艾丽斯·布朗叹了一口气说，她之所以叹气是因为，要从过去抽身回来，是一件艰难的事。

接下来，她们坐在钢琴前，玛格丽特在练习音阶，布朗小姐则用手打着节拍，不小心走了一个音，玛格丽特就皱起眉头，她原本想好好弹的。她天生并非学音乐的料。只因为教钢琴的是布朗小姐。她们在弹奏贝多芬的奏鸣曲，玛格丽特又皱起了眉头。布朗小姐在她背后弯下身来，在乐谱上勾出一个音符。铅笔在那只缠着绷带的手中颤动。你凭着感觉弹奏，你想让自己的情感骤然奔流而出，因为手就是一个音符，或是与贝多芬联接的东西，这就是布朗小姐。

艾丽斯·布朗嘴里含着一块牛眼糖，想着自己为什么要当音乐老师，因为这就像在黑暗中给人指路。这是一个错误的借口。她曾信誓旦旦地说：我要教音乐。可她并不知道那意味着什么。有时候，她被自己的大言不惭吓到。可没有人知道她受了什么惊吓，就好像没有人知道她切了手时也想哭泣一样，不过至少还有所慰藉。牛眼糖在她嘴里暖暖的，让人宽心。可是医生说话的语气令她不安，他有些粗鲁，碘酒渗入伤口时，她差点哭了出来，而他就看着她。此刻，她看着玛格丽特·光达把贝多芬的奏鸣曲弹得一团糟。她也帮不了她多少。玛格丽特就坐在那儿，接受着微乎其微的帮助，只有对玛格丽特来讲，她才有用之不竭的经验，可那孩子永远不知道这点经验是多么浅薄。但是医生知道。他看着她，他知道她胸无点墨，她能感觉到，他让她感到浅薄与幼稚。医生一脸厉色，让她觉得自己是在班门弄斧。她想着，翻过了一页。

真漂亮，玛格丽特·光达觉得，她真漂亮，如果我的头发没有这么直就好了。我什么也不是，艾丽斯·布朗叹了一口气，他让我觉得自己什么也不是，为什么我觉得他的眼睛是灰色的,瞧,可你在街上遇到某个人,总得看上一眼吧,即便他什么也不是。

"我可以进来吗?"他说。

他就站在门口。他的胡子已经刮过了。她们转过身来,他看见一圈灯光下显出两个人头。"我无意打扰,只是路过,来看看你的手怎么样了,"他说。

艾丽斯·布朗说,"哦,我的手,你先坐一会儿,我们很快就结束了。"

于是他在桌子旁边坐下,顺手拿起一本书,哦,不,那是《温莎杂志》。她知道是那本杂志。可她多么希望它不是。她觉得不好意思,感觉自己的脸已经红了。可她想让他知道自己还会读托尔斯泰的作品,哪怕他认为那是装模作样也无所谓。

"慢一点,玛格丽特,"她说。

玛格丽特很紧张,从背后就能看出来。她没办法弹下去。医生坐在旁边,她根本就弹不下去。

"吃一块牛眼糖吗,"艾丽斯·布朗说,同时,她还尽量让自己的声音听起来不那么冷淡。

"我看我该走了,"玛格丽特说,"我答应了不会迟到的。"

于是她离开凳子,这时,布朗小姐正看着墙壁。

她含含糊糊地"哦"了一声。"还有十五分钟呢。不过,我们随时可以补回来。"

布朗小姐看着墙面。她的双手放在膝盖上。墙上有一块奇怪的阴影,那是玛格丽特埋着头,投射到墙上的影子。

"我答应过妈妈的,"玛格丽特说。

"我打扰你们了吧。"

"不打扰,"玛格丽特说,她的影子转过身来。

布朗小姐的头发散在身后,医生一开口,她就转头看着坐在椅子上的他,他正看着杂志。没什么可说的,只能走到门口,玛格丽特拖着那沉重如柱子一般的身影向门口走去。

"晚安,"她说。

"哦,晚安,玛格丽特,"布朗小姐也说。

然后,玛格丽特打开门,走了出去。他还坐在椅子上。她往屋里看去,嘴里的牛眼糖将他的下巴涨得鼓鼓的,他的影子聚集在墙上。"我还会再来,到时候,我们再补上那十五分钟,还有好多个十五分钟呢,"她说。接着,她就慢慢地走下台阶去,走在结冰的路面上,她的双脚显得很笨拙。拉长的门影暗了下来,待你回头,已不再清晰。此外,她的喉咙又涩又凉。

"那该死的杂志!"艾丽斯·布朗说。

他并没有听到。于是她拿起乐谱。她希望他不曾来过,她也没有很多话说。她感觉自己才十七岁,或者更年轻,因为她十七岁时就读丁尼生的作品,那时人们说她看起来比实际年龄大,再看看镜中的自己,多么知性。

"为什么?"他说。

她笑了。

"为什么不能读?"

有人说她神秘莫测,其实她知道,就是你故意装作淡泊一切——一句话或是一个眼神来掩饰你的浅薄,可是,这些都被医生看穿了。

"人类总得为自己的缺点找借口。"他说,"可毕竟,缺点是既存的事实,再怎么否认也无济于事。"

她甚至都能描绘出自己那副傻傻的样子。他放下杂志,意识到自己过于自大了。他见她还在苦苦挣扎,于是说:"好了,你的手怎么样了?"

"哦,没什么事了,"她说。"一点事都没有。"

她在屋里四处走动,时而拍拍什么东西。他把她说得无地自容,此刻她正"找地儿躲起来",她一脸不安地在屋里晃悠,她的声音也冷硬起来,或许他该令其软化一下,也让她说点什么。因为,如果他说的有关人类缺点的话过于自大,那么接下来,他就该让她说点什么了,然后他坐下来,把手放在肚子上(这个动作正好与他的自大相匹配),一边听一边喝彩。之后,他突然发现这样做多么困难,或许他再也无法和她搭上话题,就像坐在家里和希尔达说话一样。希尔达戳着织针说,"别人只是我们生活中的过客,我们不需要他们。"所以,非常困难,你不由得坐到了椅子边上。

"你到欢乐谷多久了?"他问。

她耸了耸肩。

"很久了。很久很久了。"

他曾花很长时间去分析人们身体的失调,可如今这种失调已经成为身体的一部分,或是某种习惯的来源。他说,"我太自以为是了。"他嘴里含着牛眼糖坐在那儿,试图找些话来说,可是,到最后他宁愿走开,他承认自己找不到话说,做出一副职业的样子要容易多了。

"我以前也弹过几次,"他说,"我弹过巴赫的曲子。"

"哦,巴赫,"她说。

她看他坐在那儿,他似乎很认真地吃着嘴里的牛眼糖。此刻的他,不再那么让人害怕,脸色也不再发灰了。

"对于我来说,贝多芬的曲子更有意义,更有感觉,也更有深度,"她说。

可是,这可能也会被他看穿。她刷红了脸。不管是否看穿,他走到钢琴前,看着旁边的乐谱。

"可你不是还弹舒曼的曲子吗,"他说,"不能弹?"

她之前也如此问过,可那并不代表什么,也不能当作借口。

"我是说,为什么我不能弹舒曼的曲子?因为我喜欢他。我们不在一个高度,"她说。

"但愿不至如此!"

他坐了下来,开始弹《童年情景》的片段。巴赫的曲子总能让你在甜蜜中失去力量,乐声蔓延,轻易就让你屈服,而她,或许已经屈服了。希尔达坐在植物园的铁椅子上。他弯下身来触摸她的脸。他说过要写一首诗。在朝阳下,

在舒曼的乐声中,你会轻轻发痒。如果给自己一次机会,你也会如此温柔。他的手停在了琴键上,他的双肩弯曲着。她看着他。

"为什么不继续?"她说。

"今天就到这儿吧。"

人类总得为自己的缺点找借口。

他看着她,笑了。她也笑了。她站在壁炉旁,她的身体已不再僵硬,他看着她,那是他不曾见过的样子,不像在就诊室里畏畏缩缩的模样,也不像她自怜自抑时的模样。

他说,"我们总会说许多傻话。我该走了。"

他是来看她的手的。他是来帮她检查绷带的医生。希尔达会送账单来。

我有时在想一件事,他说,你为什么叫"艾丽斯"呢?

"我想与众不同,"她说。说出这句话时她自己也很吃惊,因为她的声音丝毫不含糊,因为她不想埋下头,于是看着他说:"这就是唯一的原因吧,我想。"

多么诚实的答案。

他走后,她坐了下来,挺直了身体,一副更加坚定的模样,她感觉自己发生了变化。他碰到她的手,给她绑紧绷带时,她的身体,或许还有精神突然就拉紧了,就好像他碰到了某些一贯松弛的神经。这算什么,她心想,我为什么要像这样坐,我在等什么,就好像我的膝盖上放着关于加利福尼亚的小册子一样,可是我不会去,也从没去过,去那里一点意思都没有,那我又在等什么呢?像这样的问题,你是无法回答的。为什么突然又想起加利福尼亚?我可不愿去想。于是她走进卧室,在床上躺下来,躺在冰冷的床单上,突然又胡思乱想起来,或许是她的思想开始天马行空,就像舒曼的音乐一样,她问自己,弗朗斯基(Vronsky)和卡列宁(Karenin),是相像的吗。然而,这样并没有好处。她躺在床上,看着头顶的黑暗,突然意识到自己好冷。

"你去哪儿了,奥利弗?"希尔达问。

"去看看布朗小姐。看看她的手怎么样了。"

希尔达打了一个呵欠。

天色也晚了。罗德里正在做梦呢。还是那个学校,他在那里不开心。

奥利弗走进就诊室。他并没有开灯,就那样站在黑暗中。然后他就开始想,自己为什么要走进来,一定是有事,当然是关于伯基特,希尔达还坐在外面等着他写信呢。罗德里害怕地躺在床上。罗德里是他的儿子。他要写信,然后他们会离开,带着妻子和两个儿子离开,是当前的情形迫使他们离开的。这就是现实,并不是穿着淡紫色的裙子弹奏舒曼的曲子的艾丽斯。希尔达和孩子们就是他曾经想拥有的全部,他心想,除了感情,他什么也不想要,他们很可爱,他们很幸福,他要给伯基特写信。他的嘴里还残留着薄荷的味道。她毕竟是人类,或许非常傻,可是,看着她,他很高兴,因为她很傻,而且在那傻气之下,还有一个核心,那就是"艾丽斯·布朗"。可这又有什么要紧的呢。只不过让你在揭穿了一个人类后,感到小小的惊讶而已。你想远了。罗德里是你的儿子,也是一个人类,也不过是一个生物事实。他一定要记住。他千万不能越轨,不能走进自己的世界,除非有一张脸,指向人类的可能性。

他开了灯,坐下来给伯基特写信。他不会去想一张毫不起眼的脸。只是她靠在火炉边,看着她的脸就像看着一条林荫大道,让他顿感缺憾、顿生凉意。

10

贝尔珀先生说过,澳大利亚是未来的国度,他说这话时的样子就好像那是一个谁也不曾明白的事实,而他才是这个事实的发现者。他坐在椅子上,总是讲着库克船长①之类的陈词滥调,不过当地的人们也没有太大反应,莫里亚蒂几乎睡着了,他的妻子可怜巴巴地打着呵欠。贝尔珀先生总喜欢谈论大的话题,像自然资源、国民体格和渠化剩余电能等。半睡半醒的莫里亚蒂把注意力都集中在米尔杜拉②周围的灌溉区域,可是贝尔珀突然咳嗽了一声,他假装没有听到,再怎么说他也是半睡着的呀。莫里亚蒂太太将指甲掐进沙发里,然后打了一个呵欠。她已经错过了发言权。贝尔珀先生说,就拿工业来说,如今,新的工业正在建成,这让他想起了打捞湾。如果莫里亚蒂肯花钱入股,他就可以给他介绍一家不错的投资公司,他自己也感兴趣,而且与那个公司有联系,他会拿招股书来给莫里亚蒂看。如果他不愿意,他也不想勉强他。

他那薄薄的嘴唇变成了蓝色,嘴角还残留着一丝黏液的痕迹。

"如果我能得到北海岸那份工作就好了。我信也写了。还写了好多次。"

他妻子说道:"这真是奇耻大辱。欧内斯特的身体也快不行了。看吧,贝尔珀先生,他一封又一封地写信过去,教育局又做了什么呢?"

教育局所持的态度对于莫里亚蒂来说就像一场私人恩怨,而她就是这场恩怨中的烈士:住在欢乐谷里,一直在听贝尔珀谈论这些。要是贝尔珀能够离开就好了。

---

① 库克船长:英国著名的航海家和探险家。
② 米尔杜拉:维多利亚州与新南威尔士州的交界处,以澳大利亚第一大河墨累河为界,是一个水果之乡。

"你可能会变得更拮据。"贝尔珀镇定而温和地说道。

莫里亚蒂噘着嘴转头看向一边。这里一切都非常好。住在砌砖的房子里,就像待在一个巨大而肿胀的充气袋里一样,这个话题很适合银行经理来这讨论,因为他具备这个身份。校长根本算不了什么,也不重要。贝尔珀太太和任何人都一样,当她满脸通红、威风凛凛地谈论事情时,尤其是告诉你她那在政府当秘书的外甥时,无论她说什么,如果你愿意去相信,她是不会负任何责任的。

"为什么我就该被忽视?"莫里亚蒂说道。

他穿着拖鞋在地板上踱步,他的手不安地往膝盖上蹭。

"不要担心,欧内斯特,相信我,事情会有转机的。"她说道。

虽然她确实不知道将来会发生什么样的变化,她说这话会有什么样的意义,但是,她绝不会让自己陷入困境的。

贝尔珀身子前倾,他把烟灰抖了出来,红着脸,怒不可遏,他决定,是时候离开了。他已经说完了所有他想要说的话题——国家的未来,国民的体格,能源的渠化。当谈话变得很深入细致的时候,人们开始发牢骚,这样的情况令他很厌倦。他不喜欢发牢骚的人。他和西西从来没有像那样过。他们身材高大,面色红润,而且还有亲和力。他们就住在银行,所有的人把他们叫做好人。这就像大多数声誉一样,即使没有其他人能够达到同样的程度,但还是需要努力保持。因此,做一个好人,是一项终身追求的事业。

"贝尔珀先生,难道你不走吗?"莫里亚蒂惊奇地问道。

"是的。"他回答,"老太婆会对我所做的事感兴趣的。"

"亲爱的贝尔珀太太!"莫里亚蒂太太叹了一口气。"她要把你给宠坏了。"

那个女人,穿着连衫裤,假如她敢放肆一点,不在信上贴邮票,欧内斯特很聪明,他会留心你的,不像乔·贝尔珀一样,到这儿来,聊了几个小时,你都不知道你的脑袋受不受得了,家里没有印章,她会幻想,当然是因为有一个在总督府工作的表哥,只要你愿意,乔,只要你愿意,可她并没有,不是在酒吧里,然后来到后门,哦。莫里亚蒂太太,我在整理东西,准备参加教会的义卖,好像你是一个女上班族,前门也不存在似的。

"晚安,莫里亚蒂。"贝尔珀说道,"让旗子继续飘扬,是吗?你得再给教育局写一封信。但是,如果没有她,我们能够做什么呢?这是我要对我的妻子所说的。除了她,谁能把这件事情在学校办成呢?"

莫里亚蒂没有回答。检察员告诉他欢乐谷的智力标准是全国最低的。他在想贝尔珀是否知道这些。

贝尔珀走后,他无力地坐在椅子上,房间里那褐色桃木钟滴滴答答地走着,这是他和维克结婚的时候,史密斯送给他的礼物。他的哮喘又要开始发作了。一般都是在晚上发作。他所烧的粉末会让他恶心,当他倚靠在大铁罐上时,烟雾会进入到他的肺里,然后他精疲力竭地躺在床上。如果他的力气能够让他够得着那远处的储藏室,他就会自己去点那些药末。一般情况下,维克会过来帮忙。他闭上眼睛,想着这一系列的征兆,而此时,与他现在的状况截然不同的是,无论是在车上、在外面或者是在丘伯家的聚会上,人们都热热闹闹地聚在一块儿。维克握着他的手说道,只要你有足够的耐心,一切都会好起来的。

莫里亚蒂太太说道,"哦,那个男人真不要脸,他把烟灰弄得满地毯都是。他干脆去公共旅馆住好了。"

她已经回到房间,四处走动着,想要重新整理那被贝尔珀先生驱散的东西。

她说道:"哦,亲爱的,你是又在犯病吗?"

他点了点头,双眼紧闭,等待她的同情。

她看着欧内斯特,紧皱眉头,好像病情很严重,每天晚上都要发作,她也不能忍受这样。毕竟,她也是人。她看着欧内斯特,他的一生都被哮喘折磨。她看着这个躺在椅子上的男人,这个她嫁的男人,他留了一脸德高望重的胡子,还会去舔黛西和弗雷德写来的信上的邮票。但是她从来不会以此讨价还价。

她感觉,我不是处女已经很奇怪了,名誉是再好不过。但是他很瘦弱,胡子还会浸入茶水里,看他的裤腿有多长,他说他很冷。想象一下一个男人穿着裤子,袜子上方露出一大截。她捶了一下垫子,皱了皱眉头。

"情况太糟糕了。"她皱眉道。

"但是我也没办法,维克。"

"嗯,那是当然。"

仙客来在亮瓷碗里肆意蔓延,婀娜多姿,爬满了整个桌子。她在瓷碗上看到了自己的脸,看上去变了样,粉嘟嘟的,像仙客来花一样。有趣的是昨天仙客来还是直挺挺的,它总是一天一个样子,有时候像棍子一样直挺,花口紧收,但是现在却懒洋洋地耷拉着脑袋,那无精打采的叶子让它看起来好像被遗弃了似的。

欧内斯特说道:"我要去上床睡觉了。"

于是,他奋力挪出椅子,坐在床边。他张着嘴,粗重的呼吸随着他的嘴唇此起彼伏。

维克·莫里亚蒂满怀同情地看着他的丈夫。你看,他病了,这有时候一想到就让你感到很羞耻。但是你不能任这些想法延伸,就像那些无精打采的叶子,似乎在期待着别的什么,没有人会怪你,除了黛西家旁边的恩德比太太会因为那个耷拉着嘴的邮差儿怪你。门关着,你拿着信站在门后面,你很好。然后欧内斯特进来,一切安好,直到我死去的那一天,除了桌子上那无精打采的植物。什么也没发生过。你得让欧内斯特上床睡觉,看着他那病怏怏的面孔,闻着药味,你也睡不了几个小时,他睡觉得关着窗户。

"来,亲爱的,"她用温柔的双手搀住欧内斯特,帮助他站起来,可怜的人,真是残忍。

他倚靠着她。他经常这样。有时候她会鼓励他,帮助他在走廊里行走;有时候会帮他整理他写给教育局的信。他低着头慢慢地走。他的胸腔紧缩,好像没什么事似的,但是每一次用肺呼吸都会有撕裂的疼痛,幸好有太太在支撑

着他。

"等你上了床,你就可以点燃那些药末了,"她说道。

他坐在床上。还有六七篇文章没有修改。他说道:"维克,这儿还有……"

"不要说话,"她回答。

他重重地坐下,然后让维克脱去他的拖鞋。教育局让他花去了多少便士的邮票?但是只有维克一直陪伴关心他。

维克·莫里亚蒂匆忙走进房间。上帝,她已经竭尽全力了,谁敢说她不是个好妻子,在端茶倒水的时候都充满同情。当然,她也有亏欠他的地方。她坐下来,看着他喘息不止。一想到别人把她当做是一位完全奉献了自己的妻子,她就不由得心中一痛。这些拖鞋是她做给欧内斯特的,他就像一只迷离的小狗,一只颤抖的小灵狗。可怜的小蒂尼是被冻死的。她在毯子上一直照顾他,还为他哭,她哭的时候,睫毛上的东西就跟着眼泪掉下来,直到欧内斯特说好了,然后她也说我必须尽最大努力。欧内斯特和你都不能抱怨,因为实际上她很好,只是有时会冒出一些想法,她不认为每一个人都拥有免于疗养的能力。

"天呐,我累了!"她说道。当他们上了床,药末的烟雾夹杂着灯芯绒的气味弥漫到了黑暗中的每一个角落。

他轻拍着她的手。他躺在床上尽量不大声喘气,好让她能够睡着。滴落在教室里的水在他的头边晃荡。烟雾搞得他晕晕乎乎的,那一群奶牛,它们的角撞着学校地板上的水盆。

"我还得给那个中国佬一英镑,亲爱的,"她说道,"我们需要把我们的床垫重新整理一下。"

有趣的是那株植物有时候翘得直直的,就像一个老处女不经意间听了不雅的笑话一样。她晚上坐在欧内斯特身边并且努力使自己对他的邮票产生兴趣。他正在床上握着她的手,或许睡着了,于是她想知道他是否已经睡着,如果睡着了,就好把她的手拿开。她在穆林过马路时瓦尔特·光达开着车沿街而下,对着她挥手。他们在说中国佬,是谁在说呢,那一定是弗雷德了,像一只肮脏的畜生。她拿开她的手,欧内斯特肯定睡着了。躺在那儿,丈夫在情不自禁地哀伤,因为他有哮喘病,真是一个可怜的人。那个年轻的小伙子上了酒馆,回过头来看了看,好像有人在注意他。格蒂·安塞尔说他是新来的,是弗尔诺家请来的,因为当货车经过时她的哥哥就在光达家,反正他是个男的就是了。明天给植物浇浇水,别浇太多,可能就是水浇多了,它才会到处爬满,就像那次在聚会上,黛西坐在沙发上,摸着他的肌肉。他走下街道时,一头红色的头发在脑后摇晃,黛西开了灯,说,弗雷德,哦,继续,受不了了,不继续的话就会疯掉,那么,他去弗尔诺家干什么呢,那个女孩打扮得漂漂亮亮的,你永远不会知道维克是否会,哦,怎么了,欧内斯特,我就要睡着了,睡着了,欧内斯特。

睡着,然后两腿分开,睡着舔邮票,或者上山去弹奏舒曼的曲子。那是粉笔,他想念的粉笔。他扔票的时候,心在痛。坐火车,罗德里。罗德里。昆士兰就在地图上。黄色代表太阳,A代表安迪。起风的时候,血就像巨头鲸。她张开双手,那朵白色的丁香,那一片黑暗。她凑向前,将针线往回团成一圈。你一直缝着裙子的褶边。

小镇已经沉睡过去。烟依稀从烟囱里飘散出来。梦碎了,转身,叹气。她说,有风。猫将一只脚伸进水桶,用冰冷的双脚去触碰星星,宣告对它的所有权,就像被黑暗压制的欢乐谷,实现了一个短暂的意义。

11

　　欢乐谷已不再是冬天,于是你就会想它是否能变成其他样子。不过,欢乐谷为什么要参与那无可避免的时间的进程,而不是隐匿在命运都不曾眷顾的峡谷中呢,确实没必要。

　　站在半山腰,风吹起,就能看到大麦草漾起一圈圈螺纹,像海浪一样,朝着同一个方向。还有小羊羔翘起下巴向母羊挑衅。冰霜在阳光的照射下早早融化了。可是,你会觉得,这一切都是偶然,人类不会重复做一件事,他们几乎不与土地打交道;要么就是,他们想穿透和触碰其被赋予的天性,可是这种想法来得较为迟缓。

　　就像这样,慢慢地,流淌,直到时间忽视了那小小的抗议,虽然欢乐谷也在流动,可他还是被定格在了某个他自己想象不到的地方。欢乐谷的人喜静,这就是阻碍。就那样看着一个人,在日落时分,借着一杯啤酒哭诉,看着他擦去嘴角的尘埃,听着他那软弱无力的声音,到这里,你是否能明白我的意思呢。我是说,在那里,你能见到我所说的那种喜静的品质。然后,时间越过了这一切,还有更多积极的抗议,尽管一切延续依旧:星期一的清洗,天竺葵死在了老埃弗里特太太的窗台上,埃弗里特太太站在花盆前,探出头东张西望,她的脸就像枯萎的天竺葵。就像她的天竺葵一样,埃弗里特太太已无法预知四季变化。她站在烈风中瑟瑟发抖。

　　埃弗里特太太那张棕色的脸可谓含义深刻,那就是尘埃之中欢乐谷的脸——一辆车摇摇晃晃地穿过街道而去,激起阵阵尘浪。春天已经过去了,它就是一场短暂的幽默,或是一次呼吸,变得枯燥,然后与大麦草和断奶的羊羔一道消失。于是,欢乐谷就变成了棕色土地上那一块极为顽固的疮疤。你等它经过，好留一片红润之地。你等啊等，却没有等到，所以，你觉得，它本质上也是十分倔强的。若说它固执地贴着一层外来物质，那么，它的目的是什么呢，它等了又等，最终等待的又是什么呢？这好像也没有事先计划好。你无法感觉到它。你期待着一个道德的最终审判日，可它并没有到来。于是你继续做着自己的事，试着从中找出原因。毕竟，你存在于欢乐谷，也需要足够的理由。

一个冬天的晚上，奥利弗·哈里迪给他的朋友伯基特教授写了信。他想去昆士兰生活，表面上是为了妻子希尔达，实际上还有其他很多原因，其中一些是有意识的原因，但更多都是无意识的。他说，伯基特会安排的，那个贾斯维特（Garthwaite）想要在南方交换一个诊所。到气候暖和的地方，希尔达的身体就会好一些。罗德里也可以去悉尼上学了。那样一来，我们都会好一些，会更快乐。我们之前就说过的，在悉尼，在去欢乐谷的途中，可这一次不同。人不可能两次踏进同一条河流，"下一次"总会不一样的。于是，他等着伯基特回信，伯基特说他会看着办，如今，春已过，夏又至，热风从山上吹下来，希尔达问，伯基特那里还没有动静吗？然后她又开始露出焦虑的神色。你要耐心点，奥利弗说。他已经给伯基特写过信了，所以他有一种无罪感。这样一来，希尔达再怎么焦虑，再怎么咳嗽，他也不会良心不安了。而此刻，就好像，除了自己以外，他不用对任何人、任何事去负责。

他说，我没察觉到任何变化，平心而论，至少我不认为有变化。但我不愿让自己想太多。我这样就很快乐，即便被困在这个洞里，如今也没什么大不了，或许，到最后只是时间问题，你踢雪堆，伤了自己，然后停下来，到最后就忘了。或许，等着伯基特安排什么，注定要遭受精神上的失落，一点没错。这里的夏天惨不忍睹，热风吹打着纱窗，苍蝇的嗡嗡声不绝于耳，窗台上，苍蝇的尸体已经发胀，让人憎恶不及。我脱下了外套，感觉稍好一些。衬衫贴在皮肉上。就诊室里并不透风，热气与隐约的药味交织盛行。这一切只是外在的惨象。好比我出诊的时候，在一条灰尘漫天的路上颠簸而行，抓着方向盘，行动

本身连同目的一起减退，周围的树也模糊不清，还有后来在厨房里那一连串"是的，医生""不是，医生"。

后来，他感觉轻松一些。希尔达还能听见他在就诊室里吹口哨，在嘱咐病人时发笑。她看着他，乔治在院子里，把一块锡罐片扭成船的样子，然后在桶里游放。总的来说，她很高兴。可她还在等着回信，看看什么能起点作用，好将昆士兰之行从一个潜在的未来变成现实。

"别担心，希尔达，"他说，"我们不能一下子解决完所有的事。"

他见她望向窗外，脸上一副绝望的神情，似要吸引人们去到窗前，就好像他们只要朝窗外看，就能在大路上找到解决问题的办法一样。于是他拍了拍她的背。他心想，可怜的希尔达，我眼中的当下的安稳对她来说并不算什么，它无法走进去触碰那个核心，而这个核心也是我从未触碰、更不知如何去触碰的东西。它不是突然出现，或者不会，到现在也不曾出现，可我们仍要生活，我们还有罗德里和乔治呢，而我对于希尔达来说，很重要，似乎是某种必要的坚持。

对于欢乐谷里的人来说，奥利弗·哈里迪就是里尔顿医生的接班。如今，他说着里尔顿医生说过的话。他开车去康巴拉，去给斯蒂尔太太治大腿上的溃疡，夏天的时候，你可以一路开车去。她的溃疡非常严重。所以，她自然没有去蒂墨特和儿子汤姆一起住，她说，明年冬天再去，即便她的溃疡非常严重。她说，亲爱的哈里迪医生，你还记得可怜的乔克纳太太生产那一晚吗？不过，她现在又怀孕了，她希望能帮助哈里迪医生，因为给乔克纳太太接生需要他们两个人——哈里迪医生和斯蒂尔太太。哈里迪医生去康巴拉看斯蒂尔太太纯属偶然。她给了他一罐肉和一些植物的插枝。因为，她说，他得的钱在保险费里，她也不想让他觉得自己是白给她看病。她做的肉罐头可是很抢手的，她说。当他下到欢乐谷的时候，热气已经退去了。

从康巴拉沿着热烘烘的道路开车，你会经过那个亮红色的水槽和艾丽斯·布朗的家。有时候，他会去看艾丽斯·布朗。他一路走上去，一边听着那平缓的沉默，或者一段摸索而弹的曲子。她看见他也不觉得惊讶。她已经到了和朋友说话不再感到约束的阶段；哦，哈里迪医生今天又来了，只有朋友来拜访她的时候，她才会越过那个阶段，可却没有人知道这一点。她觉得自己并不在乎他们知不知道。可是，他们不知道，也就没必要说了。

有时候，奥利弗·哈里迪从康巴拉上下来，就会来看看她。他开始觉得这是一件很自然的事。毕竟，这只是出于社交的目的。你无法阻止自己，或者你太久没有这样，而此刻就是时候行动了，艾丽斯·布朗拿出小圆饼当茶点。你把帽子往地上一扔，毫无规矩地在椅子上坐下来。就像十六岁时越洋过海去看伯基特时一样，你说话的时候也将规矩抛到九霄云外，就像希尔达在清理地毯前让你抬起脚一样。这一刻，你又明白该如何放松下了。在下午喝茶，很热，你的衬衣贴在皮肉上。可是，艾丽斯·布朗家的客厅似乎有微风眷顾，也许是地处山上的缘故，也许又有别的原因。不管怎么说，真的也好，错觉也罢，一阵微风时而漫过屋子，不带刻意，就好像两个人的谈话，像是在给喝茶这个动作伴奏，丝毫没有刻意之感。

他一想，艾丽斯完全不是那种喜欢刻意做什么的人。有的人会故意话中带话，有的人会刻意显露自己的喜好，他们总是一针见血。可艾丽斯·布朗不是这样的人。她这一生总是言辞闪烁，小心翼翼，偶尔也有些无意识的、非直接的暗示。也正因如此，你一开始才没有注意到她，正因如此，他在就诊室的时候才没有在她身上发现任何值得注意的东西。你觉得她含含糊糊，甚至很傻。也许她是很傻，可本质上并非如此。

有时候，他下午上来，她就会为他弹一曲。他说："给我弹几段吧。肖邦的，或者舒曼的，或者之类。"

"我就像他们一样吗？"

"也不全是。"

"可差不多就是。"

她抗议了一番，却还是弹了，他知道，她是喜欢弹的，他还知道她自己也明

白这一点。他们都知道这是彼此所希望的。只是,他不知道的是,自己竟然如此渴望,而且长期以来都压制着这样一个事实,直到艾丽斯·布朗将其释放出来。

发生这样的事,你自己也无法想象它为什么被自己推迟了这么久,其中似乎包含着不道德的因素,又或是将对音乐的情感寄予在人身上了。不过,他对艾丽斯·布朗的感情毫无情色之意。他并不需要这样的东西。他并没有爱上她。他对希尔达来说,是一种必要的陪伴,希尔达是他的妻子,也是两个孩子的母亲,或许还是他的母亲。他说,若我从未爱过希尔达,那也是她不需要爱,至少,她不需要肖邦和舒曼的音乐里所表现的那种爱。你永远无法将希尔达与这些联系在一起,根本不协调。同样,除了她所弹奏的音乐的外在形式外,你也无法将艾丽斯·布朗同其他东西联系在一起。她别无所求,他也别无所求,要不然,他也不会在这儿听着她弹奏,而是已经躲得远远的,已经……自己会不会喜欢上艾丽斯了,想到这里,他拿起帽子就离开了。

这一切都发生在夏天。他走来走去,然后发现自己这样走来走去已经浪费了很长时间。天很热,可他并不在意。他想,去了昆士兰还会更热,因为他们会及时赶去,不过遗憾的是,那时候他就会和人们打交道,就像第一次与人打交道一样。

莫里亚蒂校长因哮喘卧病在床时,他就去给他看病。冬天过后,莫里亚蒂的病情加重了。一旦卧床,他的妻子就叫医生去给他打针,顺便给她一点精神支撑。

她说,"哈里迪医生,你不知道,生活在这样的家里,我得受多少苦。我以前可从没吃过这样的苦。要是欧内斯特走了就好了。好吧,我马上就带你去看他。我是说,如果欧内斯特走了,我们俩都要好过些。也许你可以帮帮忙,医生。医生的报告也许对董事会有用。当然,我也不想抱怨,只是我都紧张出病来了。"

她垂下眼,叹了一口气,她想博他人同情的时候就是这个样子,可莫里亚蒂太太身上的什么东西让哈里迪想要笑出来。然后，又令他生气。那是一个粉红色的信封。

"我还是先给他打针吧，"他说。

莫里亚蒂太太噘起嘴来，这表情足以说明她还不希望这就进去，她还换上了裙子，因为她喜欢医生（如果他给她机会的话），只是她不想浪费时间去爆破一块石头。于是她站起来。

她说，"我这就带你去看看他。"她耸了耸肩，她的手已经放在了中国制造的门把手上，尽管很不情愿，就好像……哈里迪不去管她，莫里亚蒂太太往后退，管她生不生气，不理她，先进去。

只见莫里亚蒂躺在床上，闭着眼睛。他那灰色的脸脏兮兮的，胡楂阴郁地插在脸上，他那薄薄的嘴唇已经变成了紫色。他呼吸的时候，身体就像一座抖动的桥。看着他，哈里迪顿时又想起了自己所处的境况：时值夏日，又热又干，一片褐色，苍蝇往纱窗上叮，不停地拍着翅膀嗡嗡乱叫，曾有一段时间，他存在于这一切之外，存在于欢乐谷的现实之外，心灵的飘飘欲飞把身体也带离了这里。此刻，又来到了欢乐谷，莫里亚蒂躺在床上，屋里的洗脸盆从昨天开始就没有空过。他走到床边，去给莫里亚蒂把脉。

就像这样，希尔达说得没错，从自保的本能出发，他们必须想办法离开这里。他去上面，听艾丽斯·布朗弹琴，而在眼前的，是莫里亚蒂，或者欢乐谷，又或是痛苦的化身，或者是欢乐谷正将痛苦慢慢渗入无力反抗的物体——那就是躺在床上的莫里亚蒂。他将针头插入莫里亚蒂的手臂时，他没有丝毫反抗或是接受之意，好像过度的痛苦起到了麻醉的效果。苍蝇还在嗡嗡作响，屋顶似乎被烤裂开来。他带着一种厌恶的表情看着莫里亚蒂的脸，他的身体翻动几下，然后放松下来，一脸紧张的神情也退去了，他的表情也随之变成了怜悯。

看着莫里亚蒂，很可能会产生一种强烈的神秘的满足感，那是疼痛治愈后才有的感觉，如果你有这样的感觉，就像你坐轮船回家时突然就决定当医生一样，正是那种想法吸引着你。你在轮船上下决定，这似乎很有趣，大概是水流

中有什么东西,让你觉得自己该写一部剧本,你会去参战,会成为一名医生,或者,说得更实际一些,成为一种怜悯的工具,因为那时的你还年轻,前程总在慰藉人心的潺潺水声中被抽象化。莫里亚蒂动了动,然后咳嗽了一声。后来,你成为了一名医生,平庸之辈,你会在半夜起来,或是在烧杯里取一试管水,并从它神秘的元素中分离出一种决定,然后,你就成为一种机器,全都是物质的,当然只是因为你还太年轻,幻想着自己在主观事实的图像周围看到一圈光环。

"怎么样了?"他问。

莫里亚蒂张了张嘴,并没说话,可他眼里的不安在减退,呼吸也顺畅了。看着莫里亚蒂的眼睛,你仿佛又看到了自己,坐在轮船上,你说,我会成为一种工具,而不是皮下注射器或者肾上腺素。活动在莫里亚蒂体内的肾上腺素就很负责。你也知道,当然就是那被解开的神经。只是,它让你因自己的能力而顿感满足,像庸医一样,能不能治好就靠你自己了,但又不是这样。你之前从未有过这样的感觉,这是一种不同的感觉。就好像,你突然发现自己在一端,而欢乐谷在另一端,你们处于一种平衡状态,然后,你踩翻了它,你站在天秤上,用双手去触碰莫里亚蒂的手臂,天秤随着重量摇摆,你就觉得自己在与某种力量抗衡。

12

艾丽斯·布朗和贝尔珀太太在后面的客厅里喝茶,图样和剪刀散落了一地。艾丽斯下去帮贝尔珀太太打理点事。贝尔珀太太和其他人的不同之处就在于此,艾丽斯·布朗会到贝尔珀太太家去,而其他人就得到艾丽斯·布朗家来。还有一点不同就是,贝尔珀太太也因此有了事做,乍一看这似乎不合逻辑,可仔细一想,这样才能与"跑上去"(我是说,除了"做裙子"以外)这等事区别开来,此外,她总会沏上一壶好茶,仅此而已。倒不是说她吝啬,她只是在例行自己所谓的节约而已。回到此刻,她们在客厅里喝茶,一旁的烙画就快干了,屋里满是狗的气味。贝尔珀太太十分喜欢狗。她的腿上老是坐着一条狗,时而又有一条从她裙子底下伸出头来,那就是她养的狐梗犬,每当她打开前门,就会听到一阵狗叫声,它们或是咆哮,或是咬牙切齿,一片混乱中还穿插着贝尔珀太太那安抚的声音,她的一连串:"你,你,特里克西,说的就是你",或是,"很高兴见到你,太——先生,不,不,博克斯不会咬你的,对吧,乖孩子博克斯?"所以,总的来说,满客厅——甚至贝尔珀太太一身都是狗的气味,这也并不奇怪。她身上有狗的气味,还有尼古丁,所以常常咳嗽,那咳声令人焦躁,但你却无法分出其中有多少是笑,多少是咳。贝尔珀太太说,天知道,我全身是汗,就像猪一样。

弗尔诺太太曾说过,贝尔珀太太总是不依惯例,这样的表达,就是不希望人们对贝尔珀太太是否与众不同心存疑虑。而这是在知道贝尔珀太太的表哥是总督府的秘书之前,这以后,她就想,毕竟贝尔珀太太"人还是挺好的"。可贝尔珀太太并不担心这点。任何事都无法使她生气,除非有人不屑地看着小狗撒的尿。贝尔珀的家里就是这样,你不得不提防着狗尿,有时候,情况甚至

更糟。

"干杯,艾丽斯,"贝尔珀太太说,"你还没怎么吃东西呢。"

艾丽斯·布朗和贝尔珀太太碰了杯以后,手拿杯子坐在那里,隐约想着什么,想着他今天下午是否会上来,当然,她是不希望他来的,他会不会在下午之前就来了,而她那时正在弹奏他说过的《波罗列兹舞曲》。为什么《波罗列兹舞曲》是条纹状的,还是红黑黄相间的条纹,它们就像一卷东西那样展开。他或许来了,发现她不在家,她不经常出去,可为什么她应该在家呢?她双肘往前一靠,突然说:"我在想荷叶边,贝尔珀太太。那会是什么样子呢。从膝盖开始缝上。肩膀处再加一点荷叶边。"

一路走上去,什么声音也听不见,然后打开门,坐下,在屋里等着,等着,可是……

"我穿荷叶边?我的姑娘呀!"

然后,贝尔珀太太笑了起来。太好了。这想法不错。她的笑声厚重,令人焦躁,她的胸脯在那网状丝绸工作服下欢快地起伏。

穿着荷叶边的西西·贝尔珀!她笑了。"艾丽斯,你一定是疯了。她说,乔对荷叶边会有什么看法呢?哦,亲爱的,不。"

"我以前也有过一条带荷叶边的裙子,"艾丽斯低头看着杯子说,"斯托普福德—钱珀努恩太太说,那荷叶边就像命运一样展开。她说,那时,我还在修道院里。"

"很好,"贝尔珀太太说。"你穿着荷叶边裙子待在修道院里。可那对我来说没用。"

她笑起来浑身都在抖动,她的手在裙子上晃动,或是在小狗身上摸来摸去。

她说,"你不该离开那个修道院的。你该当修女,艾丽斯。不过,话又说回来,我根本不了解你。一个人住在那上面。就算那里只有女人,可是,在修道院日子也会好过一些。我是说,在那里有人作伴。她们在那里过得并不差,还有人可以倾诉。我敢保证,你可以向神父倾诉。他们吃的玩的一样不少,还不用为税收发愁。"

那些心情低落的午后,在修道院里,你看着海湾里白花花的游艇,就像翻开的书页一样,照明一方,游艇上坐着百合花姑娘,就像你的膝盖上总放着丁尼生的作品一样。玛丽修女那张蜡黄的脸镶嵌在她沙沙作响的裙子上方,让你觉得,自己或许该当一名修女,如贝尔珀太太说的,即便没有适合的使命也好,不去盯着茶杯想着荷叶边,而是在种着月桂的花园里散步,一只手被玛丽修女牵着,晚上,电车轨道就像一串无关紧要的省略号,挂在月桂丛与路灯之间。

"你就该那样做,"贝尔珀太太说。"在这儿,我们又不能帮你找个丈夫。"

"如果我不想结婚呢?"艾丽斯说。

"就算是这样,你'出轨'的机会也不多。甚至连个对象也没有。"

"你们在说些什么?"贝尔珀先生突然走进来拍着他妻子的背,问道。

"当心,你个不知轻重的家伙!你把特里克西吓了一大跳。"

"可怜的小特里克西!特里克西!特里克西,到爸爸这儿来,乖。"

"特里克西不喜欢爸爸了,对吧,狗狗?亲爱的,乔,你自己倒点茶吧。我碰到茶壶会沾手。你觉得什么时候会下雨啊?我们在给艾丽斯找丈夫呢。"

贝尔珀先生转动着那稍稍充血的眼睛说,"别告诉我是在浴室找!"

他的妻子讷讷地说,"一天到晚就知道说笑,或许是因为潜在的良心使她觉得有必要找点借口。"

她仍然看着丈夫,等着他跟上节奏,因为贝尔珀一家就是这样,把自己的快乐建立在别人的失落之上,像玩杂耍一样,像开音乐会一样,他们都是好人。

"我看我该回家了,"艾丽斯说。

"回家做什么?"贝尔珀太太说。"你是一个什么样的女孩啊。当然,我并不了解你,艾丽斯。你本来可以留下来吃晚饭的。我们还可以玩会儿纸牌。"

"西西·贝尔珀总是没完没了,"她的丈夫就事论事地说。

"哦,天呐,你闭嘴,乔!你不觉得艾丽斯很扫兴吗?"

贝尔珀一家人脸色通红,数着那复杂的声音,一两声狗叫,灯罩上的珠子洒了一地。艾丽斯·布朗心想,但是,我还是得走了,尽管他或许并没有来过。

"股票怎么样了,贝尔珀先生?"她看着帽子说。

"股票?哦,对了!差点把股票给忘了!千万别着急,姑娘。相信你乔叔叔,他会交给你一笔可观的储备金。"

他的妻子说,"乔,你可真是朵奇葩。"这话并非完全讽刺。在那奇迹般的股票结果出来之前,贝尔珀太太总会屏住呼吸。

可是,艾丽斯觉得自己该回去了,走出门去,头顶上浓浓的日光使得她步伐沉重。她沿路走着,自顾笑了起来,然后她心想,若有人经过,一定会觉得她很傻,会猜测她在想些什么。于是,她收起了笑脸。回家的路似乎很漫长。这些天,她似乎总在两地间徘徊,要么就是等待,她等待的时候比过去多了许多,可是如今等待也能带给她满足感,就好像等待的尽头有什么似的。她无法想象会发生些什么,可她也并不在意。如今,大部分事情都与她无关了,比如,在贝尔珀家喝茶,或是按照贝尔珀先生的建议买了一家公司的股票。可她卖掉了爸爸留给她的在康巴拉的牧场,她想,买了股票,我很快就能去加利福尼亚了,眼看就能去了。可她也只是当时这么想。此刻,她不想去了,似乎并不值得。珍珠湾打捞公司(Salvage Bay Pearl Company)和最底层抽屉里的招股书,已经失去了其浪漫的期待与诱惑。那些戴着头盔下海的人,一脸脏兮兮地走在海底去收集珍珠,他们走过了像海绵一般的森林,如装在玻璃瓶里的黑暗花朵一样,杂草丛即使没有风也会摇曳,这些都无法用语言来描述。有了招股书,也就意味着有钱,有了钱她就会去加利福尼亚,所有的这一切都与珍珠有关,尽管船上没有人知道艾丽斯·布朗小姐就是珍珠做的,在她看来,自己就是珍珠皇后。这是多少个月以前的想法呢?她在想,可怎么也想不起来了,不管怎么说,她还没有钱——不过,她也不怎么在意了。这样也不错,她想,让人们因为你的表面价值而喜欢你,这也是一个很大的改变。

她双脚走在沉重的路面上。如果他能接受她的脆弱就好了,哪怕片刻,就像那些她几乎不曾读过的书一样。可她不能总想着人家。她用手擦了擦脸。因为她要继续做回自己,那么她自己是什么样的呢,这就是困难所在,做她自己,或者去想别人,其中哪一个才是她自己呢?她想起他,瞬间就变成了另外一个人,从某种程度上说,这才更像她自己,更加坚定,更加独特。也许,事实就是这样。她也希望是这样,这是一个积极的开始。她想,所有这一切浅薄的东西都要消失,包括一切我正在形成的东西,因为我害怕,因为我害怕自己想要与众不同,想要去加利福尼亚,我就是害怕。

她朝家里走去时,路面上已经没有了阴影,一片寂静迎接着夕阳西下,万物蒙上了一层黄铜般的光泽。夏天里,光和热让你的知觉一整天都处于麻木状态,你陷入一个浑浑噩噩的世界,在这样的世界里,现实远不如你自身真切,因为你不顾一切地构造了什么东西,好让自己皈依其中,在这柔和而绚丽的光线里,你又一次有了意识,你在外物之中发现了相应的意义。所以,对于正在打开前门的艾丽斯·布朗来说,周围的物体依然清晰在目,就好像她一整天都戴着面纱看东西,而此刻面纱掉下来,她能清楚地看见,栏杆打起十二分精神立在那里,在周遭的环境中脱颖而出,有一种超然之美,还能看见细长的房荫和嵌在花坛边上的碎瓷片,还有那个波光粼粼的水槽,这一切各自存在着,唯有在这夕阳西下之际才相互联系。

艾丽斯·布朗拍了拍门。空旷中显得敲门声很响。周围太过安静,她觉得他不在这儿。他没理由在这儿啊。她又不是他的谁,他的妻子才是他的谁,她不能再想了。她说,我的丈夫去康巴拉了。这里的"她"是指哈里迪太太,与此同时,她是一种非人称的个体,对于他来说,就是一种人称代名词。他说,你得下山看看我妻子。她觉得自己一定要问问他妻子的情况,但他们还是聊起了音乐。那天早上,她的头发略微灰白,垂在两际,就像她比他还老一样,那时,"她"说,他上康巴拉去了。艾丽斯·布朗一路往上走。她突然希望他不在那里。

玛格丽特·光达坐在走廊的尽头,靠着柱子,她的腿垂到下面的花坛里。她坐在那儿,手里把玩着一个贝壳,她并没有看艾丽斯·布朗,而是看着手里的贝壳,双脚在罂粟花和万寿菊间摆动。艾丽斯·布朗心想,哦,天,那孩子在这儿,那么他就不在了,看她瘦得,腿就像竹竿一样。

"你好啊,玛格丽特,"她说。

她走了过去,在走廊边上坐了下来,坐在那孩子身旁,然后将头靠在玛格丽特肩膀上,闭上了眼睛。玛格丽特也不玩手中的贝壳了。山坡下面,施密特家的奶牛已经在那里等着挤奶了,只见它拖着影子朝山弯里走去。

"今天没课吧?"艾丽斯说。

"没有,"玛格丽特说,"我只是来看看。"

她的声音非常温柔。她僵硬地坐着,一动不动,任艾丽斯的头枕在肩上。她的身体里似有什么痛苦且几近怪诞的东西,就像壁龛上一幅体现快乐与痛苦的画像。

"你来很久了吗?"艾丽斯问。

"来了大约半个小时。"

这么说,他没有来过了,不然她会说的。于是艾丽斯站起身来,走了进去。玛格丽特也跟着她进去。这个安静的孩子,那,他会来吗。

"我去贝尔珀太太家了,"她说。

"哦。"

"嗯,贝尔珀太太在做一条裙子。"

她觉得,自己得四处看看,却不忘掩饰一番,因为说不定玛格丽特会发现一张便笺,当然,这里根本就没有什么便笺,或者被风吹走了,可是,好像也没有风。那么,这孩子为什么会这样看着她呢,心照不宣吗,如果她要说,说那种孩子们通常能懂、会说的事,可玛格丽特不一样,她把脸凑过来。

"怎么了,玛格丽特?"她问。

"没什么。"

"你看上去好奇怪。"

玛格丽特·光达转过头去，开始用脚后跟踢地板。

"医生来过，"玛格丽特说。

听到这话，艾丽斯摘下帽子。"是吗？"其实，她想说，这就对了，还有什么，马上告诉我，而她看着她那捏着帽檐发抖的手。

"他来过，他来过吗？"她问，这声音好像不是她自己的。

玛格丽特一动不动。

"他来干什么？"艾丽斯问。

"没什么，他什么也没有说。"

于是，她开始忙活，可是根本没什么可忙活的，因为玛格丽特在看着，而且还会知道些什么。她看着玛格丽特那阴沉的目光，差点就要哭出来。

"我要走了，"玛格丽特说，"我明天再来上课。"

说完，她迅速走了出去，艾丽斯看着她在午后的残光中快步走下山去。她想在玛格丽特离开前对她说些什么，可是，说什么好呢？她甚至在门口叫了出来，"玛格丽特！玛格丽特！"她朝着那个遥远的身影喊。可是，如果玛格丽特真的转身，她还真的无话可说，或者，有好多好多话，不能对玛格丽特说。此外，她感到有些惭愧。她心想，都怪我，若要怪一个人，那是因为他做了不该做的动作，一个音符，加上其他音符，就变成了一小节，这些音符以某种形式不断重复，就形成了整体计划的一部分。她希望事情就像这样。她不想怪自己，玛格丽特看她的眼神令她不安，她喜欢玛格丽特，因为她不大惊小怪，他来这里，她为他弹奏舒曼的曲子，就像她和玛格丽特一起弹奏时一样，只是那时的节奏完全不同，她也曾有过和玛格丽特一起度过的时间，而且在这期间两人也互不打扰，如果她能告诉她这些就好了。

她把头发往后甩，然后躺在沙发上。我得好好想一想，我该如何告诉她，那个傻孩子。她知道自己不该去想玛格丽特，而是任思绪沿着自己的曲线游走，她笑了，因为她知道，自己唯有此刻没有约束，于是她笑了。

13

弗尔诺太太在走廊上徘徊。大半个周末,她的思绪和身体都在徘徊。她生活在忐忑不安中。在那难忘的一周里,她不止一次提醒她的丈夫,谁敢说我没有尽力,剩下的就交给西德妮了。西德妮是否会照做又是另一回事了,可这又带给弗尔诺太太一定的满足感,她在心里默默将自己想象成啼血的鹈鹕,同时如果不接受宝贵的营养,那改善的可能性就会变成无稽之谈。因为你从不知晓西德妮会做些什么。她在写给布兰弗德的信中说,西德妮实在太让人头疼了,她的心思令人费解。她过去常喜欢独树一帜,但其认可度会因为她不断冒出的新想法而不断降低。所以,现在来说独树一帜还处于试验阶段。

想起自己的少女时代,弗尔诺太太叹了一口气。她曾是一个"可爱的女孩",自身并不缺乏创意,尽管她知道这会给经济和社交造成多么大的阻碍。然而,西德妮却丝毫没有责任感。对于弗尔诺太太来说,生活就等于一连串责任,对学生的责任,对女儿的责任,对朋友的责任,尤其是对自己的责任。弗尔诺太太对女儿的态度有了大转弯,就好像她随时会安一颗炸弹在一栋耗尽一生时间精心修筑而成的建筑里。所以,看到她忐忑不安地等待着什么,你也不要觉得惊讶,她有时等得心急如焚,有时又仿佛发现那栋建筑还在一般如释重负。如今,西德妮和罗格·肯布尔订婚了,西德妮的任性好比吊车,坐进吊车里,这桩婚姻将其送至最高点,在半空中摇曳,悬荡,生怕掉下来。

弗尔诺太太决定不去想这种可能。她在脸上安装了一个笑容,这笑容就是未来成功的标志。为了我的女婿罗格·肯布尔,她要给布兰弗德太太(Mrs Blandford)写信。新娘从英格兰来,穿着一件貂皮大衣,戴着一顶小巧的帽子,他们会迎来蜜月之旅,《悉尼先驱晨报》上还会进行报道。但是,此刻,她在走廊上徘徊，等待着，这时，罗格穿上马靴，他看上去帅气逼人，颇有英伦范儿，西德妮还在屋里磨蹭。明天他就要去总督府履职了，弗尔诺太太想着。她看了看表。她定了三点钟的马，那时候午饭也消化了，万事俱备，所幸天也不那么热，她看向走廊那边的门，期待着温度再降低一些。

罗格·肯布尔穿着马靴和一件开领的衬衫从屋里出来。那是一件蓝色的衬衫，穿着很衬皮肤。这大热天的，送他出去，弗尔诺太太希望他的皮肤不要晒伤了，可她也是出于好意，他们会理解的。

"额，你来啦，罗格！"她有些贸然地说，就好像他是从魔术师的篮子里走出来，而不是从房间里走出来一样。

"我看您是在为'最后一骑'推波助澜吧，"他说。

管他什么意思。她见他皮肤渗出汗来。她想，微微冒汗的样子很吸引人。

"不热吗！"她说。"我们去看一看温度计吧？"

"看温度计也没用，您觉得呢？"

"对，对！我是觉得……西德妮！快点，亲爱的。罗格在等你呢。"

他们尴尬地站在那儿。他要是知道她有多喜欢他就好了，如果她能伸过手去，对他说，看，罗格，我们都明白这种感觉，我们无可改变地联系在一起，这将会起到莫大的作用。可他们却尴尬地站在那里，等着西德妮，而她盯着他的胡子遐想，如果让它们随意生长，或是假如他每天早上站在镜子前将它们绕起来。她无法想象罗格·肯布尔绕胡子时的样子。因为他这般绅士，连胡子都长得很漂亮。或许金色的胡子才有意思。总的来说，她喜欢金色的胡子。

接着，西德妮从屋里出来了。弗尔诺太太松了一口气。

"走吧，"西德妮利落地说。"我们早去早回，没必要逗留太久。"

"西德妮！"弗尔诺太太斥责道。

"厄，真讨厌，是吧，罗格？这么热的天还要出去。"

弗尔诺太太坚持认为他的脸红了。

"太热了，"他说。"可不管怎么说，这是最后一次了。"

她说,"不,这还只是前奏呢。妈妈还会叫你的。"

她笑着看了看他。那又薄又红的嘴巴咧开来,又突然合拢。他觉得自己和她距离很远,除了那一笑,再无其他接触。这令他既激动又不安。

她又要遇到麻烦了,她妈妈捏着戒指,叹了一口气,说:"你就不能戴一顶帽檐大一点的帽子吗?"

只听见西德妮"砰"地一声打开了防蝇门。

"要不就戴一顶遮阳帽吧?"她说。

"你还记得那回中暑的事吧。"

"记得,"她说,"惨不忍睹。"

"西德妮,亲爱的!"

一条瘦削的红色护养犬在走廊上碰到他们,它竟然跳到西德妮的大腿上。她抓着它的爪子,那瘦瘦的棕色的手搭在它那瘦瘦的红色的爪子上。罗格·肯布尔感觉到,这其中有一些于我完全陌生的东西,那讨厌的被我触碰的手,如今却触碰着另一种事物。他不想去骑马,但他知道自己必须去,就像去家教老师的书房里预习功课一样,你知道那是什么感觉。

弗尔诺太太站在走廊的台阶上。

"祝你们好运,"她说。

然后,她突然开始恐惧,他们会怎么理解,虽然这是年轻人的词汇,或许西德妮和罗格只是在心里想想。她这样说,是因为她喜欢想象自己就是他们中的一员。因为弗尔诺太太也是这样的父母,她们会尽量使用当下的流行词。

他们把弗尔诺太太留在走廊上,穿过院子去牵马。马厩里有一种让人昏昏欲睡的气味,一只大红公鸡发出催人入睡的声音,它漫无目的地踱来踱去。它的色彩仿佛在院子里燃烧,发出刺眼的光泽。然后,罗格和西德妮坐上马背,朝平地骑去。放眼全是黄色,一片焦灼。周围的山赤裸裸地躺在烈日下,在闪亮的热气中,到最后也变成了焦褐色,整个景色融化再凝结成一种视线远不能及的模糊的形状。你一路骑着马,想要闭上眼睛,好躲过强光和黑蝇。

西德妮感觉，或许他从中明白了些什么，这是男人们特有的本事，只见一次面就能察觉出什么，尽管这已经是交往的前奏。他的靴子掷地有声。坐在餐桌旁，甜点一上来，他就开始给我们讲世界大战战友联谊会和照明电筒。那些热心又尊贵的男人身上，断有某些可悲的东西。你想看看自己到底能洞察多深，前提是不造成伤害，或是受一点点伤害。就像用脚踢一条狗。好像他就是一条狗，有时候毛还会硬起来。她用马刺刺马，马惊叫一声，侧身往前跑去。

"明天这个时候，"他说。

她迅速接过话来，明天这个时候你就要去穆林坐火车了。或许明天也会和今天一样热。你会很难过，我们都很难过。然后你会写一封感谢信，好好地感谢一番。对吧？

他咬了咬嘴唇。这正是他所想的。你一步一台阶地朝书房走去，心里明白，走到最后一阶时，眼看就要发生不可避免的、不愉快的事。她骑在那匹栗色马的背上，一路摇晃着前行，那也是反复无常的、热气氤氲的风景的一部分，就像在梦里打开的东西，你无法断定它是否真实。

罗格·肯布尔坐在那儿，手里拿着热皮鞭。他的手也是热的。他小时候说话带结巴，同学们都笑他，那时过得非常糟糕，后来，他克服了结巴，但总有些东西没法根除，就算用语改了，习惯上也还有些破绽。女人们喜欢他这一点。所以，这或许是一种资本，如果他能意识到这也算资本的话。

可他却是那一种英国男人：他们的女人不是用来买卖和交易的物质，而是是非分明的人，她们能看清选举日进行的板球比赛的距离或是五月狂欢周时汽车上的尘雾。为了她们，你会说不同的话，甚至连语调都有所改变。其实，女人是一种抽象的概念。他曾希望西德妮就是那具体的例子，希望她写信回家说，在普通标准面前，她就是不依惯例的人，可这只是环境的作用效果，他们的价值标准和我们的不一样。罗格·肯布尔固执地坚守着他的环境论。他惯用的陈词滥调就是以此为核心，这能带给他一种理性的安全感，就好比一名政客用其政党的口号垒起一个安全的弹幕，罗格·肯布尔以后也许会投身政治，

说不定会被指派到威尔特郡的某个地方,成为那些农民保守党的饭后谈资。

结果是无可避免的,(那个具体的例子)不是西德妮·弗尔诺,他隐隐约约感觉到,西德妮·弗尔诺并不符合。她母亲坐在草坪上倒茶。女孩们跑过来坐在她身边,她们穿着白色的连衣裙,打网球累了就过来休息,那些向西德妮·弗尔诺示好的漂亮女孩们带着一些力不从心的殷勤,地图上那些粉色的地方和国王广播演讲的主题,身着白色衣裙的西德妮·弗尔诺并非如此,威尔特郡的草坪就是你在热霾中所看到的褐色的贫瘠土地。这就是不同的地方。

"你想不出出门在外和待在家里最大的不同是什么,"他说。

"我们低人一等么?"

"我不是那个意思。"

阳光下他的脸红了。

"我是说大不相同,"他又说道,"比如,景色。环境的改变就是最大的不同。"

说这些是想问她是否想去看看英格兰,如果她愿意,他愿意当导游。他的皮肤感到了一阵无力的刺痛。

"是的,"她打着哈欠说,"那是一定的。谢天谢地我不会天天去看。"

他抓着缰绳的手紧了紧。

"怎么满腹牢骚?"他问道。

"我么?"

"嗯,是啊。我想想。肯定有什么招惹到我了,也许你离我远点会好些。"

她噘了噘嘴。

"你知道吗,罗格,你很好笑。"

"为什么?"

"呃,不好说。"

他们又骑了一会儿。两人之间的沉默随着蚱蜢的一蹦一跳忽动忽停,四周的空气也随着他们翅膀的扇动而变得微黄。马脖子上的缰绳穿过汗液留下一道道痕迹。

西德妮打破沉默,说道,我常想,要是用枪打爆别人的头,肯定很好笑。只有这样的人才能看到朋友的反应。当然,这是重点。将枪管举到前额,去感受它,总是能让人冷静,给人抚慰。

"西德妮,"他说。

"嗯,你没必要让我跟你许诺什么。最后,这些诺言都兑现不了。"

"但我想问。"

"看着吧,"她说,"我们赛跑,看谁先到那个弯道。"

因为只有这样你才能感受到风,马儿伸长脖子在你腿下呼吸的时候,那热气就像枪管一样让人心生慰藉。他想问,想问修道院院长上星期想让他问的事情,仿佛这就是他这个星期来格伦湿地庄园的任务。弗尔诺家的格伦湿地庄园。格伦湿地庄园的种马。我是弗尔诺的一员,受人尊重,因为上帝知道为什么,为什么弗尔诺家族受人尊重,只要你能卸下伪装,坦诚对待他人,直至赤身裸体。他会问我有关英格兰的事,改变我衣箱上的名字,西德妮·弗尔诺,因为嫁给罗格·肯布尔只是改变了标签,本质上没有差别,上床睡到一起也不会有任何改变。她双腿夹了夹马肚子,感受着马镫压在腿下的满足感。如果她拒绝,定会伤害到罗格·肯布尔,但如果接受,对他伤害更多,他并不明白这意味着什么,她想要的不只是尊重,其实她也不完全了解自己真正想要的是什么,不过绝不是一口的英伦腔或者那撮漂亮的八字胡。虽然这件事原本简单,找到解决办法也简单。我当然会结婚,海伦在科汀小姐的女子精修学校这么说过。海伦已不是处女。对方是个小小海军,非常温和,看起来他肯定刮了好几遍的胡子。海伦说,那没什么不一样,如果他们想要,你也不好再忸忸怩怩。躺在床上心里想着如果海伦和那个人……把床单塞进你嘴里。马儿小跑着朝着弯道去。她叫他一起来,双手被缰绳勒得发白。但是如果我嫁给罗格肯定就会不一样,除非他不碰我。她猛扯了一下马嚼子。

"上来!"她大声喊道,"上来,该死的!"

他们给她备的是一匹被阉过的马,仿若她还是孩子驾驭不了,或者说不想结婚,即便你的双手受伤了或者已经筋疲力尽,或者说马蹄把你踩出了血。用缰绳勒马的时候她的双唇发白。

罗格跟在她后面。她看见他一脸紧张,一直在努力找话题……

"看,"她说,"那是哈根和他的工人。"

随着他们越来越靠近那群人,他的脸色渐渐放松下来。

他们在修篱笆,拔掉腐朽的桩子,抽出绑紧的绳子。有两个人转过头来看他俩。他们揩了揩脸上的汗,看着马儿靠近。哈根背对着他们,把新桩钉好之后夯实四周的土地,夯土机在他手里上下挥动就像是活塞连杆。他双腿分开站立,慢慢地夯着。他的双手通红。

"下午好,西德妮小姐,"其中一个工人打招呼道。

所有工人都摸着帽子行了礼。哈根转过身来。

"下午好,哈根,"她说。

她埋头看他,他脸上的汗珠闪着光,眉头看向强光的时候紧紧锁住。他向她微笑地点点头,就像太阳洒出的金光,他没有脱帽致敬。经过他身边时她看着他皱了皱眉。他本该伸出手。她看见了他手臂上泛红的汗毛。自从那天他跑下山坡回头看了她一眼,她就开始恨他,她曾看到他以这块土地主人的身份自豪地站在院子,嘲弄地看着她。他总觉得她很蠢,所以也常那样看她。我们的哈根先生,她说道。现在他靠在夯土机上,看着他们骑马经过,死死地盯着她的身体,显然是想让她知道他的行为,她左摇右摆地前进着,即便没有转身她也能感受到他站在那儿目送她离开。他的双手非常有力。她那晚晚餐的时候曾见过,当时他在上菜,他手上皮肤皲裂,指甲也有受伤。她抬起头看着他的双眼,但沙拉碗之上的那双眼睛也透着一股力量。

"我们回去吧。我们可以穿过溪谷绕回去。我不知道为什么我们非得像傻子一样大热天里四处乱逛。"

毕竟,这是最后一次。

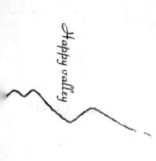

她看着他。

"不,我不是那个意思。对不起,罗格。是我一厢情愿想走另一条道。"

她将一个冰冷的词扣在他身上,而这个词在其他场合或许会显得优美,此刻,他只记得还有些事没做完。于是,他拿出手帕,慢慢地擦了擦脸。

她回过头看了看。哈根正在捣土。于是她又转回了头,眉头紧锁。她讨厌他,因为她看着他,而他不看她,她又更加讨厌他。

罗格说,"西德妮,这一切太快了,"就好像时间所剩不多了一样。"西德妮,我想问你点事,我很久以前就想对你说了,你嫁给我好吗?"

她在心里抱怨道,哦,天呐,该来的还是来了,这求婚怎么会跟你想象的一样,出自罗格之口。如果能这样僵持着就好了,可是你总得回答点什么吧。

"额,你现在感觉好些了吗?终于说出来了。"

"没有,一点都没有。"

"对不起。"

"你真让我下不来台。"

"你认为我会嫁给你吗?"

"我不明白你为什么不能嫁给我。"

他的声音听起来十分痛苦。

"再想想,你就会明白了。"

其实,他已经想过了,他不承认那理性的结论,因为西德妮就是这样,因为他想娶她,因为他搞不懂她,可是这些都没关系,从某种程度上说,越是得不到的东西,你就越渴望得到。

他又说,"我不明白你为什么不能嫁给我。"

他感觉自己的声音就像学生的声音,像是一个学生在苦苦狡辩,面对着那无可避免的事情,紧抓着那用以防卫的词不放。

她哼了几声。

他说,"你想要什么?你到底想要什么?"

"我不知道,"她说。

她转过身的时候,脸色阴沉。

"但我不想谈这个。明白了吗?到此为止。"

她的声音有些失控。然后,他们默默地向前骑去。

他已经试过了,结束了,他感觉自己浑身都被鞭子抽过。他会给母亲写信,说,亲爱的妈妈,说……什么都不说。因为没有必要,坐在草坪上,解释说,西德妮很矛盾。可他对她的渴望并没有减少,他的话又跳了回来,那表情,就像他在多塞特郡掉下悬崖时手趴在页岩上一样,他看着那寂静得纯洁而清透的天空。

"我想你会来看比赛吧,"他用那在游园会上发言时的语调说道,这声音足以让老妇人们窃窃私语,罗格·肯布尔,多么体贴,多么友好啊。

"也许不会,"她说。

"这些该死的蚱蜢!"

"是啊。它们都泛滥成灾了。"

澳大利亚,是瘟疫之乡。

她扭着嘴看着他,眼睑低垂下来。

她说,它就是第二个埃及。只是没有那么多寓言罢了。

话在她嘴边显得很沉重。你在这么热的天里说的话都无关紧要。关于寓言。我要死了,埃及。那些桑蚕枯干了,散发出一股味道,于是你跑出了屋子,因为那腐蚕的味道太过浓烈。妈妈说,亲爱的西德妮,我们得把这些可怜的小蚕扔出去,你不会介意的吧,宝贝儿,爸爸会给你带更多回来。多一点,多一点,再多一点。我们得给它们吃桑叶,把它们养得又鲜又胖又光滑。然后,他们把他升到一座塔上,那一定是一份苦差事,虽然下面肯定有人来推,还有那个流口水的女人,那是一座纪念碑,他的嘴巴在埃及。罗格·肯布尔紧紧闭着嘴巴。海伦说,你倒是张嘴啊。他在夯实那个浅坑的时候被太阳晒伤了。天太热了,房屋就像被晒伤的脸上的一块红色伤疤,还带有一个闪着光的池塘,却不是金色的，太热了，太热了。

他们又骑回院子里。这里和他们离开时一样热，一样有股难闻的味道，那是马厩里传来的粪味，而且四周不见一处阴影。火灾吞噬了厨房窗口上的尘埃，厨房却孤独地躺在那死去的房屋身边。他们把马牵进了马厩，然后走过院子。这里的每一步都很重要，只是有这么多步，所以剩下的就变得可有可无了。

弗尔诺脱掉了她的鞋和裙子。她正躺下来休息。她对丈夫说，我不能睡，而她的丈夫正用报纸盖着脸打盹儿。他已经睡着了，可是都没有打呼噜。于是，弗尔诺太太躺在床上，想着要祈祷，如果这样不算亵渎神灵的话，她想祈祷老天下雨，倒不是因为这样有什么好处。弗尔诺太太躺在床上，叹了一口气，努力不去怪罪那任性的神。直到她听到西德妮的声音。她听到防蝇门"砰"地一声，听到他们的脚步声从走廊朝屋子这边传来。弗尔诺太太的心里也"砰"地一声。她坐在床边上，然后慢慢起床，穿上睡衣，来到西德妮的房间。

她叫道，"西德妮。"

她往女儿身后看去，看到镜中女儿的脸，她坐在梳妆台前，一动不动。正是这一动不动，让弗尔诺太太烦躁不安。

"我们很快就回来了，"她说。

"是啊。这么热去骑马很烦人。"

西德妮拿起粉扑，在脸上轻轻擦拭。她看着镜中的母亲，穿着丝袜站在那里，一双柔软的脚，非常非常柔软，她把头往前一伸，十分滑稽地看着，等着。这种感觉，让你想去损坏什么东西，握在手里，一松手就掉下去。然后，她放下粉扑。那粉扑撞到梳妆台的玻璃台面，像是抗议一般，腾起一阵尘雾。

"罗格呢？"弗尔诺太太说，"罗格是想去骑马的。"

"他在他的房间里。你最好去问他。"

"西德妮，你们没有吵架吧？"

"我为什么要和罗格吵架？"

"没有。我是想,想他……"

西德妮站了起来。她在颤抖。她控制不住自己的嘴巴,她的嘴不再闭成一条线,而是因呼吸而张开,天太热,她的唇在哆嗦,她像电线一样颤抖着。

"没有,"她叫道。"没有,他没有。如果你希望,就算他有好了。但是我没有。好了,出去吧。天呐,出去!出去!"

弗尔诺太太那双穿着袜子的脚退了出去。她的脸因绝望而颤抖着。于是她哭了起来。

"天呐,出去!天呐,出去!"

西德妮的耳朵嗡嗡作响,就像一根被击中、仍然没有停止振动的电线。她的手在门锁上翻动,脸上看不出这个动作有什么直接的意图。回到屋里,镜中的她在颤抖。她的左脸颊上有两道新鲜的红印,那是被她的指甲所划。

弗尔诺太太穿着袜子站在外面,孤零零地靠着门啜泣。

14

　　克莱姆·哈根干完了活。他站在屋舍后面的洗衣房里。屋外光线微暗,风景一片柔和,奶牛成群结队。哈根往窗外望去,但他并没有看风景,也不去注意那些自然现象,除非这能帮助他提高收入,但是现在,活也干完了,他也就不去想这些。洗衣房里有股肥皂的味道和煤油罐里烧开水的味道。他站在水池旁边,赤裸着半身,水从他的肩膀、脊柱和胸前流下来。他的颈子上还残留着肥皂泡,颈窝里的水亮晃晃的。洗完澡后,他拿起剃刀,开始以那雷打不动的节奏刮脸。你能听到剃刀那颤颤巍巍的刮擦声和抹了肥皂泡的刷子发出的沙沙声。你见他刮到一半,看着他在镜子前对自己的身体感到自信的那副模样,他的身体既是由肌肉和骨骼组成的物理结构,也是任何可能发生的事情的来源。他对着镜子笑了笑,这一笑不是对自己,而是对自己取得的一些成就。然后,他接着刮脸。

　　克莱姆·哈根夜里骑马去镇上,还穿了一条新裤子坐在马鞍上。他一边吹着口哨一边检查了两侧的马刺。克莱姆·哈根一路上山去,任马在黑暗深处穿行,他骑得很快,两旁的树飞闪而过,他要去芬戴尔(Ferndale)看信箱,黑暗中只听见嘶嘶声,天黑了,唯有黑暗擦肩而过。这是一场羽化之行。洗了澡,刮了脸,焕然一新,马一路疾驰,还能听到金属的声音。你已焕然一新。你沿着马的颈子弯下身,风从你的齿间穿过。你的牙齿露在风中。克莱姆·哈根要去镇上。

　　他要去碰碰运气,一切记号都在,那个星期六,在商店里,碰到他,就好像世界小到再没有其他空间,道歉,一罐狗粮掉到地上。她说,哦,光达小姐,我真笨,光线太暗,我的眼睛不习惯,但她却看得见自己像猫一样蹭到他身上,你一定得去一趟,她说,我和我丈夫都很高兴见到你,因为很少有人来欢乐谷,不像在悉尼,对了,黛西,黛西是我的妹妹,她就住在悉尼,他们在马力维还有生意,她说,我在认识欧内斯特以前也曾住在那儿。欧内斯特就是我的丈夫。他说,或许周六晚上可以过去。她说她不胜高兴。他们后来再没见过,真可惜,对吧?他在格伦湿地一定很孤独。如果他喜欢的话,他们还可以玩纸牌。然后,她走出了商店,摇曳着身体走下台阶,他还能从背后看到她露出的束腰边。

哈根吹起了口哨。那是他从某个地方的留声机里听来的曲调,时间太长,他也记不起当时的环境了,尽管他也花了好多心思去猜。他打了个呵欠。太像了,同样的曲子,不同的留声机,有时候你会想这声音是否值得你去扭动门把手,你心想,应该再试一试,看看自己是否还有那个本事,那该死的曲调,竟然是一样的。他停止了口哨。他得喝上一杯。也许,她会给他一杯酒,又或许那个小蓝脸的莫里亚蒂,看样子也不过是个施洗者,还能是什么。

要不带她去看电影。只是,还有莫里亚蒂呢。带她去看电影,她在中间,莫里亚蒂在另一头,一边稳住莫里亚蒂,一边在他妻子身上下工夫,这样可能会适得其反。一切都再容易不过,如出一辙,为了同一首曲子而扭动把手。一杯苏格兰威士忌下肚,他就能做到。这些栏杆让你筋疲力尽,从帆布袋里倒出水喝,那水又柔和又温暖,你一口吐出来,擦去眼角的汗水,她和那个从英国移民来的、红着脸的家伙,那个他们说要娶她的家伙一起,从身旁经过,说,下午好,哈根——好吧,他在这儿有稳定的工作,那个浑蛋,就像把你的铁锹伸进岩石里,她骑马经过时说,她认为自己是在帮你。那个周六晚上一起吃饭,桌子上垫着桌布,她把色拉盘递给你。他又开始吹口哨。他们下去时,晚风调情一般吹过他的脸。托泽谷(Tozer's Hollow)那里的水坑已经干透了。递过色拉盘后,她像被枪射中一样跳起来,你看着她,不由得思考一阵,她就像钉子一样顽固,可是,如果你想,她就不再顽固,就算你想要一些本不想要的东西,反正也不是处女,像极了一份苦差事,好像你没有做好一样,要让你来负责。西德妮·弗尔诺能管好自己。

他朝欢乐谷骑去。很快就又能见到光亮了,还有人赶着马车到镇上去。路上,有人对他说晚安,他也说,晚安。他们就快到镇上了。有趣的是,就像一想起就能让你哭的欢乐谷,当它进入光亮和狗叫声中时,你就突然站了起来。

他把马拴在施密特家旁边的院子里,施密特让他拴在这里,是为了把旅馆里的畜栏腾出来。他脱下马刺,放在口袋里。他经过施密特家,走到街上去,从光达家的走廊那边起,一路挂着马灯。埃弗里特家的一条狗朝着他大叫。人们从街上走下来。酒馆里传来歌声。

他走上街去找酒馆,淋着雨站在门外的那一天,是冬天,他走了进去,走了好远,她说,莫里亚蒂太太说……莫里亚蒂太太。

莫里亚蒂太太在客厅的钢琴前坐下。她已经坐在那好一会儿了,因为她不想让他找不到她,听见他的脚步声,她唱起歌来,因为黛西说过,她的低音唱得不错,倘若经过训练的话就好了。于是莫里亚蒂太太坐在钢琴前,用她那优美的女低音深情地唱起了《魅力无限的弦乐瀑布》(Charmaine)。歌很老,却很应景。莫里亚蒂太太唱道:我在想,蓝知更鸟何时交配。然后,她遇到不会唱的地方,就"啦啦啦"地带过了。啦啦啦—啦啦啦—啦啦啦啊啊,莫里亚蒂太太唱道。她曾想过去学轻歌舞剧,那里有一架大钢琴,还有粉色镶珠礼服和上面绣着鹦鹉的大帷幕。多萝西·查尔莫斯(Dorothy Chalmers)——公认的银嗓子。因为你不能把自己叫作维多利亚,甚至维克。没有人叫她多萝西,这是莫里亚蒂太太的一大心结。

褐色的红木钟随着欧内斯特那令人讨厌的红木钟一道,滴答作响。

"该死的钟,"她说,"还有某些人。"

像这样等着,真让她焦躁不安,她的鼻子都酸了。天呐,都成什么样了啊,那款面霜并没使毛孔闭合,他们也不会退钱给你。或许,他进来时,你该坐在沙发上,十分悠闲地看着杂志,这才是重点,毕竟钢琴不能随便搬动。然后,莫里亚蒂太太皱起了眉头。她突然意识到,做什么样子他也看不见,因为格蒂·安塞尔回家去了,所以她要亲自去给他开门,佣人不在就是这样。她在钢

琴上敲了几个弦音,把手都弄疼了。

然后,外面响起哈根的敲门声。

"呃,"她说,"很高兴见到你,哈根先生。你能来真是太好了。"

"我迟到了吧,"他说。

"哦,不,"她说。"正好,我正在弹奏喜欢的老歌。我很喜欢唱歌,你呢?"

"那要看声音好不好听了,"他说。

"那么,我该说些什么呢?"

她笑了笑,然后把手放在肩上,让袖子落到手肘处,于是手臂露了出来,她和黛西一起去大卫·琼斯家里时看到服装模特儿就是这样的。

"你合格了,"他说,"我在上街来的路上都听到了。"

莫里亚蒂太太又笑了,她笑得比之前更欢乐。因为她有魅力,只要人们给她机会,可是,她不会把它浪费在不懂的人身上。哈根看着她,笑了,他明白了。

她说,"我想你应该渴了吧,天这么热,要不要喝点什么,我去给你倒?"

"喝什么都可以。"

他并不希望莫里亚蒂在家,两个杯子,一根吸管,这就够了。

她说,"就剩我陪你了,欧内斯特上去和贝尔珀聊天了。他们关系可很好。我希望你不要介意。再说,喝什么都一样。"

"我想是的。"

拿着杯子对着他摇晃,谁都知道,她也是个过来人,还是个容易获得异性青睐的人,打发他出去,就可以……

"是啊,"他说,"喝什么都一样。"

莫里亚蒂太太举着杯子说,"干杯。"

"真高兴我来了,"他说。

时不时去拜访别人也是一种改变嘛。

她把脸埋进手心,睁大了眼睛,她知道,博取同情才是她的长处。

"之前,我去了马瑟尔布鲁克(Muswellbrook),"他说。

"欢乐谷让我欲哭无泪。"

"真替你难过。"

她倒得太快,杯子里起了泡沫,她对着泡沫咯咯发笑。

说了一会儿话后,她举止得体地说,"再来一杯吗?为新英格兰的降雨量和格伦湿地的羊毛产量干杯。"

"谢谢,"他说。"你呢?"

"我没关系。"

"那就好。"

"我没有害怕,"她说。

"害怕什么?"

"没什么,"她慢慢地说。

他走过来,坐在她旁边。不过才喝了两杯,就激动成这样,你就觉得是时候牵她的手了。可是她站了起来,站到桌子旁,伸手去摸一株植物。

"你有什么可怕的?"他问。

"哦,亲爱的,哈根先生,"她说,"天太热,我都出汗了。"

"哈根先生?你就叫我克莱姆好了。"

"真的可以吗?"

"我说可以就可以。那我又该叫你什么呢?"

"维克,"她说。

说着说着她的脸就红了。她希望别人叫她多萝西。

"接着说!维克,"他说。

她说,"好的,你知道吗,这不是我的错。"

"比如女王。"

"是的。"

"维克?过来坐下,维克。"

她站在那里,摸着那株植物,好像她不明白似的,好像他是笨蛋一样,她的裙底已经按捺不住,兴奋全写在脸上。

"太近了,"她叹息道,"你想去看电影吗,克莱姆?"

"那样还会更近,"他说,"不过,你想去我们就去吧,维克。"

于是他们起身去光达家的大厅里看电影。她想,有他陪着真好,他是这样一个懂我的人,她将手放在他的手臂下一路走着,他能感觉到她的手在蠢蠢欲动。他开始乐在其中了。是的,是的,紧紧捂着她的手,真可惜,他们以前没有在一起。大部分人都在大厅里,可还有一小部分人在往山上爬,那是一群女孩,身后跟着将卡车从欢乐谷开往穆林的查非·钱伯斯,他一个人走在后面。他往山上爬去,嘴巴微微张开,气喘吁吁。

哈根说,"看呀,维克,那些女孩的后面是乡巴佬查非·钱伯斯。"

"嘘,"她说,"那家伙的脑子有问题吧。"

可她仍然笑了,因为看起来就是那样,那些女孩和那个呆头呆脑的家伙。你看,他还挺有幽默感的。她要把威士忌好好调和一下,她感觉自己的脑袋里仿佛冒着火花。

"很好!"她笑着说,"乡巴佬,钱伯斯。"

查非·钱伯斯一摇一晃地向前走着,他走得很慢,看见她们经过,就害羞了起来。他全身发冷。他以前叫威廉,但是他们叫他查非,就连母亲也叫他查非。走在那些女孩后面的乡巴佬。有人说,过来,查非,他就过去,他也记不起从什么时候开始这样,也不知道为什么会这样。珀塞尔神父说,他的衬衫下有一枚神圣的勋章,勋章下面,皮肤冰冷冰冷的。他讨厌哈根。他慢吞吞地走在后面,他现在还不会去看电影。其他人上了山。当女孩们转进门去时,你能透过她们的裙子看见里面的光。那天,在卡车上,哈根说了一个什么名字呢?他也忘了。只知道埃弗里特太太的裙子拂过他的膝盖,她还说,过来,查非,站起来,你现在是个大小伙子了,别担心,钱伯斯太太,他只是发育缓慢而已。他很好,查非·钱伯斯。等他长大一些,他们给他谋了一份开货车的差事,哈根说。

查非·钱伯斯往另一边下山去,那是和光达家的大厅相反的方向。

大厅的装饰属西方风格,除了后座稍贵的座位外,前边几乎已经满座,他当然会给她买后面的座位,因为那样才能显示出他的诚意,而且,付出总会有回报的。他就像箱子里关着的猫头鹰一样,从艾米·光达那儿买了票。然后她们继续朝大厅走去,里面漆黑一片,屏幕上映出巨大的人像。那人拿出鞭子,鞭子正好缠住了游击兵的头,还在他脸上留下一道鞭痕。维克·莫里亚蒂尖叫了起来。黛西说,麻烦就在这儿,她对什么都能入戏。他们匆匆来到座位上。空气被烟熏得热烘烘的。她遗憾的是,厅里太黑,没人看到那个来自格伦湿地的工头带着她坐在最贵的座位上。如果贝尔珀太太在就好了。她沉浸在那一瞬间的优越感中,同时坐了下来,抬起肩膀挨着他,不就是在说"我们一起看"吗,而他正求之不得。

欢乐谷沉浸在一种"超现实"的氛围中,那些出现在屏幕上的巨大的蹄子,几乎打在它的脸上,它脸朝上、张着嘴,不需要任何答案,只是展现着力量。他们说,他要杀了她,不,他不能,那个男人躲在树后面,还有那个手中拿着枪的小伙子,他会开枪的,哦,哦,是的。某个星期,当施密特太太洗完拆开的机器,揉完面后,或是躺在她丈夫的身下时,那个拿枪的小伙子会占据她的生活。这些人一边做梦一边假装过着与锅碗瓢盆打交道的正常生活,那样的梦将他们与物质隔开,如此完美。把她拴在马上,带她穿过沙漠,直到你的嘴巴干如烟草,那些带刺的大梨树,划破了她的裙子。亚瑟·保尔咬着指甲,想象着,如果艾米莉·施密特被拴在马上会不会晕倒,她的身上有一种好闻的味道,那个用手帕裹成的球闻起来好香,那天,格拉迪斯(Gladys)在地理课上晕倒了,她们把她抬到走廊外面,那棵带刺的梨树下坐着一位衣衫破烂的老人,他将她从马上抱下来,把她的手帕放进烧水壶里打湿。

"想想那些沙漠,真有趣,"维克说,"那里一定是德克萨斯。"

一瞬间,她甚至忘了他不是欧内斯特,电影也不是那种需要你作出评价的教育类电影,那时欧内斯特还好好的,哮喘也没有犯。想到这里,她坐直了一些。她也不想这样。那晚,她没办法抱他上床睡觉,于是他一晚上都躺在椅子上,身下垫了三四个枕头。你也不能说我不是一个好妻子,她说,我爱欧内斯特,可是,天呐,你每天都做一样的事,坐在那儿听贝尔珀谈论工业。

"怎么了?"黑暗中,哈根问道。

"没什么。"

"我看是有什么事吧。"

她说,"没事。"

她又放松了下来。他用手揽着她。你得做些什么才对,她说,不管他做什么,她都不在意,坐在黑暗中,那音乐,她脑子里一片混乱,一定是酒的缘故,可这不是你想要的吗,天呐,你还介意什么呢。她叹了一口气,又或者她的呼吸是被手臂挤出来的,因为她靠在他身上,他的肩膀如此坚实。

"喜欢吗?"他问。

"喜欢,"她说,"我喜欢看电影,你呢?"

他开始亲吻她的脖子。她抬起肩膀,佯装反抗,可却碰到了他的脸上,她感觉他的唇在张开。脱去了束腰,她差不多已经落到他的手中,就像站在一棵树下,苹果落到他的手里,又或者是甜瓜,不过,只有在小说里,甜瓜才会长在树上,管他是什么。那个印第安人骑到深谷中时,她开始扭来扭去。那当然是一个深谷了。

"我受不了了,"她叫道,"我受不了印第安人。"

"要出去走走吗?"他问。

"看他们的刀啊!"

"你别看了,"他说。

于是他用手绕过她的头,遮住她的眼睛。她觉得这样有些无礼,可是厅里这么暗,没人能看见。然后她感到他的舌头碰到了自己的唇。她叹息一声,让人情不自禁。在他怀里,眼前一片漆黑。她又叹息一声,让人情不自禁。

"他会被杀死,"她无力地说道。

他从牙缝里挤出一些话。有的女人在应对这种情况时,会躲在门后面对着杂货商大喊,她们生来就有表演腹语的天赋,而且大多数女人都像这样,坐在这该死的座位上,真他妈的不舒服,你又不能再近一点,就像一床凫绒被,或是两床,裹成一个球,或是裂开缝,你以为自己对凫绒被了如指掌,却突然发现不是这样,而她又不是三岁小孩,像那样吊着你,凑到你嘴边,这可是戴着眼镜在学校学不到的东西,很快就会结束,直接把它们射下来,让他的手臂围着一个女孩,把它们射下来,它们就像地滚球一样滚动,靠着你的肩膀根本算不上什么,如果你运气好,在赤道附近又另当别论了,对着那些印第安人痛骂一场,他们喊,救命,救命,然后,州长的人把你告上法庭,过来呀州长先生,法官却判你无罪,转一圈又以灯光收场。

"那场电影真好看,"她说,"我一直都记得。"

"对于我来说,所有的电影都一样。"

"难怪,"她说。

她耸耸肩,站了起来,走出去。她一路哼着歌从街上走下来。"我在想,蓝知更鸟在什么时节交配,"她哼道。他们走在一起时,她的嘴抬起来对着他。

"快要下雨了,"她说。

"下就下吧,"他说,"我不在乎。你呢?"

"我可不想淋湿。"

"她们都一样。说一首曲子,让你用口哨吹。哦,不,先生,别碰我,却又像只猫一样朝你凑过来。"

"你还不进去?"他说。

他的声音听起来有些沙哑。

"是的,"她说。

她一路走着,感觉自己从容自若。

"你不应该进去,"他说。

在埃弗里特家的小道上,他抱起她,贴在一个栅栏上,这样她就不会逃走,

也不想逃走了,她挣扎着,手臂露了出来,与此同时,她的手就像找不着地儿一样在他背上到处摸索,不想掉下来。她呼出的气钻进他的嘴里,好像他正掐着她的脖子似的。他的膝盖放在她的两腿间,把她贴在木栅栏上。

"现在你还想进去吗?"他说。

她吊在他身上,呼吸急促,说着一些语无伦次的话,又或者什么也没说。

"天呐,"她说。"我们是疯了吧。这可是在路上。"

"谁会在乎这个?"

"我可是校长的妻子,"她说。

然后,她开始挣脱。他早知道她会这样,东说西说。

"你不要以为我喜欢这样。我才不喜欢呢。"

"哦,去他的,说这些有什么用呢?"

"你真不耐烦,"她说。

"我该怎样理解你这句话呢?"

"我说你很不耐烦。"

他知道她在对他笑,即便看不见,你也能感觉到某人在笑。然后,她开始移动。他能听到她的高跟鞋擦过石头的声音。他稍微停了一会儿,他生气了,有种失望的感觉,可他仍在笑,之后他就走到大街上去了。

维克·莫里亚蒂上气不接下气地回到了家,桌子上的一根吸管和两个杯子是对美酒的纪念,但不只是美酒。她的胸部从容地起伏着,因为她脱掉了束腰。可她不再感到头晕,她将头埋入手中,想着自己之前都在想些什么。

亮碗里的仙客来笔直地立着,那花的姿态真是古怪,好像背后长了耳朵似的。就像花中的贱人。还有一个贱人在栅栏上,捏着你,现在想起还会起鸡皮疙瘩,欧内斯特还躺在床上,他可不喜欢那样,不会那样,没有人相信这是真的,欧内斯特的手上青筋暴露,他可能以为你在栅栏上被脱去了衣服,或者有刺插了进去,还有可能会感染,想想他的呼吸,啊,为什么不呢,叶子在花下显得很好笑,因为维克喜欢花,欧内斯特穿着拖鞋在花园里闲逛,那还是她忍着扎手的痛帮他绣的。他的手臂,让你情不自禁。可你是校长的妻子啊。

她狠狠地推了推桌上的杯子,然后朝卧室走去。

"是你吗,维克?"欧内斯特说。

"是我,"她回答。

"你去哪儿了?"

"哈根先生带我去看电影了。"

可怜的欧内斯特。可我也没办法,不管我是谁,我究竟是谁呢,他转身时,床被压得吱吱响,还有一股哮喘粉的味道。

"电影很好看,"她说。"是关于游击兵的故事。他爱上了州长的女儿。故事发生在德克萨斯。里面还有个小伙子,叫,叫……我也忘了。"不过没关系。这家伙为了那个女孩用鞭子羞辱游击兵。那是双倍的羞辱,你知道吗。他还与印第安人勾结。还有……

这时,只听见床的吱嘎声,还有欧内斯特的鼾声。她在凳子上坐了下来,开始脱袜子。

15

雨下了起来。雨滴击打铁皮屋顶的声音让你无端升起一种孤独感,这空洞的声响中仿佛存在某种东西,把你俘虏其中,悬挂在这虚无的空间里。屋檐下,奥利弗斜倚在壁炉旁,不说话。他琢磨着自己应该走了,和艾丽斯聊了一两个小时,她坐在沙发上开怀大笑,我们俩都笑了,很开心却总觉得少了点什么。我们对这种拉锯似的愉悦感到疲惫,彼此等待着某种必然发生,或许并不必然,抑或不会发生。我和希尔达在一起的时候也是这样,我从来都只是闲聊。当我们眼神交汇的时候,都期待着不要发生什么,但总是已经来不及了。此刻的艾丽斯亦如此。没什么其他缘由,我只是过来聊聊天、喝杯下午茶的。

艾丽斯笔直地坐在沙发上,双手放在大腿上,等着奥利弗继续往下说,尽管天色已晚,她丝毫没有感觉到时光的流逝,反而竖着耳朵倾听,她想,再有任何一点声音都会震慑她的耳膜。她端坐着,周围的一切都与她无关。这一刻的寂静宛若诡异的十二点剥去了早已似己非己的肉体,使身心沉睡,思维凝固,这一刻的寂静,行走在她的每一寸肌肤里,让她无处逃遁。雨依然淅淅沥沥地飘洒着,均匀地洒在房顶,时而被风吹乱阵脚。奥利弗站起身来。它很快就会到来的,她已经感觉到了,她觉得自己就是为它的到来而存在,因为很多事情,真不敢想象如果角力抵抗会怎样,但是,她很清楚命运正把她带往何处。

"艾丽斯,"他呼唤她的名字,却没有回应。她只是坐在沙发上,笔直的,手搭在腿上,面色有些许憔悴,应该正努力地克制住情绪吧,好像他也为此强忍了很长时间,他大可不必这样的。苏醒了,几周时间里,它一直在慢慢逼近。此刻,他想说点什么,他必须说点什么。他走过去,在她身旁坐了下来,脸枕着她的手贴着她的大腿。

"艾丽斯,"他说道,"我爱你。就是单纯地爱你。我曾试着说服自己不要这样,却发现根本找不到任何理由。你是我从未遇见过的智慧尤物,你就是所有我想要的,就像我脑海中存在多年的许多幻想一样。我想拥有,却不知道想要的是什么。我有和许多人一样的困惑,有时候偶然的灵感闪现,它会出现,来自肉体或物质,或来自精神,或二者兼有。艾丽斯,你能感觉到吗,就是一刹那。"

"是的,"她说,"我感觉到了。"

她移动了一下身体,双手触碰到他的脸颊,她下意识地轻轻抚摸着。她弯下身,想用脸用身体去爱抚他。

"我已经感觉到了。"她再次回应道。

雨还在击打着屋顶,缓慢沉郁的节奏里已不再有孤寂,因为在这空旷的暗夜,他们的身体相互触碰着,你情我愿,无需言语,唯有尽情抚摸方可代替文字的表达,绞尽脑汁搜索言语最终也是徒劳无功,一切突然变得透彻明了。

她想给他更多,想给他所有,这样他们之间就不会有障碍了,甚至还有留存了更多的期待,为了他,艾丽斯可以倾其一切。她走进房间,褪去衣裳,轻轻躺下,黑暗里的空气充满了柔情蜜意。她静静聆听着他解开衣裳发出的声音,甚至他的呼吸声,他的贴近床头的声响。她用手指沿着床单搜寻,小心翼翼地,仿佛在探索某个未知世界。房间里,曾经熟悉的丝绸被揉搓的窸窣声,画画时断时续的沙沙声和梳理头发的嘶嘶声悄然升起,夏娃的柔音和亚当的粗犷坚硬的气息交融一体,谱奏出一段新鲜的乐曲。

他拉开被单,和她并排躺下。她屏住呼吸,有那么一秒钟的战栗。之前坚硬粗糙的气息让她感觉到此刻身边的这个人的陌生,他不是她的奥利弗,不是在客厅和她聊天的那个男人。她知道的,她熟悉他的面容、他的嗓音、他穿这灰色外套的身形。这是一个完全不同的男人,触摸他就像手伸进了冰水中。她不知道怎么了,她不想继续了,她的内心开始惴惴不安。也许他早已猜到了她的心思,因为害怕,胡思乱想,所以屏息凝神,心如万头鹿撞。

他再一次抚摸她,他的手臂,他的整个身体都在探索。他们唇舌交吻,所有的防线瞬间崩溃。她不再害怕了,她的奥利弗又回来了,这个男人,用他毫不设防的身体紧贴着她的身体,她情不自禁地让自己更加贴近,仿佛要和他融为一体。她需要他。他们彼此需要。她的整个身体就像柔软的碎片已经不由她掌控了。情欲霸占了她,她娇喘微微,在他的唇齿间注入内心连呼吸都无法喷释的爱。世界的一切都不再重要,他们已经超脱于物外,飞升向快乐之谷,漂流在无边无际无声的黑暗世界,他们交融的身体就是黑暗中的一点辉光。

　　时钟的滴答声开始响起,很可能是一个铝制面盘的闹钟,永不停息的滴答声提醒他起床到对岸参加一个讲座。你躺在床上,伤逝时间的无情,当然,你也可以随己所好把它单纯地看作一个铝制的钟表。十九岁的年纪,时钟本就不是用来看时间的,而是代表着独立的个人和充满朝气的生命。但是现在,起不起床已经不具备时间的意义了,想起来就起来,自由随性。他拨开她脸上的头发,看着她静静躺着,手臂松松地挽着他的腰,一副据为己有的架势。黑暗之中,他亲吻着她的脸颊,他内心不再阴霾,因为他拥有了艾丽斯,一切因她而光亮。

　　"没办法,到时间了。"他说。

　　回到言语的世界里,他感到缺乏底气。

　　"噢,我差点睡着了。"

　　"你还可以再睡会儿。"

　　"我想也是。"

　　"有点晚了。"

　　他起床穿上衬衫。

　　"为什么我们之前没有像现在这样呢,奥利弗?"她问道。

　　"现在可不是最好的时机!"

　　"说来话长。"

　　"是啊,但是你不后悔吗?"他问道。

"当然不后悔,"她问道,"后悔什么?奥利弗,你为什么这么问?"

"没什么。继续睡觉吧。"

黑暗中,她穿着睡衣又抱着枕头躺下了。

"我累了,"她说,"我们把客厅的灯关了吗?"

她又睡下了,或者说快入睡了,他弯下身来,她用手臂迎上去,当他亲吻她的面颊时,是那种熟识的气息。他要离开了,没有丝毫遗憾,因为他还会回来,经常到这儿来,她会在这里,她也盼望他回来,他们心中对彼此都有一份挂念,无尽的言语都化作等待。没必要再问是否回来,因为归来就是唯一的答案。

半睡半醒间,当他站在门廊外,遥望天空,仿佛星光穿过雨帘,凉风拂动着夜色,一会儿,雨就会停住了。"我已经睡着了,"他自言自语道,"又像是正醒着。我一定是醒着的,至少是清醒的,整个人都是清醒的。其他人都睡着了,有些也许再也不会醒来。你爬上高山,看着大家沉入睡梦。要是能够置身睡梦者之间,打开他们的双眼,抚摸他们,倾听他们翻身时候慢慢醒来的叹息声那该多好啊!希尔达睡梦中也会动来动去。我差点把她给忘了……额……忘掉了也正常吧……"奥利弗往烟管装上烟丝,"也许我应该感到抱歉,但是绝没有后悔。如果说寻找自我是一种扭曲,那么后悔也许可以算得上道德扭曲,我是这么认为也是这么做的。"他点了个火,跳动的火光辉映在他脸上,紧接着,火苗就钻到烟管里去了。"世间有它自己的要求和规矩,因为希尔达,我将逃避自己,因为我无法面对,我将紧闭双眼,因为我不忍目睹。这就是所谓的世界,这就是快乐谷。这又不是我站立的这个世界,这个世界是清爽的,星光微凉,雨帘欲止。很久没有真切感受这些事物了,感知他们的意义,也没有去感知那众多的河流,比如尼罗河三角洲,从北海流向太平洋,不再被地图限制。人们仰着头行走,寻找着他们自身没有的东西,他们总是仰面而行走在追寻的路上。我必须仍然清楚地认识到这些。"他说,"世界就是这样,它已经忘却了关于自身的一种神秘的结合,还不停地在性爱的欢愉和疼痛中寻找存在的痕迹。这个非我人间迫使我不得不逃离自我,可是,我本身就是情欲的物种,又

能逃向哪里？唯有闭着眼睛行走。"

"要么热情似火,纵情燃烧;要么平淡如水,细流涓涓;这就是我。"他说道,走下高山,沿着山路独自行走,没有太多想法了,他身体已经很累了,但是思想依然停歇在高山某个地方,只有烟管的亮光跟随着行走的肉体下了山。

16

在5月29日这一天,查尔斯二世伴着阵阵铃声,骑着马来到伦敦看威利·施密特。罗德里·哈里迪从桌上的小洞里抠出一团吸墨水纸。他牙齿疼得厉害,牙齿上有一个洞,洞里留有巧克力的残渣,他又去了穆林,这又让疼痛加剧了。牙齿钻心地疼,他倒吸了一口气,口气里带着中午吃的洋葱的味道。格雷博士脸上长着疙子。母亲告诉罗德里说:"亲爱的罗德里,牙齿是一笔财富,你的爷爷75岁还能咬碎坚果,所以当你想顶这个洞的时候一定要告诉妈妈。""好的。"他回答道。但这钻心的疼痛不停地蠕动着,膝盖后面像火烧一样热。威利·施密特敲响了铃声,带有鼻腔的声音在颤抖,却并不坚定。午饭后,天气阴沉,苍蝇到处飞。帕维斯(Purves)小姐敲响了铃声,让大家上午休息一下。这铃声是告诉人们有十分钟的自由活动时间,但有时候并没有那么长。查尔斯二世在驱逐圆颅党后还有几年在位时间呢。安迪·埃弗里特就曾是圆颅党。克伦威尔脸上也长了疙子。他们用酒注满喷泉,象征着自由如同和平游行一样。母亲说,那个时候爸爸参军去了,当时他们还没结婚。那时爸爸还很年轻,恰逢当时签署了停战协议,母亲相信爸爸一定会回来。那时每个人都会在街上,撒着五彩纸屑,挂着彩灯欢迎军队凯旋。结婚时,母亲哭了,当天晚上还放了烟花。他们花了两个周日把盘子归位,也把祭坛后面的地方重新修整了一遍,因为埃弗里特的马在祭坛的墙上踢了一个洞。克伦威尔把玻璃打破了。安迪·埃弗里特丢石头,有时石头会打到自己的腿,伤到自己的皮肤。母亲做完祷告之后坐到你的床上,"没关系,罗德里",妈妈说道,"很快我们就要离开这里,你要到悉尼去,在那里你要寄宿到别人家,爸爸会用汽车载我们去。"罗德里·哈里迪伴着铃声开车到了悉尼。圣玛丽教堂是一个天主教教堂,你没有走进去,教堂里的人总是穿着黑色的衣服,母亲别着一枚看起来像钻石的别针,这是爸爸从一个叫圣詹姆斯(后来乔治就以此取名)的地方带回来的。之后他们去鲁拉镇度蜜月。后来乔治出世了。"来看看你的弟弟,"他们说道。弟弟身上有一股爽身粉和棉絮的味道,你不会想看的。"不要,让我走。"你说着,走到躺在床上的母亲身边,床上围着蚊帐。议会选举了国王,这个消息是威利·施密特——也就是后来的查尔斯二世宣布的。爸爸对伯基特教授说:"教授,我有两个儿子了,但有趣的是,我并不觉得有什么不一样。""百科全书中如此写道,查尔斯二世有内尔·格温(Nell Gwynn),但是史书中并没有记载。"这是威利·施密特在向全班授课的声音。威利·施密特并不知道这些,玛格丽特·光达也不知道。那天她顺路走来,趴着篱笆看公牛。内尔·格温像年老的士兵一样什么事也做不了。爸爸37岁了。母亲说:"去找你的爸爸来,罗德里,家住芬戴尔的安德森(Anderson)太太伤了腿,急需他去帮忙,这会儿他刚上街。"街上有个商贩,就是西里亚(Syrian),他的狗染上了兽疥癣。"你爸爸刚到街上",埃弗里特太太嘴里咬着一个衣夹说道,"他去布朗小姐家里了。"于是我就朝布朗小姐家里走去,尽管我并不想去。我敲了敲布朗小姐家的门。爸爸说:"我马上就来。"她却一副冷淡的表情。

下午三点,教室里一片沸腾,在木制的屋檐下所有的声音都显得如此低沉,只有威利·施密特的声音高一点。独奏乐器的声音盖过了叹气声和耳语声。莫莉·雅培(Molly Abbott)敲打乐器的声音就像文具盒掉在地上发出的碰撞声。欧内斯特·莫里亚蒂对于三点钟这个刺眼的数字视而不见,但是这喧嚣声还是提醒了他。最好是让他们自己读书吧,这样就不需要解释,可以让他们自己来组织语言。欧内斯特·莫里亚蒂的眼圈布满了红血丝。他用手撑着额头,挡住了眼睛,看着书。

"这样就对了。"他说道,听着像到了段尾。下一个请格雷西·菲利普斯(Gracie Phillips)。

罗德里·哈里迪浸湿了一团吸水纸,接着又把它塞回洞里。格雷博士有一个助手帮他把这些东西混在一起,并用一块玻璃板呈上来,教授不小心撞向了他,玻璃碎了一地。你就感到很高兴了。时钟还是在毫不留情地走着。内尔·格温是一个情妇,就像《圣经》中说的一样,只不过她是一个和老战士在一起的善良的情妇。情妇确实有好坏之分,只是你很难分辨。"我马上就来,"他说道。"但是你不必离开这里,罗德里,"她说道。"不",他略带羞涩地说道。她穿着大方格裙子,伸出手来。这裙子看起来很漂亮。爸爸说:"再见了,艾丽斯。"而妈妈则叫她布朗小姐。你也这样叫她,因为你还太小,只能这样叫了。爸爸说不是这样,但是安迪·埃弗里特会怎么叫布朗小姐呢?玛格丽特·光达说布朗小姐是她认识的最可爱的人。她打开前门的时候手僵硬着。

罗德里看着对面的玛格丽特·光达。她也朝着对面看。他们的目光在旷野之中交汇。然后他们又迅速移开了目光,好像他们都产生了一个互相亲密的想法似的。

玛格丽特·光达在页面的边缘上写着。于是书的边缘上画满了东西,有悄然开放的花儿,有一艘船正驶向有文字的部分。"今天是音乐课,"她说道,"之前我都没有练习,但是我不在乎。我为什么要练习,学就学个踏实,玩就玩个痛快。"她用铅笔在纸上画了一条黑线,并在一个盾牌上标注了A、B,黑色的字母把盾牌盖住了,盾牌竟也变成了黑色。她感到身体不舒服,也不是因为天气热的缘故。母亲说:"你脸色看起来黄黄的,你要吃药了。"她想哭。她走进院子尽头的小木屋里,躺在黄麻布上就开始大哭。粗糙的黄麻布在她脸上划来划去,闻起来有狗的味道。因为邦妮(Bonnie)曾经在这里和她的狗狗玩耍,罗德里·哈里迪还来看过她的狗。但是她不在乎,她把脸埋进黄麻布里就开始大哭,直到黄麻布湿了才停止哭泣。哭完之后她感觉自己轻松了不少。于是继续躺在黄麻布上,手里的黄麻布已经被她揉皱了。她再也经受不了什么了,因为脑子已经被掏空,她就像一个空壳一样躺在那里。她是因为罗德里才会变成这样,而罗德里对此一无所知,更别提帮忙了。如果可以的话,就像《圣经》里的奇迹和魔术表演一样,她希望自己是在海底。罗德里的罪行就像《圣经》

里描述的神父的罪行一样。她本该恨罗德里,但是她发现这没有用,因为罗德里对此一无所知。母亲说:"你要是不坐下来吃饭,我就带你去看医生。我告诉你,没有什么比吃饭更重要,不要太把自己当回事!"她没有把贝多芬的《奏鸣曲》演奏好,因为罗德里在椅子上坐着。他没有拿到铜牌,也没有受到任何嘉奖。布朗小姐赢得了奖牌,但是没有受到嘉奖。奖牌上写着"艾丽斯·布朗,钢琴"。"我曾经去过加利福尼亚,玛格利特,你要一起去吗?就我们两个,我们将会开始新的生活,两人一起也有个照应。"在为布朗小姐祷告后,她拿出照相机拍了一张两人相互亲吻的照片。那天她们在山上采了风信子,她把这和象牙玫瑰一起放在盒子里。她亲了一下照片,照片中布朗小姐手拿着风信子。她只吻过布朗小姐一次。罗德里越过她的头顶向客厅看去,他想看看布朗小姐是否在客厅。"你能帮我传个消息给布朗小姐吗?"他说道。之后头也不回地就走了。母亲说:"孩子,我带你去看医生吧,看了会好受一点。"她跑到院子里,背靠着墙,感觉很不舒服。"我爸爸很聪明,他精通拉丁语和希腊语,还能弹钢琴,"罗德里说道。那天她走到窗前,他们曾在这里合作了一首二重奏。他笑着说她跟不上节奏。"亲爱的玛格丽特,我会为你做一件裙子作为你的生日礼物,我们去穆林挑选布料吧,"布朗小姐说道。她感觉自己眼睛湿润了,口袋里装着的贝壳也被她握得紧紧的,这是罗德里送给她的。罗德里正演奏着二重奏,他剪短了头发,两只耳朵露出来,他没有白头发,不像他爸爸。她想和他一起演奏。他们曾经一起折纸船放在小溪里航行。

欧内斯特·莫里亚蒂嘴唇是紫蓝色的。炙热的太阳照在粉笔灰上、吸水板上和装着墨水的陶瓷瓶上,瓶口上还凝结着墨汁。他之前没有睡,于是想在太阳底下睡一会儿,头垂到了发烫的吸水板上。白白的吸水板上留下了他睡觉的痕迹。孩子们的吵闹声和苍蝇的嗡嗡声有利于睡眠。午后小憩,嘴里会有一种涩涩的感觉,但也容易做一些好梦,例如白色石头砌成的塔和脚边厚重的阴影。他用手撑着头。他不能睡着。孩子们盯着弹弓上的石头,石头击中了鸟儿,鸟儿落在粉笔上,这是一只喜鹊,或者他把鸟儿拾起来,这时他戴上了戒指,他们说这是手套。黛西说这吱吱叫的靴子让他们一路颠簸。哈根先生曾在尼日利亚或莫桑比克的农场当过管理员,这些橘子在戈斯福德(Gosford)身边不停地滚动着。橘子皮散发着一股香味。她说,"我的眼睛在不停地转动,我们一起跳吧,为证明我们的爱永无止境。如果铃铛掉了,我们的爱也就不复存在了。"他不能睡着。他一会儿得回家去找维克。她会给他沏一杯茶,哈根说他认识的一个人被草药医生施了魔咒。"这不是很棒吗,欧内斯特?"维克说道。他希望对于维克来说是如此。因为有时候她遇到什么事便会躁动不安。她不喜欢照相。他很高兴能带着她,浓浓的烟味总是让他喘息困难。他们星期六晚上去了穆林,因为那里的艺术学校有一场舞会。"你应该去过那里,欧内斯特,"她说道。"那里有燕尾服和气球,感觉好像自己可以到处舞蹈,是的,当然可以,而且他跳得很好。"他喜欢看她高兴的样子。考尔菲德太太却不一样,她和送牛奶的男人跑了。"在太阳底下,一切看起来那么的魔幻,"维克说道,"那里住着一对夫妻,离我们的黛西和弗雷德很远。"另外还有一件小事,她留下了一个小孩,她把小孩放到一辆摩托车上带到墨尔本。"我不记得那个人了,因为我认识他的时间很短。"黛西说她不能理解考尔菲德太太为什么这样做。她的丈夫是一个小职员,还拥有这样一个可爱的孩子。维克之前说她很喜欢小孩。于是她领养了那条小狗,并给它取名蒂尼(Tiny),后来蒂尼死了,她哭得很伤心。可怜的维克,她本来很喜欢小孩的,她对待那狗就像对待自己的小孩一样。哈根眨巴着眼睛讲述了一个故事。你一笑就会犯咳嗽。哈根说,"我信任她,我一定会把她带回来的。"他们骑着摩托车去墨尔本发生的事情很难说,或许人们也不在乎,但是他是一个小职员,他在结婚之前认识一个叫贝朗葛(Berenger)的人,但是结婚之后你就必须和别人保持距离。维克说他让她感到厌烦,因为他是兔唇。维克说,骑摩托车是没有任何尊严的,你能骑着摩托车去见她。哈根说或许应该开着戴姆勒或劳斯莱斯汽车才行。她想要福特牌的单座汽车。她想要自动钢琴、西洋双陆棋和露西·爱德龙(Lucy Adelon)打广告的香水。哈根说他的船回家时可以借给他用。他是个不错的小伙子,他很高兴哈根可以带她到处玩。

当格雷西·菲利普斯读到本章末尾的时候,他说:"现在你可以再把本章看一遍,注意时间。""一会儿我要问你问题了,亚瑟,把橘子收起来。"

他们垂着头在睡觉。房顶在太阳的炙烤下吱嘎作响。重新读一章历史就好像是从桌子底下拿出一袋酸豆或是一卷橡胶带。欧内斯特·莫里亚蒂用手撑着头,挡着眼睛,专注于桌上的书本。同学们用铅笔在本子上奋笔疾书做着练习,突然铅笔芯断了,又停下来。天气太热了,同学们不想再听那个摩托车的故事。她说他有幽默感,摩托车后管子里冒出来的浓烟像是一个烟囱堵住了你的喉咙。他们知道70英里以外的滑梯下放满了一瓶瓶牛奶。树是最不可信的路标,70英里以外的欢乐谷好像从喇叭里传来一种声音唱着"黛西,黛西"。那是弗雷德骑着自行车经过一架钢琴,从钢琴上掉下来的油布在脚边卷起来又滑落又卷起来,维克穿着一身哔叽衣服,哈根用摩托车去接远在5英里以外的你,如果……

"看,"安迪·埃弗里特说道。

他们看着,欧内斯特·莫里亚蒂的头发是黑色的,还有苍蝇在上头飞。亚瑟·保尔发出嘘声。有人在咯咯地笑。

"我要回家了,"亚瑟·保尔说道。

"你不能回家。"威利·施密特说道。

"我必须回家。"

亚瑟·保尔慢慢起身。

"我回家了,"他说道。

"你不是在开玩笑吧,"安迪·埃弗里特说道。

"不,我是认真的。我要回家。"

一个橘子在地上滚动着,碰到桌腿才停了下来。

"喂,我的橘子在地上打滚,"安迪·埃弗里特说。

"那是我的橘子,"亚瑟·保尔说。

艾米莉·施密特发出咯咯的笑声。她向桌子底下的橘子踢了一脚。

"噢。"格拉迪斯·拉德窃笑着,因为橘子滚到了她的脚边。她又把橘子踢向了罗德里·哈里迪。

罗德里·哈里迪捡了起来。

"这是我的橘子!"他说道。

他的嘴唇又厚又白。有的时候你会毫不在乎。安迪·埃弗里特这个大笨蛋竟然弯腰驼背了。玛格丽特·光达转头看了一眼。或许这就是大卫的感觉。石头击中了他眼睛,差一点儿,他就被打死了。大卫还站在他旁边。

安迪·埃弗里特的头圆圆的,他的样子有些傲慢。

"我来告诉你这是谁的橘子,"她说道。

罗德里·哈里迪把橘子丢出来。他并不在乎这是谁的。他把橘子丢在安迪的脸上。橘子"砰"的一声击中了他的嘴,橘子顺势滚下来,直到碰到玛格丽特·光达才停下来。

欧内斯特·莫里亚蒂震惊了。他们一边敲打着树桩,树发出吱嘎声。她没有忘记这是以他的名字命名的,他以为欧内斯特或克莱姆说不出这名字,她挺直了背,靠着那棵树。你用一只手骑车不能骑得太快。要不然会伤着自己,甚至会流血,一半血一半灰尘会让你举步维艰,人们会指着你的眼睛说你,就像孩子们带着仇恨看你一样。这些尖叫的人们冲着你尖叫,还会脱掉你的外套,就像梦境一样。这个梦不会提前让你尖叫,也不会让你提前感知,这尖叫之外,她还没有消失。

"我给你什么!"安迪·埃弗里特喘息着说道。

艾米莉·施密特尖叫了起来。

"维克,维克,"莫里亚蒂喃喃细语道。

眼睛止不住想睡觉,又被拉回现实。这个橘子在地上滚来滚去。大家互相看着,简直是在怒目而视,但没有采取任何措施。他们在位子上盘腿而坐,有时举起手来,到处充斥着恐惧和怨恨。

"维克，"他又低声说道。

撞倒那棵树。他们看着他的时候好像定住了似的。

"什么？"他说着站了起来，摇摇晃晃地把手放到椅子上。"什么？看着我，继续说。"

"是的，"他大声说道，"我们知道自己的位置，旁敲侧击也没有用。"

他拿起一把尺子重重地打在桌子上。她往后看了看，脖子都歪了，你知道这是不是一个梦，所有的这些你都知道，这些顽固的人都在历史书上。他开始说不出话来了，紧贴着哈根的背。

"是的，"他大声说道，"一切都很好。"

他们似乎都不敢抬头，都很害怕碰到他们不理解的东西。"刚发生了什么？"话到嘴边。怎么回事，心脏在缓缓地跳动，像是橡胶折断的声音。

他将受到攻击。他感觉自己老了，身体很虚弱。他坐在欢乐谷的椅子上慢慢变老。他给董事会写了一封信，董事会还没有正式搬迁。一切都很好，就像在谢尔文海滩来回走，一个卵石一步，就像是一个梦境。她会说"怎么了，欧内斯特"。他会说"没事"。因为他不能告诉她这是一个梦。噢，上帝啊。家里发生了什么，我想回家看看，明天就回家看看，就像莎士比亚一样衣锦还乡。树都死了，就在那拐弯处，风吹在枯枝上嘎吱嘎吱响，坐在桌子边，伸进来的枯枝嗒嗒地敲打着桌面。橘子还在地上。现在他们害怕了。橘子还在地上不动。他会让他们感到更加害怕。他手里的尺子在敲打着桌子。

你认为我看到它会很高兴吗？他喘息着，在凳子中间走来走去，呼吸越来越急促，似乎胸口发出的嘶喊。你不觉得这对所有在场的人来说都是一场悲剧吗？不管是谁，都一样。我们知道自己的位置。

她坐在自行车上，裙子没有盖住膝盖，她抓着他的手。他用尺子敲打着桌子，连自己的呼吸都像是在呻吟，尺子在不断地敲打着，没有一点停下来的意思，这让他们感到很害怕。玛格丽特·光达蜷缩在桌子上，用手撑着头。艾米莉·施密特偷偷溜走了。风吹过玛格丽特·光达。尺子锋利的边缘刺进了她的手腕。她蹲坐下来以保护她的头。

屋子里弥漫着恐惧与安静。接下来是漫长的等待。事情又到一起来了。他戴着眼镜看东西可以看得很清楚了,屋子又恢复了它往常的样子,阴沉且老套,它总是这样。这只是一个平常的下午,没有任何特殊。只是他感到有点不舒服,现在又好点了,站在那里,手里拿着一把尺子。他又回到自己的桌子旁边,布置了一下练习作业。他呼吸很不顺畅,因此不得不靠着桌子的边缘。

玛格丽特·光达还是蜷缩着,不仅仅因为身体的疼痛,更多的是因为害怕,还有丝丝的伤心,这种感觉无以言表。艾米莉·施密特脸色煞白,脸上掠过一丝同情的神情。她感觉到玛格利特被风吹过的疼痛,这疼痛本来属于她。她煞白的脸转向玛格利特,其他人都在看书。玛格利特一脸茫然,不知道为什么这一切会发生,或者说为什么屋内的一切会发生,她的声音变得迟缓,脸上成了靶心一样,脑子里不停地在问自己,为什么自己会发生,为什么会发生这一切。她坐着,手压着脖子。艾丽斯·布朗在历史书的边缘上画了很多东西。"我们一起去的话,事情就会变得很简单,"她想象着她们一起手挽着手,抱在一起,说道。因为两个人合力的话,事情就会简单很多。玛格丽特·光达的手已经疼得麻木了。

不久她们就回家了,正如她们往常下午一样,尽管走到门口时更安静,走出去后又闹腾起来,身后尘土飞扬。欧内斯特·莫里亚蒂坐在桌子边,教室里空荡荡的,只有他和那个钟。教室里空荡荡的,他没办法思考。当他呼吸稍微顺畅一点时,他会回家,要越过一座小山,经过那道弯,枯树就在那个拐弯处,在风中嘎吱作响。"那天他们来了,"维克说道。"所以这里是欢乐谷咯,"她说道。"我不知道你为什么要带我来这里。"他还是坐在桌子旁边,紧紧握着双手,直到指关节处被搓得煞白。

17

　　西德妮·弗尔诺独自漫步在李子树下。他又来信了。手握信笺,她当然知道里面写的什么,和之前的不会有什么区别,根本没必要打开。这片李树很早就在这里了,枝干黝黑清瘦,三年才结一次果。背靠着垂下来的冰凉的树枝,仰面而望,若不是看到那大枝条上蹦出的新鲜的花朵,你会觉得它们都可以做柴火了。西德妮拽着这封信,想着它又可能是一张欠债单,仿佛欠了罗格·肯布尔她无法偿还的债务似的。走在树下,她的脸沉下来。她将头靠在一根黑色的树干上,感受着那粗糙的树皮。像这样有多久了呢,她想,我回不回信又会怎么样呢,我是说,说些什么,或者什么都不说又有什么区别呢。好像我有能力让他幸福似的,取决于我,有些事得取决于我。我有能力。信在手中还有余温,他的第四封信了,这确乎让她感到一种力量,然而,都被西德妮撕个粉碎,有一封还被她扔进了炉子。看着信被烧得卷曲,变黄,她微微感觉脉搏加快。用情感降服罗格·肯布尔的感觉真的很不好,一想到这儿,她就郁郁寡欢,一点都不来劲。不得不说世间大多数的人都是很消极的。你在看比赛或是跳舞的时候遇到一些友好的人,他们的友好就是他们存在的唯一原因,于是,到最后,这友好就变成了一种全职工作。它会让你口中残留一种美好的味道,就像椰奶一样,可你一旦尝试过就再不想要了。只是,有时候她希望自己不是西德妮·弗尔诺,尽管,你会讨厌你所丢弃的东西,又或许发现一些比友好更没用的、消极的东西。

　　她用前额感受着树皮,又糙又赖。她手里拿着信,不经思考就撕了它。碎纸屑四处飘飞,在地上白花花的。那是她毁掉的第四封信了。她都已经毁了第四封信了,也没有找到力量感。这已经成了一种习惯。为什么不来点其他的呢,随后,她笑了。在撕信的时候,或是在烧信的时候,你有了一种责任感,就像火一样。那一次,在芬戴尔附近的岩沟里,那种感觉,那种你无法描述的感觉,大火从岩沟里一棵树接一棵树地往下窜,他们连夜砍出一个防火带,还挖了一个沟,这些人忙活得就像牵线木偶,手臂一上一下,脸黑乎乎的,还在用树枝打火。火的燃烧过程中蕴含了某些意义。罗格·肯布尔用插着羽毛的白色信纸给你写信,让你嫁给他。她用脚尖碰了碰地上的白色碎片,因为他有一种积极的能量,使人们像牵线木偶一样动起他们的手臂,彼此毫无二致,可怜可鄙。那场面,热闹又令人心酸。想到这里,她不由自主地用脚尖狠狠地踢着树根。

妈妈以为大火会穿过费代尔,燃到格伦湿地,吓得哭了起来,而你却拼命祈祷大火快燃到这里,嗓子都快叫干了。妈妈做了一个家谱挂在墙上。绿色的木头烧出了裂纹,树液到处喷洒,他们用大的树枝打火。格伦湿地的弗尔诺一家爬到一棵枝丫繁茂的树上。好漂亮的火啊,她说,好漂亮的火啊。就像在说,谢谢你啊,漂亮的舞蹈,只是那时你也是言不由衷,而这跳跃的火苗,让你的整个身体跟着火焰蜿蜒起舞。最终,火并没到达格伦湿地,而是自己燃尽。并不是那些人将它扑灭,他们什么也没有做,是它自己燃尽的,就像切腹自杀一样。妈妈说,谢天谢地,因为她觉得在这样的情况下说这话不会亵渎神灵,这么多人获得了拯救,那些人多辛苦啊,好像火是被他们扑灭,而不是自己熄灭的一样。

西德妮·弗尔诺在李树下走着。她踩过洒落一地的碎纸片,朝马厩走去。此时的她已快快无力。午饭后还有好长一段时间才是下午茶,正好可以出来溜达溜达。马厩就在这个荒芜丛生、一片寂寥的院子里。关在马厩里的小马驹就这么站在那里,一脸沮丧,马鞍还在它背上放着,畜栏早就被哈根踢坏了。小马驹就这样整天站着,一动不动,任凭苍蝇在眼前横冲直撞,痛苦又深感羞辱。目光掠过畜栏,看到西德妮的身影,它嘶嘶地哼着鼻子叫起来,腿部的肌肉按捺不住地颤抖。西德妮想起了哈根骑着这家伙在马场里奔跑的情形。马儿腾空跃起,马蹄健壮有力地踏向地面,哈根稳稳地坐在鞍上,泰然自若,就这样,轻而易举地将它降服了。这是硬汉的胜利,男人用原始的雄性力量以蛮制蛮。这是两只野兽之间彰显骄傲迎战,马蹄落地间他微微摇晃了一下马上又再一次稳坐马鞍。而此刻,不惧于大火的马驹只能整日地站立,思考着自己作为一匹马和背上马鞍的意义,无尽言语的眼睛盯着她。

那就来吧!她说道,打开了畜栏。小马驹走近她,凝视着她,对着她嘶鸣着。从这张憔悴的脸和充血的眼睛中都看不出它曾是高大健壮、肌肉发达的海湾动物。它站在满是污浊的、充满尿骚味和成堆粪便的马厩里,有点害怕。整整一个星期,哈根一直骑着它,简直对这畜生着了迷。当她握着缰绳的时候,它全身的肌肉立刻紧绷起来。她不关心发生了什么,也懒得理会谁说了什么,妈妈说了什么。她牵着马驹,小心地迈着步子,穿过院子。她必须骑上这个小马驹。这是她用以祭奠的方式。她牵着马下山去到视线看不到的一片空旷地带。驾,她喊道,挥动缰绳飞奔而去。她激动无比,马儿也兴奋不已,仰天长嘶,尽兴奔走。

她拉住马,马蹄停了下来,在原地踏着小碎步。她直直地坐立着,预感到某些事情即将发生,某些对她来说意义非凡的大事情。它也颤抖起来,不安地低吟。她用马刺抚摸着它,当它弓着背猛地在空中画出一条曲线时,她都要窒息了,直到马蹄落地才回过神来。哇,这简直太棒了,太棒了!她开怀大笑,拉住缰绳,转向牧马场,任凭微风吹拂,野草萋萋。她紧拉住缰绳折返,痛快极了,马鞭一扬,便掠过小山。她策马扬鞭,拽紧缰绳,小马驹腾蹄飞奔,呼啸而过,马蹄声铿锵有力,尘土飞溅,沙粒飘荡。踏马寻歌,骑舞飞扬,这就是力量,你甚至可以感受到它就握在手中。激情澎湃,脸上火辣辣的热情光焰令你激动得无法言语,威猛的,无理性的,纵马奔腾,要么你成为它的一部分,知它懂它,要么你驯服它,用你的暴烈吞噬它。

回到平地,它双腿跃起,在空中拨动,又猛地隆起背,腾空直立,马尾悠然地在强有力的后腿间摇摆。

"带它去兜风了?"哈根问。

哈根骑马闲庭信步地走来，一只手自然地放在大腿上，突然出现在她眼前。

"它累坏了。"他说，那语气倒不是在挖苦这匹马。

"你，骑得很好嘛?!"她说。当然，也不得不承认这点。

"哦？我刚才是不是冒犯你了？"他听明白了。

"完全没有！"

她拉着马意兴盎然地散步，他傻傻地跟着。她感觉呼吸都不顺畅了，不知道为什么，他要这样跟在后面，迷迷糊糊地只是吹着口哨。他那讨厌的眼睛，像丝线总是悄悄地跟随而来，她感到无比别扭，骑马走开了。

"你知道怎么驾驭它？"他问。

"我当然知道。你以为我是小孩吗？"

他无言以对。

她觉得自己有点冲，咬嘴唇不说话了。

他看着她讨厌他的样子，想着她居然有胆子骑这匹马。他要告诉她骑着它下山才算真有胆量，只是他不这样做，因为他不想让她知道他有这样的想法，这个沉闷的小畜生想要给她的屁股来点"莎莎酱"，下山的时候还不会太多，但是足够她用了。这类畜生都是这么想的：敢小看我，就把你像煎饼一样颠来颠去，以愉悦它们自己，这家伙也不例外，除非你不想被咬或者别的什么，不然就别奢求其他了。而她绝对可以骑这匹马，从她坐在鞍上的那个姿态就知道了。话又说回来，难道会不想？真的不想？

"还要往前走吗？"

"随便啊！"

"我想过去看看那个篱笆。"

她没回答，只是独自地走着。她也可以调转马头的，但还是继续走着。她坐在小马驹上看起来比坐在敦实的小母马上的哈根还要高一点。独行的时候她有一种愉快的满足感。她的身体随着马奔跑的节奏摇动，带着舒适清凉的心

境她停下来了。

他与她并肩骑行,自顾笑着。我真好福气,即使大衣也藏不住西德妮·弗尔诺小姐的纤纤细腰,她的曲线恰到好处,只是现在还不是他的。

"这匹马我要了。"她说。

"真想要的话,牵走好了。"

他挖苦的神气又一次刺到她了。

"你对自己想要的就一点信心都没有吗?"

"是的,"他说,"你说的对。"

"噢,那好吧。"她说。

"有时候,"他说,透过帽檐看着她,"有时候这肯定是轻而易举就可以办到的。我想说,当你得到了它就不值钱了。"

这个道理她早就知道,尽说些口水话。好像她喜欢这匹马,就会跑到爸爸那里撒娇发嗲明抢强要,等到尝过了奔跑时的凛凛威风,闲庭信步时的漫漫柔情,就会毫不留情地把它给甩了似的。罗格·肯布尔才会这样,罗格向来就是这样的人,让你撕心裂肺地撕信,让你对唾手可得心生轻蔑。他们的马镫在沉静中叮当作响。和罗格骑马的时候就像现在这样,只听见脚尖摩擦马镫的声响,唯一不同的,是此刻身边的人是哈根。结实有力的大腿横跨马鞍,双手紧握缰绳,和粗犷的腰肢随着节律一齐摆动,趾高气扬。

"别动。"

他猛地抓住她的手臂,她感到他有力的手掌和快速跳动的脉搏,喝马停步,心生疑惑,一脸茫然。发生什么事了?为什么她的脸火辣辣的,为什么从他的掌心生出一种不可名状的压迫感?还没来得及解释,他跳下马,站立在齐膝深的草丛中,手上的棍子轻轻扬起。噢,原来是一条浑身闪着光亮的蛇蜷缩在草丛里。蛇拉直了身体,翻动着,在荒草间乌黑发亮。看到这模样,小马驹发出浓重的鼻息声,她也战栗起来。他一定要打中它,杀掉它。她向前倾下身来,看着蛇慢慢移动,有节奏地吐着信子。她感到自己几乎要叫出声来了,不是害怕,而是兴奋,或者其他更多。她指挥着他,她想亲手杀死这条蛇。紧接着,他棍子一挥,蛇就像打结的毛毛虫滚动着,扭作一团。他又击打蛇的脊背,一次两次三次,直到蛇只是微微抽搐,奄奄一息。

"太好了,"她欢呼起来,"这简直太棒了。"

她跳下马,缰绳卷放在一边,安抚了一下马驹,跑过来,弓着身,蛇已经完全不动了。她曾经看见过许多其他动物这样被打死,但一股气流直冲喉咙,这感觉还是头一回。

"如果是我打死的就好了。"她说。

"死都死了,还管是谁打死的,"哈根边说边放下棍子。

"话是这么说,"她应道,"但我从没有杀死过一条蛇。我向来很怕蛇。但我想我可以杀死这条的。在我小的时候,一条蛇差点咬到我。"

他看着她,显出一副咄咄逼人的样子。

"没这么久远吧!"他说道。

她回他一眼,同样咄咄逼人,又抽风似的笑了起来。

"很久以前了,但是总有些事情在你脑子里挥之不去。"她意味深长地说道。

西德妮·弗尔诺总是这样炫耀自己。这小娘们,要是他能扛起一截原木,他就会像刚才对待蛇一样对待她。但是,看着她的样子,让他感到嗓子发干,感到自己的弱小,尽管知道她这是炫耀。事实上,他和弗尔诺是同一类人,他想把弗尔诺推倒在地,让她见识见识独有的弗尔诺式下马威。

她转过身来,伸长了脖子,紧绷着身体,小心翼翼地碰了碰蛇身。

"真的死了。"她喃呢着。

他的视线已经无法离开她了。在她面前,他感到自己的卑微,总是会有这种感觉。他不得不承认,在这世界上,还没有哪个人让他有这种感觉,唯独眼前的这个小妞。

她捡起死蛇,拉着它软绵绵的尾巴,既欣喜又嫌恶。

"快点放下。"他吼道。

"怎么了?"

"它可能还有气息。"

她耸耸肩,另一只手轻轻地抚摸着蛇身。她被这条死蛇迷住了。

"别傻了。"他说。

他把蛇从她手上打落,她昂起头来,扬着下巴,气呼呼地看着他。

"哈根,你这是干吗?!"她说,"我想干什么就干什么,不要你管。"

她越是这样看着他,他越是觉得自己太渺小,太渺小。

"但是,你,你,"他开始语无伦次了。

"你到底想要说什么?"

她就那样捉弄似的冲他微笑,一言不发,这娘们,就像一匹让人跃跃欲试的马。他突然走近她,那张樱桃小嘴太诱人了,他一把揽她入怀,撬开她的双唇。她什么都不是。她和其他任何女人没什么差别。抚摸着她,他使劲地这样暗示着自己,安抚着他那可怜的自卑感。

缠绵的时刻总是让人不足尽兴。她感觉浑身无力。她慢慢张开嘴唇迎接他,她的整个身体,她的全部生命都被撕裂成两半,中心却什么都没有,她感到窒息,感到全身的防线正在剥落。她靠近他的身体,双臂无力地靠在他身上,触碰他的粗犷,他温湿的衬衫。她投入地闭上了眼睛。她想起了他和海伦缠绵的场景,海伦忘情地叫喊着不,不要这样,不,实在抵不过了,便咬住被单。那个画面一浮现,她顿觉浑身无比嫌恶地颤抖。她推开他。"噢,天哪!"她厌恶地说道,满嘴的恶心。她恨他,恨他。不想看到他,不想靠近他,每一寸肌肤都讨厌他。

"不,"她喊道,"不能这样!你这十足的浑蛋!"

好像这条蛇还没有被那根棍子杀死。她几乎窒息。她抓起路边一棵草刺就往他脸上抽,划过他的嘴巴,发出一声皮肤撕破的嘶嘶声。她全然不怕他会一手把她甩在地上,猛揍。她停住了,奔向马驹,尽力平衡呼吸,用尽力气骑马跑了。

哈根愣愣地站在原地,看着她骑马远去的背影,不知道该作何感想。就好像只看到一个女人骑在马上,正在表演马术。他手捂着嘴,目瞪口呆。好久才回过神来,发现自己直挺挺地站着,呆傻呆傻地张着嘴。他双手抱臂,觉得刚才是自己脑袋搭错线路了,得理理清楚。现在,她一定是回家了,说不定会把这事告诉那老家伙。管他呢?他又一次抚摸了她的身体,那两个在大衣里面躲藏的傲挺的小乳房。

这个季节的风是纯粹的,是带着湿度的有质感的风,曾经,柔情似水的双目,令人难以忘怀。千鸟哀鸣,张开翅膀,悲壮地奔赴生命的荆棘场,痛彻心扉,然后化为永恒。现在凉风刺痛脸庞,被风舔舐过的火焰将触不可及的遥远化作令人晕眩的轮回。

她骑马狂颠,奔走在河边,荒草没过马蹄,千鸟声声,空气清新。她伏在马背上,粗糙的鬃毛掠过她的手指。

现在,这小马驹对她没有戒心了,好像已经有一种心灵的默契了,载着她,奔驰在平地。她必须离开了,她说,她必须离开,离开他也离开自己。她开始莫名其妙地傻哭起来。那种感情喷涌而出,不可名状,像无法掌控的声音,听起来有点令人害怕。马儿加快速度。她听见自己的哭泣声,被风吹散,她倾听着,仿佛这声音会被风传达给某人。她已不能自制。把手握成拳头状放进嘴里,咬着手指,以此来强压自己的感情。因为发生了一些肮脏的事情,而她还一直期望这样的事情会发生,从她骑马经过哈根那一刻开始就一直期望着。她希望这一切都没有发生,她怕自己会痛恨自己,她暗暗地呼唤:罗格·肯布尔,带我走吧。并不是因为我不愿意走,而是正如你看到的我不是纯洁的女人,我已经从一个男人的呼吸里呼吸过自己的气息。要是你能像杀死一条蛇一样杀死一种热切的渴望,然后将它深深埋葬,而它又复活了,这个渴望在你心中越来越丰满,让你想要触碰,欲罢不能。马儿乘风而行,带给她的,是风,也是力量。她明白了。她已经忘记这匹马了。她轻柔地啜泣,却找不到哭泣

的理由。而那个浑蛋，那个被她狠抽了一下的男人，看着她远去，看着她变得愈发强大，即便是他杀死了那条蛇，而她却可以杀死这个杀蛇的人。他面露忧色，猜测她也许会回家将这一切都告诉那个老家伙。她开始放慢速度，骑马漫步，"我降服它了，"她说。我可以走进书房，告诉爸爸这些，或者，我什么也不会说，他会等我说，我该看着他静静地等待，我们一起等待。她感到自己充满力量，掌控着一切。

18

夏天的时候,我们总是眯着眼睛看东西。四周的景象宛如印象派画作,炎热将一切事物的颜色和形状都打碎。但是随着暑热褪去,线条不再摇曳,而是模模糊糊。小镇后的山丘曾经在夏日熠熠生辉,如今在午后却静如处子,有着普桑(Poussin)画作的典雅。傍晚的天空,展现出一片柔和的搪瓷蓝。秋冬转换之际,没有风暴,只有一丝轻风到来,宣布着这种变化,这便是两个主要季节的间歇了。我们很容易忽略秋天。除了事物轮廓逐渐稳定,热烈的颜色逐渐冷却外,秋天别无可取。

对艾米·光达来说,星期天仍旧是漫长而寂静的一天。饭后,她躺在套着棉床罩的床上,眼睛眯着缝儿半睡半醒。粉白相间的圣母玛利亚看着就像在远处,模糊的身影给人以安慰。一周过去了。街边的闹声混杂着后院一只桶发出的叮当声。她看着圣母玛利亚,表面上非常满足。他们在哈克尔(Harkers')家下面买了块地,打算在那儿种土豆。"土豆啊,"埃塞尔·光达说道,"很好嘛,你们光达一家打好了算盘。但是我的孩子怎么办?"平常话都不多说一句的亚瑟接口说道:"埃塞尔,你不必担心。"艾米房间里缕缕熏香浸在空气里,打破了红白相间的圣母玛利亚的呆板,上过漆的橡树十字架也显得不那么庄严。她那上过蜡的额头散发出金色。保尔太太对施密特太太说道:"如果他是我的孩子,我就交给他做了。"亚瑟会自己耕那块地。他会找施密特家借一匹马。"他是个危险人物,"施密特太太说道,"那我们怎么办,艾米丽怎么办,我不想把她送到学校去。"山上新教教堂传来了钟声。街上的吵闹声时有时无。穿着工装裤的瓦尔特笑着说道,"大家总得维持生计吧,玛格丽特又不是圣人。"埃塞尔说瓦尔特总是爱说反话,就是想讨大家厌,而且并不打算在一旁看着别

人虐待她的孩子。因为上帝和瓦尔特都知道,她是孩子的母亲,她有责任,她不能理解光达家那些人。

　　下午晚点的时候,艾米·光达来到店里,坐在店前的长廊下。她对着经过的人群微笑,表达出光达小姐的敬意。她坐在椅子里,两只脚不着地,来回欢快地扑腾着。星期天的街头,挡风板静止不动,周围略显寂静萧条。街上长长的斜影像是慢慢吸走了光晕,像是走廊对面的那只猫儿用那粉红肉肉的舌头舔舐着她的爪子。偶尔有人经过破旧的窗子,不经意打破了它周日的沉寂。其中有拉德家(Rudds)的人,安德森家(Andersons)的人,还有些麦康纳黑家(Maconagheys)的人。艾米·光达都跟她们笑着致意。施密特家最小的女儿也在,她脸蛋红扑扑的,非常淑女。跟玛格丽特不同,艾米觉得自己倒是被这个粉红的淑女吸引住了。但是玛格丽特是光达家的人。艾米在埃塞尔生玛格丽特的那天去看她,不管埃塞尔是怎么盘算的,艾米很高兴孩子是光达家的,不过孩子也只能是光达家的。艾米摇晃着椅子,向来往的人群点头示意。光达一家在欢乐谷的时间比任何家族都要长。老光达建的店立在那里,油漆下露出粉红色的裂纹。玛格丽特是老光达的孙女。一天晚上,艾米来到店里,玛格丽特趴在她肩上不说话,抱着她的脖子哭起来。艾米领会到了有时玛格丽特或者亚瑟挑起的激动情绪。玛格丽特的胳膊呈黑青色。玛格丽特说是他用尺子打的。"晚上好,特纳先生(Mr Turner),"艾米·光达笑着道。摇晃的椅子在长廊下发出吱吱的响声。埃塞尔说他要杀了那个残忍的人,他的妻子只比悉尼的妓女好那么一点点。艾米将玛格丽特的头埋入怀里,身子隐隐颤抖。她和亚瑟、玛格丽特都是光达家的人,并没有多少瓦尔特家的血统,而埃塞尔刚嫁入这个家。一只碗上的光照得人眼睛睁不开还流出泪水。艾米用她那柔软的胖乎乎的手抚顺玛格丽特的头发。"会怎么样呢?"艾米跟埃塞尔坐在后屋里,"会怎么样呢?"她说道,"写信告诉巡视员?不行,不,埃塞尔,我们等等看。"埃塞尔嘟囔了下,回家了。她不喜欢来店里。街上斜影渐低,艾米坐在那里,两只手放在膝盖上,握在一起来保暖。

哈里迪医生沿着山边开车，他在坎巴拉待了一天，现在在离开的路上。在花园里，埃弗里特太太穿着周日的黑衣服当着老埃弗里特太太的面用手肘推了推安塞尔太太，并向她眨眼。"多克斯（Dorcas）生病的时候我把她送到了穆林的伯顿医生那里了，"安塞尔太太说道，"我不信任哈里迪，要是我在场，我不会把我的女儿送到那里去的。"哈里迪的车发着特殊的嗡嗡声，开了过去。奥利弗和罗德里坐在前面，各自陷入沉思。车里面有来福枪。"快来，罗德里，"奥利弗说道，"我们会拿着来福枪，在坎巴拉度过一天。问你的母亲要些三明治，不要又是羊肉的。""好的，父亲，"罗德里答道。此时他正躺在廊下看《安东尼与克里奥帕特拉》（Antony and Cleopatra），看到关于战争的地方。他无法表明，他确定他不想去坎巴拉，不想跟父亲去那儿猎兔子，他咬着嘴唇。"我们平时待在一起的时候少，"父亲说道，"你会不自在。"开车去坎巴拉的路上，只有沉默、拘谨，两人尽量找话题聊。父亲开车开了一段时间，你就希望你是父亲，坐在廊下，或者埃及，看着克里奥帕特拉将一枚珍珠放进醋里然后喝掉。

他们捕获了三只兔子。接着在树荫下吃三明治。罗德里用土把一只甲虫围在墙里面。"他们会把兔子皮剥掉，"奥利弗说道。罗德里说他讨厌剥了皮的兔子。罗德里说，不管怎样，他要打个盹儿了。他在树荫下躺下，用帽子遮住脸。这时罗德里就敢去看他了，他躺下来，伸展着身子，就像平时父亲睡着的时候看他一样。甲虫从一处土散了的地方找到了出路。罗德里觉得会在坎巴拉待一整天。他想要是能睡着就好了。要是带本书该多好。他可能成为一名医生，甚至一位探险家。他会写书，写旅途冒险，或者关于爱情的，只要是大家不知道的。书大多是关于爱情的，总有像《安东尼与克里奥帕特拉》这样的爱情故事。甚至在《圣经》那样的书里，也提到了情妇。如果你曾有过航行经历，还可以像哥伦比亚那样写游记。关于航行，没有爱情故事，但是他不久后就要去悉尼了。他看着奥利弗在地上伸展身子。草丛里传来鸟的叫声。我们会去悉尼的，母亲说道。她叹了口气。但是书里总得有爱情故事，不然就成不了一本书了。不要像乔治收集的描写北美印第安人的那些

书,那些是给小孩子看的。我长大了也会结婚,或许是跟玛格丽特·光达,不过,她是个中国人,但那样她就是克里奥帕特拉了,而我是安东尼。罗德里在地上掏了个小洞,把甲虫放进去,再看着它挣扎着爬出来。百无聊赖。奥利弗醒后,他们又捕获了两只兔子。但是仍然很无聊。奥利弗也意识到了。"但是我昨天去了那里的,"奥利弗说道,"我今天不会去了,贝尔珀太太肯定会说'那,医生,你又来这儿了?'"所以今天他们不会再去那儿了。兔子被悬挂着,一走一晃,头上浸着淤血。罗德里打着哈欠,随手摘了朵花。"我在这儿可有可无,"奥利弗说道,"所以才显得无聊。"他清楚地知道,虽然罗德里不说话,但是他是自己和希尔达的儿子,他对他有责任,他不顾他的不情愿把他带来打猎。他有太多的话想跟他说,虽然他对内容也没有个大概。他是希尔达的儿子。奥利弗突然高声道:"不要拉保险栓!""我没有,"罗德里咕哝道,他又摘了很多花。艾丽斯的孩子。但是艾丽斯不会有孩子的。他不想看着它接近完美,然后消失,他想要鲜活有生命力,仅此就很完美了,而不是他背上的一枚钉子。她必须要离开这里,他们会谈论那些事儿,她知道他们会谈论布朗小姐和哈里迪医生。看到街上的面孔都使他觉得粗野。他们使得这一切不同。只有希尔达沉默不语。但是,就算是沉默也可以从希尔达身上看出无声的反对,这非常明显。她知道昨天从贾斯维特来了信,信中详细地介绍了昆士兰诊所的情况,并说他愿意交流,但是会在八月以后去。那就又是冬天了。她冬天的时候带着手伤去了诊疗所。她是个病人,她将手包裹在一个手帕里,小心翼翼地注意着周围。然后你就慢慢探寻,慢慢摸索着,了解她的身体和心灵,她的好与坏。在此之前,你想不到你会因为一个人的坏而爱上她,但是正是这才使得她更加真实。她是欢乐谷中现实的核心。他们现在开始憎恶你经过的人,你能感觉到这点。小镇里人们来往中引发的憎恶有些冷酷无情。有时候看起来就像是一种超人组织,有着像是希腊悲剧里激进的激情,但是小镇里的激进几乎没有任何高贵可言。小镇里开始到处流散着对艾丽斯·布朗,或者可怜的莫里亚蒂的憎恶。这种情况在地下更甚,这也是为什么这种激进区别于人类与自然现象间的对立与不合。我们知道火灾或者洪水会带来什么。但是我们不能对同个小社区里的人这样说。一个城市更是不同了，城市算是一个自然现象了。大众的激进可能会伤害个人利益，但是个人不会直接拿到台面上说，而是会避重就轻地表达出来。也许希尔达比其他人更清楚这点吧。罗德里必须到城里上学。她觉得必须拯救罗德里。如今贾斯维特的这封信邀请着他们离开这里，离开艾丽斯·布朗。沉重的寂静，鞭鸟刺耳的叫声，厚重的灰叶子。罗德里坐在一片灌木丛下，打着哈欠。"想回家了吗？"奥利弗问道。他看出罗德里得知要回去显得很轻松，回去干吗呢，回去回应贾斯维特的来信和希尔达的眼神。不知道那封信的事儿他告诉她了没有。这一天也是个失败，他没能跟罗德里好好相处，也没有跟希尔达好好相处。艾丽斯用手摸着你的脸，当前实在的东西不在了，取而代之的是非物质的。这时，你就开始活在一个更加有意义的世界里。这个更加有意义的世界就是你自己的世界，也是罗德里的世界，也是希尔达的世界，即使是在院子的桶中玩浮船的乔治也是，他们各自都有自己的意义世界。

回家的路上，罗德里坐在车上，看着月亮就像绕着车子在转。但不应该是这样的，因为月亮和地球都有各自的轨道。"或许只有我没能接受这点，我没有付出任何努力。我只是去坎巴拉捕兔子去了，而猎捕兔子并不需要多大的努力，而是对失败的坦承。回家也是一种失败。我们要回家了，我们要回家了，"罗德里说道。"我只是去坎巴拉捕兔子去了，而猎捕兔子并不需要多大的努力，而是对失败的坦承。回家也是一种失败。我们要回家了。"

"我们要回家了，"罗德里说道。快到家的时候从山上看到红色的水箱，就知道快到了。父亲向山下走去，盯着她裙子上的大格子吹着口哨。她说她不好，因为她的安东尼走了，书中的爱情故事让人伤感。她觉得很好笑，为什么有爱情，而她的爱情为什么会是父亲。

他们从康巴拉的方向一路开车下来，那是他们生活的地方。在埃弗里特家前面的花园里，老埃弗里特太太穿着星期天的黑衣，推了推安塞尔太太，还对她眨眼睛。她的眼睑通红。

"能让我在这儿下车吗?"罗德里说道,"我要去光达家。"

奥利弗停下来。

"好的,"他说道,罗德里下了车。"今天还不算差吧?"

"不差,"罗德里说,"很好的一天呢。"

他的视线穿过奥利弗的脸,犹豫了一会儿,然后就转身向车库走去。他脸红地低着头。奥利弗发动汽车。罗德里走向光达家时,顿感轻松。车子就像在假装坦承失败后,像罗德里般自然稳妥地向前行进。

罗德里来到光达家车库,在车库外徘徊。车库里没有人,他不喜欢进到屋里去,怕光达太太的严厉言语。所以他只是在外面徘徊,吹着口哨,用脚踢着路边的一个易拉罐。他在罐子里放了些石子,然后漫无目的地踢着。周日的街道仍旧阴沉,人群稀寥。人们要么去了大街上的某个角落,或者待在厨房里,三五成群,闲谈说笑;要么守在自家窗户边,忧郁地看着外面的世界。但这些比起跟父亲去猎捕兔子,一路不知道说什么要好。他秘密地注视着街上。别人都因为他跟玛格丽特·光达一起玩而笑话他,叫他"洋娃娃哈里迪",还问他们都在一起玩些什么。这些话都不能让他脸红,就像羞耻感已经饱和了,他对这些已经免疫了。跟玛格丽特一起玩很放松,像是读书那样轻松,而不是去学校。玛格丽特跟安迪·埃弗里特和石子完全不一样。

一会儿玛格丽特·光达出来了。她嘴里一边嚼着糖,一边沿着花园小径走过来,她的胳膊和腿非常修长,走起路来很优雅。

"嗨,"玛格丽特含着糖跟他说道。

他回应了声"嗨"。

他们一起站在路上,偶尔无意间的亲密触碰使得此时的静寂意义无限。他们有时候说两句话,有时候却是无声胜有声,很微妙的感觉,但是不论是无声还是有声,他们都很满足。

"我们晚上吃了鸭子,"玛格丽特说道。

"我喜欢鸭子。"

"我觉得我更喜欢火鸡。"

"我喜欢鸭子。"

"有次圣诞节我们吃了火鸡。父亲宰它的时候,它里面有好几个蛋呢。"

他看着她,若有所思的样子。

"多吗?"他问。

"四五个吧,有些壳儿还是软的。"

"你摸过吗?"

她点点头。他停了会儿,嘴角微翘。

"我们到车库里去吧,"他说。

他们去了车库里面。车库里的味道以及一摊绿色的油渍,显得很神秘。在一摊油渍里可以看见自己的脸,但是就像在弧形的球面上看一样,脸有点变形。微弱的灯光下,门前的水管显得老旧落寞。车库里光线渐渐地暗了。轻轻的声音都有回声,简短微弱,含糊不清,却有节奏。

"我们来叠飞机吧,"罗德里说。

他们用福特的旧广告纸来叠。他起身爬到屋梁上,然后从上面丢下来。这样一来,纸飞机就在微光下缓缓落在玛格丽特的脚下,或者擦过她的头发,或者她拿在手里让它们像鸟儿一样飞来飞去。

"我们来假装在打仗吧?"他说。

"不,"她答,"不要战争。"

"好吧,"他说,"你不喜欢就算了。"

他从屋梁上爬下来。

"想想看,那些蛋都是软软的。"他说。

"我不知道耶,"玛格丽特说,"它们要是硬的话,鸭子会多么难受。"

他卷起一张广告纸,像拿着个小号似的开始吹。

"我真希望我也能吹小号,真的。"罗德里说,"我要是会吹,我会在乐队里

表演。但是我觉得我没有音乐天赋,不像我父亲那样有天分。"

玛格丽特没有回答他。他停了下来。天已经很黑了。这阵沉默,玛格丽特突然一语不发,让这夜色感觉更深了。他意识到了她的沉默,也明白原因。在漆黑的夜里,沉默会放大许多事情。他俩都心知肚明。但是他们都没有做声,就像他们对学校发生的事件闭口不提。他们已经从脑海里拿出来,然后用墙围住它。那件事莫名其妙,不用费力去解释。

"玛格丽特,"罗德里突然说道,"我希望以后我们能结婚。"

"你这样想吗?"她说。

她声音里透露出些许欢欣。

"我是这样希望的。"他说。

"我不会结婚的,"她说道,"我一点都不想结婚。"

她说两个人在一起太简单了。她可能会成为一名修女,弹奏着竖琴,一直到手指不能动,不能再触摸琴键。他看着她,说"继续"。她双手放在胸前,紧紧地护着它们。"它们没有受伤,伤的只是里面,不是莫里亚蒂先生,跟这没关系。"

"为什么?"罗德里小心翼翼地问道。

"什么?"她说。

她的声音穿过黑暗传了过来。

"为什么你不会结婚?"

"你还小,"她说,"你不会明白的。"

说得就像他是个孩子似的。这是她第一次这样说。像是她知道很多似的。但是有几件事,玛格丽特·光达不知道,他却是知道的。由于心中有丝丝怨恨,他说话声音都变了。

"总之,"他说,"我们不久就要走了。妈妈说要不了多久。"

她觉得,离开不是罗德里的风格,而是别人的风格。但是将来的事,会不一样的。"你不会希望事情是那样的。你会慢慢长大,你知道一切会不一样的。"她紧紧地抱着自己的双臂。起霜了。

家家户户都亮起了灯。男人们谈论着政治和羊群。借着一些房屋里散出来的灯光，罗德里·哈里迪往家里走。一路上他偶尔能听到一些谈话，或者厨房里碗筷的碰撞声。他要回家了。他们要离开了。他满脑子里都是这件事儿，再没有空间想起对玛格丽特·光达的那丝怨恨了。当安东尼走了，她会怎样呢？站在门前冷眼旁观吗？这在他头脑里像是根针，刺痛他的大脑。他不断抗拒这种想法，因为这对于罗德里·哈里迪这一完美形象来说，是不必要的。

他进屋的时候母亲说道："怎么在外面待这么晚才回来，罗德里。我都担心死了。不要把那张纸扯破了，乔治，你听到没？""乔治！快去洗手，罗德里。我去给你倒杯茶。"

"我不想喝茶。"他答道。

"但是你中午只吃了点三明治。"

"我一点儿也不饿。"他说。

"喔，天呐，"她叹道，"乔治，你会把花瓶打碎的。"

罗德里走出厨房，回了他房间。"人们总是爱折腾。"他皱眉道。

"你确定吗，罗德里？"她喊道。

希尔达·哈里迪站在那里，困惑不已。她用手撩起了一撮掉下来的头发。她的手很大，但瘦骨嶙峋。婚戒有点松了，当初在教堂里奥利弗给她的时候，她还是被他含在嘴里宠着的。如今，她面容憔悴，身形枯槁。有时候她给奥利弗或者孩子们缝补袜子的时候，或者给自己缝补连衣套装的时候，羊毛丝会卡在手上的老茧里。她的声音如针，夹杂着羊毛般的细致柔和。她经常站在那里，困惑不已，不知道自己该知道些什么，或者有什么值得去知道。而这使得她更加困惑，她夜不能寐，总是咳嗽，辗转反侧。因为我们总是视道德为理所当然的事，所以我们不会看到别人身上的道德，也不会与之交流，不管是工人阶级还是富有的人。希尔达·哈里迪，她就是在这样的环境下长大的。你可能会接触到病痛,或许还有贫穷,但你绝对不会不道德。

乔治的头撞到一把椅子上去了,然后哭了起来。

"乖,"她说,"可怜的小家伙,过来让妈妈看看,妈妈看看就好了。"

她紧紧地抱着乔治。乔治的小脸儿哭得通红,都变了样子,小嘴还在不停地啜泣。她将他的头紧紧地抱在怀里。乔治似乎受到了鼓励,哭得更凶了。他像是觉得妈妈想要他在她怀里哭似的。

"好了,好了。"她安慰道,"我们来看看这本有趣儿的书吧。一起看,好吧? 看图画书。看看这些马啊,车啊,乔治,快看看。"

奥利弗进来了,看着她,欲言又止,然后就出去到诊疗所去了。他看着很生气的样子,她想,也许是因为乔治。她又咳嗽了。

"奥利弗!"她喊道。她想要解释。

她的声音传到走廊里,但他没有回答她。她将乔治抱在怀里,他的啜泣不禁让她想咳嗽。

"看看这些马啊车啊,"她说,"那是匹花斑马,看到它身上的斑点了没?"

乔治现在不哭了,看着花斑马,又恢复了对外界事物的兴趣。

"为什么它有斑点呢?"乔治问道。

"因为它生下来就有。"希尔达微微地说道。乔治看着图画书。她抚摸着他的头发。他发色暗淡,头发稀薄。乔治出生的时候,奥利弗非常体贴。他靠在床上,握着她的手。晚上睡觉的时候,她睡不着想摸摸他。她想通过自己的触觉来确定她不能确定的事,让自己安心。但是奥利弗躺在床上,隔得这么远,像是远方的昆士兰。或许这之间根本没有桥可以连接起来。欢乐谷永远都只是欢乐谷。一想起冬天她就害怕。写信,她说道,根本就不是什么保证。我们会待在这儿的。我们会待在这儿的。

希尔达·哈里迪垂下了眼睛。她不能让自己想起她,不会让她出现在自己的脑海里,最起码不会想起她就垂下眼睛。奥利弗在熨斗台上擦了好久的靴子。他进来了。有时候她心里会窝火。奥利弗进来了。她装作不知道。睡梦中孩子的哭声让她更窝火,或者让她内心柔软得想哭。有时候她会独自哭泣,就只有鼻尖会留下点点的红。如果她不知道就好了。他在某些方面努力变得体贴,这反而使得情况更糟糕。她希望自己死掉算了。

"好看吧,那头大猪?"她说道,抚摸着乔治的头。

要是她死了该多好。她抚摸着他的头发。布里奇曼医生说,"没事儿的,哈里迪太太,你照顾好自己就行。多休息。""我会的。"奥利弗说。她现在病又犯了。当她想搬动梳妆台,去拿那把在比尔德沃特森(Beard Watson)买的红心木勺子时,她觉得脚步很沉,她必须用力拖。坐下来休息的时候,她的手帕里咳出了血。这让她感到害怕,她将双手放在胸前。她如果死了,没有人会在意的,但奥利弗会,罗德里会,乔治也会的。这样想,她把乔治抱得更紧了。而乔治想挣脱。

"你该睡觉了。"她说。

乔治又开始哭了。

"妈妈很累了。"

"但是我不累。"乔治哭喊着。

"喔,天呐。"希尔达·哈里迪叹道。她双脚冰凉。

奥利弗说应该生堆火。他们吃饭的时候,叉子碰到盘子发出清冷的声响。

"起霜了,"他说道,"冬天要来了。"

她双脚冰凉。

"是的,"她答道,"但是还没生火,我们今晚就不生了吧。"

贾斯维特的来信暖和地躺在他的口袋里。他应该告诉她想要知道的,应该告诉她他们要离开,但现在不是时候。他还不能告诉她要离开。他讨厌自己。希尔达点灯芯的时候,灯光照着她的脸,苍白而又疲惫。他看着顿生怜悯之心,但是怜悯就是自杀。如果我开始怜悯希尔达,那就是自杀。他觉得艾丽斯造就了现在的他,现在却要牺牲掉她来造就的他,来怜悯希尔达,来离开。所以他坐在那里,怨恨着自己。

"嗯。"她说,"那里会很暖和吧。"

"什么?"他说。

"昆士兰那里。"

他看到她呼吸变得急促。他握紧手中的刀叉。

"还不知道呢。"他说。

"你没收到信吗?"

"没。"

她知道的,她知道他藏着那封信,没给她看。

"昨天没收到信吗?"她问道。

"干吗这样盘问?"

"没呢,奥利弗。"她说。她的声音变得柔和。他以为她会哭。"我不该这样问的。"她说道。

她望向别处。他讨厌自己。

"我们会去的。"他说。

跟希尔达争辩,越是固执己见,越会使自己怀疑,是否有理由要离开。是否罗德里和希尔达只是偶然,或者……他推回他的盘子。

"怎么啦?"他说。

"我不舒服。"希尔达答道。

在光的照射下,她的脸越发显得苍白瘦削。她眼睑沉重,有着一圈黑眼圈,精神耷拉着。

"希尔达,亲爱的,再等等。"他说。

他站在她的椅子后面,在他摸着她瘦弱的肩膀时感觉到了她的颤抖。如果不像希望那般薄弱,而是身体虚弱,像这样挣扎着,没有别的词能描述了。

"为什么?"她沉重地问道。

他们陷入了深深的沉默,两个人都没必要去打破它。他们都知道沉默的原因。她开始咳嗽了,她用手肘撑在桌子上,拿出了手帕。

他知道她瞒着他一些事，正如她知道她不会继续说的话。去跟艾丽斯说，说我们要离开了。因为希尔达病得很重，而且有一段日子了，或者我病了，希望，也并不是希望，有时它能压垮你，或者你将它放在别人身上，就像我把它放在你身上了。你使我不是自己，而是超越自己的。但是我必须抛弃，因为我必须抛弃这个世界，因为希尔达就是这个世界。她贫病交加，我不会放弃的。

"我希望我死掉。"希尔达说道，"是的，我真是希望。你不必开口反驳我。我知道这样最好。我们都知道这样最好。你的人生就能有所作为，你和儿子们。我只是个包袱。"

她的声音低沉厚重。他不想听。但是他必须在那里，他不得不听。如果她说他们知道的都是真的，他就会反对。

她又开始咳了。她转过身，掏出手帕捂在嘴边来止咳。他不忍心看着她咳嗽。

"希尔达，亲爱的，你不能再说话了。"

他知道这些话听着耳朵都起茧子了。他伸手去扶着她的肩膀，想给点安慰。但是她起身走了，他的指尖只留在空气中。她的手帕上有一撩红色。她咳着走出了房间，极力不让他看到血迹，就像她以前那样。现在这样一点都不好。如果她死了就好了，就像她对自己说的那样。艾丽斯在那里，他爱她，想要她。爱上艾丽斯让人更强，更有力量。爱上艾丽斯不仅让他存在，而且让他更加相信一些事。

冰冷的屋子开始热起来。他的头脑也热起来。一个蛾子扑打着它绒绒的翅膀在灯前飞舞着，犹如在黑暗的大海中扑向一个黄色光线形成的岛。艾丽斯站在光圈的中央，海浪袭来，海岸破碎。她点着蜡烛问现在几点了，烛油滴落在她的胳膊上。他把手放在额头前，握着拳头。他思绪不清。他不能这样想，他正在经历一种道德感分崩离析的过程，只是时间的问题罢了。欢乐谷也只是让他们的希望逐渐破灭。爱上艾丽斯是不对的。他对她的爱是对道德的破坏。她也是他道德崩坏的一部分。希尔达看在眼里，她对此深信不疑，她希

望逃离这一切。她也爱他。

　　街上留声机的声音飘荡在空中。乐声轻缓,轻得像是昆虫或者蛾子的声音。他必须离开。他们必须离开。他走进诊疗所给贾斯维特写信,告诉他,他们准备八月份动身。

19

"二十五美分吗？"

"是的，"他答道，"二十五美分。"

他靠着柜台稍稍往前，稳住。她能听到他的呼吸声，她能看到他的手抓在柜台抛光的边缘上，她能看到他的手上青筋暴突。牛眼糖倒进了秤里。秤上的铜发出的光映衬着店里的黑暗，让人睁不开眼睛。她很高兴，因为她不想抬头看。

"很快就要有赛马会了，"他说道，"生意就会很好了。"

"赛马周生意总是很好。"她答道。

他的声音中透出了疲惫。她没看到，因为她在盯着称牛眼糖的秤，不能抬起头来看。她猛然间感到一阵刺痛的憎恶感。她将牛眼糖拢到一起，然后慢慢散开，如同她渐渐平息的情感。然后把它们装进一个纸袋，特意贴上邮票寄到穆林去给亚瑟·光达。

"谢谢，光达小姐，"他说道，"我们都有各自的弱点。"

她笑了笑，不过不是对他，而是对着闪闪发光的秤。随后他就出去了。她抬起头，看着欧内斯特·莫里亚蒂在灯光下佝偻的背影。他正要把那包牛眼糖放进大衣的口袋里。他有些弯曲，有些疲倦。但是她的注意力不在他的外表上，几个星期以来她对他都是冷眼相待，如今她的心里却是一阵抽搐。她看着欧内斯特·莫里亚蒂走下楼梯。她恨他。他沿着街道往学校走，步履缓慢，缄默不语。她不能怜悯他。她站在柜台后，心中的憎恨慢慢褪去，在她完美的生活中不留一丝痕迹。

艾米·光达的感情生活从未像现在这样显露出来。隐藏或是挣扎着的爱

恨总是被模糊地掩盖起来。她并不想刻意隐瞒。她也不是缺乏热情。她的感情只是一种她没有表现出来的精神状态,而任何靠近的人都会凭借本能感觉到。就像亚瑟或者玛格丽特,而他们都跟她的感情生活密切相关。当她唤他进屋,他从马厩中出来,穿过截掉树梢的树木和美洲家鸭的嘎嘎叫声来见她,当他们在夏日里并肩坐在廊下,或者一起去仓房散步的时候,从他们那些乏味和表达不畅的交流中,亚瑟就感觉到了。玛格丽特也感觉到了这种突然的感情上的联系。当她俩凑在灯下一起整理书籍的时候,当她趴在艾米肩膀上哭的时候,除了特别的亲密和保护外,她还感觉到了柔情中夹杂的冷酷。因为正如大多自立的人一样,艾米的骨子里有着一股冷酷。她难以接近。她像是一块石头。而人们不会同情石头的。

店里这头是逆光,她站在柜台边。莫里亚蒂进来了,站在顺光的那头。她一想起玛格丽特手腕上的鞭痕,泪水就簌簌地滴落在肩上。她恨莫里亚蒂。她突然情不自禁。这几个月以来,这样的偶然接触使她在称牛眼糖的时候,情绪涌上心头。他来到店里,她觉得她似乎在等着这个时刻,见到他甚至比看到玛格丽特的鞭痕更加必要。她听到他的喘息声,据说他有哮喘。据说他的妻子也拖着病恹恹的身体。她一颗颗地捡起糖,然后再把它们放到秤的另一端,铜盘发出叮叮的响声。

"下午好,"哈根边往店里走边说道。

她戴着眼镜,沉着地看了看他。

"下午好。"她答道。

她的声音平静柔和。

"都有什么样的巧克力?"他问道。

"这个,"她说,"得看情况了。"

"喔不,怎么会呢。要最好的。我要最好的。有重要场合,懂吧?"

她淡定地看着他,似乎他打算吓她,但却绝不会成功的。

"称一磅吧。"她说道,"一磅两美元六美分。"

"两美元吧。"他说,"毕竟是个重要场合嘛。"

他叉着腿坐在椅子里,看着她棕色的手在罐子里各种颜色的锡箔纸里忙活着,然后从罐子里抓出巧克力。胆小的小东西啊。他抿着嘴,若有所思,一脸鄙夷的样子。他点点头,跟她说他要去学校。其实这并不是第一次了,你得习惯,不是像习惯莫里(Moree)的峡谷那样。你能在酒吧碰到他,看到啤酒。他叫安迪·沃尔克(Andy Walker)。"你要喝点什么?"他说,"叫我安迪。"她说,"喔,克莱姆,我是个小人物,不要怕,亲爱的。我跟你说他去了纳拉布里(Narrabri)。"然后她就盯着啤酒,好像是可怜的沃尔克知道了她的背带裤裹着她的腿了。莫里亚蒂走在街上。两美元六美分一磅。谁说的中国人不唯利是图了,中国人和外国人,没有人为那个杂种说话。如果你想说,那对这个胆小懦弱的中国人,他会说些什么呢?

"是的。"他若有所思地轻声说出,声音落了下来。"是的,"他说。要不是这个就是那个,总有许多事情要做。这些人都是叫不走的。他们总是聚集在酒吧里侃大山。

她的脸颊暗淡圆滑。他看不到她的眼睛。她看着他,虽然不是很清楚,也只看得到他站在这里罢了。巧克力的纸袋里簌簌地响。欧内斯特·莫里亚蒂走到了街上。她的憎恶感再次袭来,涌上了喉咙,她虽然表面没有明显的情感,但是这种感觉却紧紧地抓住了她。她觉得喘不过气了。她能听见自己的心跳声。据说,那天早晨他的妻子跟哈根缠绵在一起,紧身衣上还留下了干了的不明液体。埃弗里特太太和安塞尔太太都这样说。艾米·光达不知不觉地想象着细节,想象着他俩通奸的场景。事实上,她脸红了。虽然想到这事儿跟沃尔特·光达还有很大关系,但是她主要想到哈根和莫里亚蒂妻子通奸,内心就有一丝得意。她把巧克力放在柜台上,用手往他那里推。

"要我拿下来吗,哈根先生?"她问道。

"额,"他答道,"你放这儿就好。"

"把这些放下来吧,这些硬的就不要,克莱姆。"她说,"它们会粘在盘子里

的。"她伸出舌头舔了口奶油巧克力,像只兔子伸出舌头来舔。"过来,自己找位子坐。"她说,"亲爱的克莱姆,如果你没来,或者没给我写信我会做什么呢,亲爱的?星期五下午吧,我爱你,亲爱的。我不知道生命中拥有这些有什么意义,我很害怕有人从小道里出来。我不是很坏,克莱姆,只是因为有一件事是真实的,没有哪个女人能像我这样快乐。那,你星期五会来的,对吧?哦,克莱姆,上帝啊,我等你等得都快疯掉了,我会胡思乱想,或许你不会来。爱你的维克。"信纸闻起来像是紫罗兰味的香皂。

他忽然抬起头看着艾米·光达的眼睛,店里逆光,他看不到她的眼睛。他随后起身。

"我的几匹马刚钉上马蹄铁。我得去瞅瞅。"他说。

他走出店里,他的身形在逆光中显得很高大,他穿过长廊,走了下去,然后上了大路。艾米·光达倚着门看着他走,纸袋在他的手里摇晃着。算不上是秋天的午后,有种凄冷。她的手指颤抖着。她把手握成个拳头。在这个秋日的午后,她似乎把自己放进了自己的小城堡,而城堡之外,一股她意想不到的情感迫使她膨胀。"就是现在了,"她说道,"就是现在。"她有点害怕,有点不纯洁了。她举起一只手,理了理衣领,抚了抚肩膀,那里曾留下了玛格丽特的泪水。接着她的眼神又飘向了远方,忽视了哈根在街上走的身影,他走过转角的时候也就出了她的视野。

巧克力在他的手中上下晃荡。星期五,是吧,克莱姆。总之,他觉得他不想这样,他不想事情这样一直下去,不知道何时结束,直到说出结束。明眼人都知道不长久,但是他却是个不会惹女人不开心的男人。好吧,不是还没到那一步么,还没呢。尽管可以用生命保住,肯定会有歌有舞。爱你的维克。恨你的维克。星期五或者星期一,或者不管什么时候都是床上的淘气鬼。那天晚上在篱笆旁他就知道了她的小把戏,他以前就见过。那是个麻烦。它让你感到恶心。他敲了门,带着那种了然于胸的样子。

在屋里等候多时的维克·莫里亚蒂听到了门的咯吱声,她倚着门,无精打采地等着。它让你高兴地想跳起来。不管你听过多少次,虽然次数也不多,但就是让你高兴地跳起来。有时候她说,我其实不想这样。晚上躺在床上,身边只有欧内斯特的鼾声。她是这样说的,但没有证实。她说,谁会想到会成了这个样子呢?如果那天早上在路上,黛西,还有那些马里科威尔(Marrickville)的人知道,如果他们看到考菲尔德太太跟一个小伙子坐着摩托车跑了的时候,某个拖着僵直的腿的太太就会说三道四,好像跟她们有什么关系似的。这就是症结所在,人们并不理解。因为我并不是真的坏,维克·莫里亚蒂告诉她自己。她觉得自己很奇怪,比如给他开门。

"你好啊,棒棒糖。"他说。

他拍着她那饱含柔软的肌肤的背。

"噢,克莱姆,又是巧克力啊!"

"不是,"他说,"牡蛎。"

他把帽子挂在墙上一根橡树桩上。

"你胆子真大!"她咯咯笑着说,"这就是你的问题了。我在减肥呢,天呐!"

"继续,"他说,"跟我说说别的事儿。"

"真的,"她说,"看,我屁股上瘦了好多呢。"她把手放在屁股两边。

"我觉得一个女孩子开开自己的玩笑也没什么。"他说。

接着他将她环腰抱住,含情脉脉地看着她,这是一剂灵药,你只要稍稍闭上眼,就能从手中吃到。

"噢,克莱姆,克莱姆,"她说道,"你来了我真高兴。"

"为什么不来呢?"他问。

要想让她情绪高涨,就像让房子着火般简单,只要有紫罗兰香皂,或者别的什么的,或者上粉就够了,她的抽屉里放着一个系着粉红丝带的大粉扑,有两个粉扑那么大。

"怎么了?"他问道。

"不知道。"

"才周二呢。"

"你不明白。"她说。

"不,我们从来都没有。"

她开始哭了起来。她的嘴唇看起来湿了。她把它画成了拱形。

"你真残忍。"她说。

他捏捏她的脸。

"想出去走走吗?"

"不想。"她说。

他们亲热的样子会让你觉得好笑,如果你不觉得恶心的话。

"好吧,"他说,"我们就继续站在大厅里好了。"

她耸耸肩,沉默地站在地毯上,地毯散发着午餐腌菜的味道。哈根开始大笑。

"我觉得你是个猪头。"她说。

她在黄色的漆布地毯上走着。

"是的,"她说,"我觉得你是个猪头。"

当你在床上辗转反侧的时候,床吱吱地响,而欧内斯特鼾声如雷。有时候你不确定哪个是欧内斯特,哪个是床。

"什么?"他说。

"没什么。我只是想吐槽下这个糟糕的床垫。"

得告诉欧内斯特。正是冬天。不是要去看电影的那天,也许她不用给他写信,但是她再也忍不住了,她必须给他写信。

"你收到我的信时惊讶吗?"

"什么时候?"

"讨厌!第一次!"她说。

"没有。"他懒懒地说道。

"我很喜欢的!"

他翻身的时候,床吱吱作响。在下午说太多话不是什么好事情。但是她总是要不停地说,如果他侧身睡免得她多说,她还是会谈论许多。

"你不是很善交际嘛。"她说。

她的声音透露出的漫不经心冲击着他。她的手放在他的胳膊上,玩弄着上面红色细小的汗毛。维克·莫里亚蒂的声音及其节奏中,有着一种挑逗的成就感。

"你不明白那对我来说意味着什么,克莱姆。"她说,"第一次,我以为我会疯掉的,克莱姆。"

午后的院子里一片低沉。他觉得他要睡觉了。半闭着眼睛,房里一片混沌。

"不许睡觉,克莱姆?"

她用手环着他的脖子,支起他的头,让他不舒服。

"你觉得我是什么呢?"他说,"一台机器?"

一张脸垂下来了,是维克·莫里亚蒂,一点粉红色的混沌。他睁开眼睛,皱着眉头。

"你不用说这样的话。"她说。

"总之,我该走了。我的马还在铁匠那里呢。"

"随你的便。"她说。

她躺回床上的时候,胸部无奈地晃了晃。

"还有欧内斯特,"他说。

"你干吗要提他?"

"总是有欧内斯特的。"他说。

在半开的百叶窗透过的光下,她看着他,起身,背对着她。他的背影生硬。她也想要起来,再次抚摸他,来确定。他怎么会说那样的话。他不爱她,她心里清楚,他的心跟他的身影一样硬。他开始穿裤子。

"你不必把欧内斯特扯进来。"她说。

"不必?"他说,半个头在衬衣里,"那好吧,我们不提他。"

她转过头。她再也不想要他了。提欧内斯特。那晚欧内斯特的嘴唇都是青的。但她觉得很好。他让她感觉很好。她把头埋进枕头里,听见了他穿靴子的声音。

"好了,"他说,"宝贝儿,再见。"

她看着他。

"什么时候?"

她不在乎。

"有时间的时候。"他说。

像以前那样,躺在那里,一周又一周,在欢乐谷是很糟糕的。如果这一次又一次地发生,你听着红木钟的滴答滴答声,滴进你的心里,声声如刀般刺痛。你说着你不在乎,一点儿也不在乎,这点非常糟糕。

"克莱姆,亲爱的,"她说道,"会很快吗?"

克莱姆·哈根看过来。这也是种消磨时间的方法,如果不去镇上的话,你会坐着轮椅去格伦湿地。"是的,"他说,"会很快的。"

走的时候,你可以许下些承诺。他拍拍她的肩膀,离开了。

维克·莫里亚蒂懒散地躺在床上,试着去想东西,也试着不去想。因为她想的话,就会想起欧内斯特,或者克莱姆说过伤人的话,或者就是他说过的话。她闭着眼睛躺下来。她呼吸缓慢。好像现实变成了一只鸭子,时不时地发出清晰的声音,而不是模糊的咯咯声。"我为你疯狂,克莱姆,"她说道。声音散在房间里,再回到她的耳朵里,让她笑,让她再说一次。维克·莫里亚蒂笑着躺在那里,任凭这堆臃肿女人的躯体抛弃了原来的地盘,而今享受着毫无限制的优势。她笑着想起这些人们放任时才有的想法,这种时刻都是极端的愚蠢,但是有责任心的人,都会好心地忽略掉这一点。

她舒服地躺着,一直到下午。她打了个盹儿。然后觉得冷。她醒了,胳膊上长着鸡皮疙瘩。她在鸭绒被下发抖,觉得很冷。"我是傻瓜,"她说。躺在这儿万一有人进来了怎么办呢,或许欧内斯特会从学校回来。但是要是能一直躺在这里,忘掉洗碗处格蒂没洗的碗该多好啊。冬天快来了。他会再来的,不管多久一次。尽管有时候他会让你流眼泪,但是他再来该多好啊。因为,如果他不来,如果不来……维克·莫里亚蒂从床上爬起来,穿了睡衣,上面是一片紫色的土地长满了罂粟花。欧内斯特说,穿上那件睡衣,我喜欢看你穿那件睡衣。欧内斯特快要回来了。我在这里慵懒度日,她说,星期五、星期六、星期一,或许他也不会回来。她来到客厅抽烟。她紧紧叼着烟,这使她咳嗽不止。我像个妓女,她说,但不是妓女。如果你愿意,我会按照他说的去做,缝补没弄好的裤子,男人的长裤。还有治哮喘的药粉,我受不了。

但是我喜欢欧内斯特,她说,我喜欢他。带着一种女人在反驳别人污蔑自己没干过的事儿的时候的口气。仙客来在亮泽的碗里蔓延。她耸耸肩,转过身。不存在星期五,或许只有星期天,似乎一切都结束了,他没有听见。她的胸垂在紫色土地的下面。

20

他们已经派车去车站接他了。车被一群小孩子围着等在外面,那辆大的派克车前满是羡慕的眼光。老弗尔诺从车站出来,上了车,他刚从悉尼回来。周围的人分站到两边,看着弗尔诺走过去。

弗尔诺先生上了车,然后坐下来,他很高兴能回家。坐在车上,穆林一路的风景从眼前一一掠过,其中包括那些酒馆和橱窗后贴着剪纸的外国佬的商店,还有布商卷起的布匹,以及路中间两条耷拉着脑袋、不知检点的护羊犬。弗尔诺先生摘下了帽子,可见他前额上有一块印记,而且他的头发抹得很平。然后,他叹了一口气,他的自信又回来了,那是建立在熟悉的事物之上的自信,穆林的街道,通向欢乐谷的路,还有那车门,司机会下车去把它打开,然后从那儿走向格伦湿地。这些东西再熟悉不过,再安全不过,还有那新发觉的领土的路标。于是,他放松下来。不像在火车上,那个旅行推销员问他对欧洲形势的看法时那样,就好像他有什么看法似的,就好像欧洲的形势发生了什么变化似的,火车在古尔本(Goulburn)停车时,他还喊他喝酒。虽然,弗尔诺先生也去过英国,他去斯劳(Slough)接管一个啤酒厂。这趟经历给他留下了深刻的印象,比如市长就职巡游和那数不清的圆顶高帽。

弗尔诺先生常说,我是一个简单的人。他使用这一借口,就好比在说,既然你知道真相就别碰我。因为他喜欢独自一人,他喜欢说,对我来说,这样就很不错了。这样,他就不用费力,不用去想,只是轻轻地漫步在客观影像的世界里。可是,那个在古尔本喧嚷的男人打乱了他的平衡。他说,那墨索里尼呢?可是弗尔诺并不知道,他的背脊一阵发凉,他在想自己该说些什么,还记得有人曾在俱乐部里说过,要在麻烦到来之前,先阉了那个杂种。在弗尔诺先生那一贯舒适的心里,古尔本车站的酒吧就是一块难受之隅。

你走后,下了好大一场雨,司机说。

弗尔诺转移了注意力,他总擅长这样,然后将视线转向眼下欢乐谷与格伦湿地之间的风景上,看看山谷中的一群阉羊,再看看从芬戴尔延伸过来的栅栏,以及这一切能够领会的东西。他的肚子随着车的移动而蠕动,从屋里跑出来的小狗让他心里充满喜悦,西德妮说不定还坐在台阶上。她小的时候还会和那些小狗一起跑出来,爬上车的脚踏板,问他都给她带了什么。她的小嘴巴亲在他的脸上,好奇多过亲热,可弗尔诺先生才不管她出于什么目的,对他来说,那仍然是一个吻。于是,他就笑了。他口袋里的手镯跑到了外套的一边。她把手放进他的口袋里,一起走回家,那是西德妮的手,它连着格伦湿地那些可被领会的自然存在,也连着弗尔诺先生自己。

他与他的女儿并非只是客观相连,他本可将她的脸庞和声音叫作可领会的东西,但他并没有。他之所以喜欢那脸、那声音和这易碎的眼镜,是因为它们很熟悉,而且时间让它们彼此相连。可是,要深入女儿心中那遥远的地方,弗尔诺先生还做不到。那仍然是个谜,从中生出一些冲突的迹象,对于他这个父亲来说,这些迹象比墨索里尼的活动和欧洲的形势更为费解。他不知道,也不想知道。他有些害怕那些如此遥远而不可触摸的东西。于是,他拾起他的报纸,躲开那令他挫败的表情或声音,到另一间屋里去。

车开到房前时,他又将手放进口袋里,挨着那装在珠宝盒里的手镯。他喜欢给她买钻石。它们戴在她那纤瘦的棕色手腕上显得又白又纯净。亲爱的,你把她宠坏了,弗尔诺太太说。这番话倒使得他更迁就她了,就像斥责某人一样,你越说他,他越不听。弗尔诺太太的语气中虽有嗔怪之意,却难免透着欢喜,含义深刻,我不是装可怜,还有,如果我写信告诉布兰弗德太太你都做了什么,她会不会感动。送给弗尔诺太太的钻石,闪耀着最灿烂的社会荣誉。

车一路前行,格伦湿地已闻名多年。房屋向后倾斜,显得太过完美,树间,一圈绿色的草坪往外延伸。过不了多久,小狗们就会冲出来,佣人们从侧屋里窥视,马夫也停止清理马具来到车前。与格伦湿地如此挨近,这给他带来极大的满足。弗尔诺先生叹息一声。世间的财富和一个钻石手镯让他身负重任,他会把那手镯拿进去,戴在西德妮的手腕上。

哦,亲爱的,弗尔诺太太在他脸上亲了一下,说,我真担心,火车上可容易感冒。

她说话中带着被遗留在家的那种刻薄——还是被遗留在格伦湿地这样一个并不吸引人的地方。她不喜欢被遗留在家的感觉。

弗尔诺先生放下他的帽子。

"西德妮呢?"他问。

"我想,她该在客厅吧。"

"发生什么事了吗?"

"没有。没什么特别的事。"

弗尔诺太太的脸上露出一种故作受苦的样子,她责备女儿的时候往往就是这副表情。

"我真搞不懂她,"她说,"好像这是一种不一样的评价似的,她已经闷闷不乐了好几天。"

他走进客厅,准备去见识女儿那无法领会的、有些可怕的一面,于是,他踮着脚尖走路,而这却显得他更加笨手笨脚。接着,门开了,他说,"秋天都到了,难怪这么冷。"

"西德妮,"他说,"你好啊,西德妮。"

只见她靠在门上,眼睛看着果园的方向,李树的树枝就像一张没有图案的黑网。她的裙子紧紧包着大腿。她看起来非常瘦,而且给人一种距离感,她回过神来,看了他一眼。

她说,"你好。你回来啦。"——毫不惊讶的口音,就好像已经没有惊讶的余地一样,又为什么要觉得惊讶呢。

西德妮非常喜欢她的父亲,弗尔诺太太经常这样说,像大多数父母一样,她总是不准确地评估孩子的情感。此刻,他就站在那儿,有些飘忽不定。她看着他在那儿犹豫不决,不仅是在这一刻,以前的很多时候也是如此,有时特别一些,有时没什么两样,不管站着也好,跑起来也好,她跌倒的那一天,玫瑰和碎石嵌在她的脸上,他尴尬地和科泰恩太太(Mr Cortine)说话,或者只要他出现,然后再出现,都与一件特别的事有关。她感觉,他就是一连串的事,他的头秃了,而且长得也很胖。一天,女孩们在科泰恩太太家的大厅里看见他,就笑了一路,因为海伦说,她在大厅里看见了一个奇怪的胖老头,于是他的脸开始发烫,你下楼时就看到他一脸疲惫地站在那儿,就像现在一样。

"吃过午饭了吗?"她问。

"没有。我还是等着喝茶吧。"

"也好。你喜欢怎样就怎样吧。"

但我很高兴,因为我喜欢这样,将我的手放在他的手臂上,或是亲吻他,就像你所熟悉的东西,比如小孩座椅或者书籍,你眼睁睁地看着这一刻过去,不如去告诉他吧,跟他说那些你没说出口的话,看着一辆卡车开过是多么容易,他会知道自己再没有能力,和一条平静地躺在手心里的蛇没什么两样。她把脸贴向父亲。她感觉自己已经没有力气了。她感受着他脸颊上那熟悉的质感,那微微的粗糙感。再一次贴上去,感觉又不一样,就好像你重重打了一下,或者拿着骨头当把手,要去把他打流血一样。

"怎么了,宝贝儿?"爸爸说。

她回答,"没什么。"

然后,她在沙发上坐下来。她开始发抖。她不去想了,用一层被动的冷漠包裹起来,将自己的身体隔绝开。我为什么要在意啊,那个大畜生,那么脏,在马厩里还往你脸上蹭,我为什么要去想这些啊。

"你在烦恼什么吗,亲爱的?"他说。

没有。我说了没有——她的声音中透着些许焦躁,她抬起头,本该说,爸爸,把那个讨厌鬼送走吧,可她并没有这么说。

"来,来,看我给你带了什么。"

她把盒子放在膝盖上,打开盖子,一个纯净的钻石等着她用手去触碰。

"谢谢,真漂亮,谢谢爸爸,"她说。

"不用谢,宝贝儿,"他说。

然后他就出去了,他几乎是踮着脚出去的,带着从某种情形中解脱出来的庆幸,至于是什么情形,连他自己也不明白。他碰她的时候,她的脸在发烫。弗尔诺先生关了门。与别人的情感产生摩擦,而且这种情感还和你的不一样,这是一件令人不安的事。他深吸了一口气。他不想再去深入,于是他沿着走廊朝办公室走去,一路上因做了自己想做的事而感到心满意足。

西德妮·弗尔诺坐在那里,将镯子放在膝盖上。她坐在那儿,什么也不想做,独自在另外一个房间,本就不想做什么。夜从牧场那边传过来,一个身影让百叶窗落在这一成不变的乡村里。

21

这几天,希尔达一言不发地四处走动,倔强地保护着她心中的那点确然(她确信他们能离开)。她又犯咳嗽了,可她并未察觉。他们会离开的。他已经写过信了。他们会离开的。希尔达在头脑中将剩下的几周标记了出来。她不再去管这些,或者就像枯叶一样无视它们,还有那一团旧的日历等待着被撕毁。今年的秋天如此短暂,第一场霜冻,家常的惯例,都是一次偶然发生的机械进程,它们几乎无法触及希尔达·哈里迪。

奥利弗看着希尔达。他感觉不到任何苦涩,此时的她比一切都陌生,她不再扮演他生命中的任何角色,他一定要让她去追逐自己的生活节奏。她再也算不了什么。

他转过头,心想,希尔达只不过是一种无法避免的存在,出现在我生命中必要的时刻,我们谁都不觉得这有什么错,谁都不认为还有什么可期待的,直到那种落空的感觉自然而然缓和下来,如今,我们甚至不能从幻觉中得到慰藉,我们必须认识到落空的现实。孩子们,希尔达说,还有孩子们呢,显然忘记了他们是从幻觉中跳出来的。希尔达这样说,一部分是源于她的宗教信念,也是全世界的宗教信念,是闭着眼睛看不到现实的欢乐谷的宗教信念。也许这样更好一些。或许希尔达才是更加明智的。一个人脸上——又不限于脸上,突然溢出容光,指向黑暗中意义深远的轮廓,这令他叹惋。这就是艾丽斯。再三思量后,你知道这没有什么不对,这并不是道德的瓦解,这是一种世界的思想,而你永远无法忘记这个世界。希尔达不会让你忘记,欢乐谷也不会,那个满心憎恨的老妇人站在那株死了的天竺葵前,活力全无,只有那颤动的舌头发出声音,小心,安塞尔太太,她的眼睛也透着恨意,因为害怕,因为你害怕看到别人放任掉那些你自己从不敢松懈的愿望。所以,你释放出一阵怨恨之风,让它扇动那些死了的天竺葵的叶子。可是,艾丽斯并没有受到它的影响,她没有意识到。这就是艾丽斯·布朗奇怪的地方,就好像她对于外部活动的意识都被她那想要实现内心变化的想法麻木了。那种想法写在她的脸上,他喜欢她的脸,他只能集中心力去感受那一贯的现实融化成一种状态,在这种状态中,琐事与困难都有其可怜的一面。他想,我明白,欢乐谷也有其可怜的一面,即便这强有力的欢乐谷一开始会让你刻意去想,毁灭与残忍就是一种让你对其流露出怜悯的人类核心。而这种怜悯并不属于希尔达,她的怜悯是建立在恐惧之上的,是对人类拼命争取最终成功力量这种行为的怜悯,这并不是从艾丽斯那里明白的,不是艾丽斯,怜悯并不是恐惧。

这一切都发生在欢乐谷的同一个秋天,就自然现实上来看,它表面上和其他秋天没什么区别:以其自身活动的形式埋下一个陷阱,然后让各种东西慢慢陷入其中。秋天是严寒伊始、冷风压抑的季节。在这样的季节里,似乎并没有什么事发生,然而却又发生了好多事。因为这时,艾米·光达感觉到那些沉睡且令人恐惧的激情开始躁动,那天下午哈根来到镇上,然后去了莫里亚蒂的家,莫里亚蒂也感觉到什么事正在逼近,还有学校里那些眼睛和面孔,就连西德妮·弗尔诺也压抑着、不去思酌自己的渴望。他们每个人都有自己的问题,却不向其他任何人求助,这再自然不过了,因为欢乐谷就是这样。它随时都在准备着迎接冬天的到来,于是那些害怕冬天的人开始害怕起来,而那些没在欢乐谷过过冬的人是不会明白的。如果你在这儿过过冬,就会知道,就会发现人能够承受多么极端的残酷;然而,不管你经历了怎样的残酷,在冬天,在欢乐谷,它都会成为一种典型。

奥利弗·哈里迪并没想过这些。希尔达说,冬至以前,我们就要离开,去昆士兰,我们得逃离这儿。听到这番话,他只觉得世间在这一刻被遏制住了,使他无法进入即将到来的阶段。此外,艾丽斯也不曾想过冬天,因为她已经不害怕了,冬天来与不来她都不怎么在乎。这就是意识被遏制住的最糟糕的后果,因为你无可避免地要抽身回来。当下仍是秋天，离赛马会的日子不远了，奥利弗就是上来参赛的。他也不清楚自己会做什么，或是会说些什么，一想到这儿就让人痛苦。

所以，他也不想了。一天晚上，他来到艾丽斯的家中。他想，我要把某些东西说开，倒不是因为这有多么重要，只因为有些人身在其中。他一路走上山。他觉得自己老了，走得气喘吁吁，这是他此前从未有过的感觉。可是，他又想，毕竟，这也再自然不过。

他上去时，艾丽斯在走廊上织补袜子，她上下打量了他一番，就像某人看见了家中的常客一样，他经常到这里来，于是你看到他也没有什么特别的反应或是准备，甚至动都不动一下，其实，这是因为这个人已经成为你生活中的一部分，而这也是你理所当然接受的事。

"去那个椅子上坐下，"她说，"哦不，那上面有钉子。"

"有吗？"他看着她的针穿过丝线，含含糊糊地说。她埋着头，并没有看他，只有那变化的音调告诉他她知道他的存在。有时候，他会闭上眼睛去听她的声音。

"真有趣，"她说，"都这么多年了，我都没有被那个钉子扎到。"

艾丽斯·布朗心想，这些年我一直都在等待，浪费了那多么光阴，回过头看一看，大部分时间还真是被浪费了，在悉尼的修道院，还有，住在和修道院一样清静的这里（尽管身体的清静不如心灵的清静），一边接受着别人让我接受的东西，一边等待着，好像只要有所等，那么等待就不是在浪费时间。她手里拿着袜子。风吹得猛烈起来。

她说，"我们得进去了。"

"不，"他说，"不要进去。"

他坐在那里，背靠着走廊里的柱子。

"你要跟我说什么？"她问。

"没什么，"他说。

像个孩子一样,她说他不爱她。

他没有说话,她将手放进袜子里,然后举到有光亮的地方。

他说,"艾丽斯,希尔达和我要离开这儿。"

她努力把袜子举到光线下面,她不知道,她朝外面看了看,天已经快黑了,光线微暗,施密特家的牛拖着影子排着队爬过山坡,就像从嘴里说出的话,或是一种麻木的想法。她感觉自己被孤立在一块小小的土地里。她已经被排出一连串已经发生的,或者正在进行的事,可此时的她依然一动不动。

她说,"是啊,希尔达。"

那是一种抽象的想法,他的妻子,那个给她开门,还说他去康巴拉了的女人,只有这么些特征,其实,她并没有怎么去想希尔达,她不过是一个不相干的人,可是为什么呢。

我是为了希尔达才这么做的,他说,还有孩子们。但和你没关系,也和我没多大关系。可是我们要离开了。他说,我们要去昆士兰。他从自己的声音中感觉到这解释太过俗气,可是或许没有这么痛苦。我和一个叫贾斯维特的人交换诊所,他说,希尔达受不了这里的气候。我们会在中途把罗德里留在悉尼。他要去那里上学。

奶牛慢慢地穿过山去,它们的叫声总是意味深长。可是天很快就要黑了。她在等待着黑暗。也许,那时会容易一些吧,又或许更难,因为他们说你说话的时候总是一副麻木的样子。

"我们并不经常谈论希尔达,"她说。

我们本来就没有经常在一起。

这个女人一直都是他的妻子,直到你醒来,看到你自己,也就是那个深陷爱河的麻木不仁的女人。

为什么不能去想这些事呢?她问。这就是所谓的刻意的残忍吗,就是控制住自己,使自己与自己不想去想的东西隔离开?

黑暗中,他伸出手,触摸她。她曾希望他不要碰她。活在思维中,活在清晰的心理认知里，做一个几乎不是你自己的人，这样要容易一些。可是，他正在触摸她，正将她带回那充满痛苦的含混地带。

她说，我不能去想。我只是隐隐约约知道自己不能去想。看，你明明知道这会是重要的东西，或许再没有比这更重要的事发生在你身上了，你无法将其抛开。你做不到，做不到。

"那现在呢？"他说。

"是啊，现在，"她说。

他感觉，一个词就能引发一阵沉默。她的这个"现在"就像一颗穿过黑暗中的珠子，落在什么的底部，是什么呢，他也不知道。他握着她的手，等待着。

如果你有那种感觉。

什么感觉？

那也是我要告诉自己的，艾丽斯。如果两个人都有那种感觉，那么它就不能被否定。

他们就站在那儿，亲密地站着，因为该说的话都已经说完了。她希望他不要再说话了，希望就像这样，或者那被触摸时的舒适感远比语言让人宽慰。他要走，和希尔达和孩子们一起，那三个奇怪的人，她一想起他们，除了奇怪，再无其他感觉，或者他们还比她现实。他们要去昆士兰。她跟随思绪一起来到了模糊的未来之路上，一点点的距离，她却宁愿停下来，因为那似乎毫无意义，一切都不能成形，不管是在这里也好，还是在其他地方也好，都没有确切的艾丽斯·布朗的影子，就好像她被时间抛弃了一样。可我并不算什么，她说，如果我算得上什么的话，也就不会一无是处了，正如他说的一样，他说，这就是我的目的，这是一种有目的的行为，知道它，了解一切。她上下拍打着他的手。

"艾丽斯，"他说。

"嗯，亲爱的。"

她把手放在他的嘴上，用手捂住他的嘴，她的心在当下画地为牢，阻挡着时间的入侵。

22

　　当秋季赛马大会到来的时候,欢乐谷就变得热闹非凡,处处闪烁着兴奋的光芒。离比赛只有一两周了,就在那个星期五和星期六。星期五,艺术学校还会举办舞会,或者像广告上宣传的那样,赛马周大舞会。栅栏上,那些由当地媒体制作的黄色海报已经开裂了。小一些的海报被贴在光达家的玻璃窗上,那是个苍蝇约会的地方,被秋日的金黄阳光洗得灰白。你能感觉到穆林、康巴拉、格伦湿地和欢乐谷之间电话线中,正发出嗡嗡的声响,但你也能感觉到它们焦点都集中在欢乐谷。伴随电话响,人们也开始忙碌起来。记者们开始在欢乐谷的办公室门前结结巴巴地报道,女孩儿们在她们的手套上缝上扣子或是在去年的裙子上重新缝上一朵花,马儿披着黄色绶带和毯子,拉着花车,脚步轻快地穿过大街。

　　到了星期五那一天,大家涌进城里。酒吧里非常拥挤,吧台上连手肘都放不下。面包工人和康巴拉的中国佬,以及戴着帽子、留着破指甲的小男人,哑着嗓子的赌场老板和他的职员们,那些透过一杯黑啤酒无聊地窥视的模糊的脸都在这里,他们漫无目的地谈论着赛马、降雨量、羊毛产量。就连街上的狗都很兴奋,一只黄色的母狗用舌头舔着一辆满是灰尘的汽车。有人在讨论会不会下雨,他们说最少星期三会下,因为每到第三年都会下雨,还有,1928年,有个叫米切尔的赌马人开车从穆林过来时,因为急刹出了车祸,后来人们在车底下发现他的尸体,已经面目全非了。她看着镜子,噘着嘴,挑剔地想,大家是否还记得去年这件绿色的蝉翼纱,熨一下就会像新的一样,只要,只要在这里轻敷一下就好了。维克·莫里亚蒂仔细地检查着她的卷发。格蒂·安塞尔挤出一个位置,想着一切皆有可能,这是一年中最好的时间,推掉一切又何妨,不过

20磅的贷款。那个来自穆林的烘焙师家的儿子,从混沌中醒来,投入到那伟大的两天的狂热中去。

星期五的白天还比较平静,一到夜晚就逐渐热闹起来了。晚上,他们打开艺术学校的大门,一切开始变得疯狂起来。萨克斯的声音从墙里透出来,蕨类植物在花盆中喘息,带着细微的颤抖,他们傻笑着在抗议着什么。音乐声响起,一迎一还,渐渐深入了意识的底层,你不停地跳舞,哪怕热点也无所谓。星期五晚上的热,是闪亮的光落在满是汗水的脸上,地板也被脚步擦亮,手风琴拉出一长串波动的音符,你随之起舞。

查非·钱伯斯拉得非常好。那些女孩说,她们过去跳舞的时候,从他的两腿之间往上一看,有一抹微笑,那是查非·钱伯斯在拉手风琴。查非·钱伯斯喜欢拉手风琴。他感觉到了贴在他皮肤上的神圣勋章的温暖,感到了微笑和手风琴中变奏曲的伟大。他可以伴着一杯啤酒演奏一晚上,或者把舞台让给萨克斯、钢琴和鼓,只是在动人的声音中微笑。他曾是那个跟在姑娘们后面、穿着紧身衬衫的人,呼哧呼哧地爬上山看电影,不料唾沫从嘴里喷了出来,出了洋相,于是悄悄跑到小路上,正好看到了他和她又在一起了,她穿着绿色的裙子,头上戴着一个白花的花环。那人紧张地问他叫什么名字,他说,查非·钱伯斯,因为他从来没有过什么名字,可那是多么好的名字啊。那个穿紧身衬衫的哈根让查非·钱伯斯有些扫兴。他低下头,随着手风琴的节拍,掰着手指关节。

空气里交织着对话的声音,门在摆动着,玻璃嵌板上反射出弗尔诺太太的背影,她身上戴了足够多的珍珠用以显示她的身份。

维克·莫里亚蒂说,这些都和以前一样,她的脸靠着哈根的衬衫,太热了。嗒-嗒-嗒-嗒-嗒,维克贴着衬衫柔声唱道。我们以前一起去帕莱,她说,黛西、弗雷德和一个我认识的男孩,他叫哈利·雅各布斯,是福伊的采购员。你真应该看看哈利跳华尔兹,你没……亲爱的,怎么了?怎么像教堂一样安静。

埃弗里特太太对安塞尔太太和施密特太太说,现在还化什么妆,这又不是剪切工的舞会,但你又能指望一个热情好客的女人做什么呢?

一轮黄色的月亮从蕨类植物上升起,是瓦尔特·光达,他看见她站在门边,她紧绷着双唇,用手拨弄着她的钻石手镯,她并不和利什戈说话,他告诉她,他的马球玩得有多么好,但是她只是打了个哈欠。她很苗条,看起来很饥渴,她来到加油站,除了她要加多少加仑油外,什么也没说,然后把钱放在他手里,她鲜红的指甲触到了他的手掌。瓦尔特·光达叹了一口气。他把钱装进他的口袋,走到了蕨类植物的后面。

安塞尔太太对保尔太太和施密特太太描述了她所看到的景象,还说她让西德妮·弗尔诺小姐自己决定裙子要改多短,越富有就改得越短。

这时,哈根开始哼歌,继续振作精神听那些关于叫哈利的男孩的废话,他叫什么名字,艾奇·莫或者跳华尔兹什么的,就像是跟他有半点关系一样,这就是你能从女人那里听到的,她们从来不知道男人关心什么事情,或者男人要女人相信什么和相信女人什么。她有多大年纪了,就像所有女人那样,她用谎言掩盖自己的年龄,总是必须掩盖点什么,或者说她的脸皮很厚,或者说,哦不,好痒。维克·莫里亚蒂继续贴在他的衬衫上。大厅里是颤抖的蕨类植物,环环相扣的蓝色和红色的纸带,那是贝尔珀太太的杰作,她非常有品位,现在那些红色和蓝色的彩带和音乐一起振动起来。哈根的衬衫发出一声叹息。维克是对的,但是他说。那是个好人,是个……

"你怎么想的?"她问。

"这对你不好,"他说。

她咯咯地笑起来,她想说点什么,想要说,我是多么爱你,克莱姆,你是多么爱我,不是吗,当然只是在那个叫埃弗里特的女孩离去以后,总之,你懂的,不是吗,但是你真的懂得吗?

老弗尔诺在跟贝尔珀太太说话,他眼睛盯着地面,手按在坐骨神经上。哈根故意避开弗尔诺,他让他感觉十分不自在。即使她没有说,也不能说什么,因为在那些天,弗尔诺用那令人讨厌的眼睛望着他说,哈根,没有像你想象的那么糟糕,就是在苜蓿里放牧或者为阉羊打虫而已。西德妮为什么跟我说这些,好吗,是这样。他说,给她取一个男孩的名字,西德妮·弗尔诺。给她买钻石的手镯和发饰,显示她所拥有的一切,还有一点,当你从身边走过的时候她望着你,但是不会让你敬而远之,那就是她忧伤的原因,如果你邀请她跳舞,如果你邀请……哈根感到维克·莫里亚蒂在他怀里哭泣,衬衫湿透了。她站在门旁,穿了一件绿色的裙子或是银色的裙子,总之,那是一种银绿的颜色。她没有跳舞。有人谈起了马球。哈根感觉到了自卑,她让你感到渺小。但是,他想,非常想,到地下室去喝一杯,就像那双眼睛注视着他的眼睛一样。

在舞会中间,在不时的高谈阔论和剧烈的呼吸声中,渐渐地听到音乐声。乐队擦了擦被捧腹大笑累得筋疲力尽的嘴,他们仿佛被报纸的影子吓了一跳,不停地喘气。我们要出去走走吗,还是站在台阶上,像一群孩子,满脸的好奇,或停下来耳语几句,或踏着步子,朝远处走去。他们开始按照节拍,敲出一长串的鼓点,仿佛嗅到了樟脑的味道,头发乱飞起来。

艾丽斯·布朗说她不会来,但是她来了,她现在后悔了,尽管是去是留都是无形的,都会让人心事重重。她说,就不该看,周围危险重重,万一在某个方向,看到一张脸在重重危险中凸现;仅此而已。片刻的麻木后,你说,是的,你必须离开,而且再也不回来,这说起来多么容易。只要你离开就会比现在轻松。她觉得我一直在等待一张脸,这才过了几个星期。这是将要发生的故事的一部分。我是足够坚强的。我坐在家里,足够自信,可以轻松地挑战镜子。

她的手碰到了玫瑰的刺,鲜红的血流了下来,血并没有干,但是会被弄干的,那是流动鲜血,会不留痕迹地痊愈。疼痛是不留痕迹的,除非你希望它留下什么,好让你放进个人的遗物箱里,等着一批又一批仰慕者来赞美它。一滴又一滴,它流着,流着,直到时间开始流动,只是时间不会凝结为永恒。告诉自己这些,她说,告诉自己音乐不是庸俗的,它不会流动,用血把血洗净。

"为什么,艾丽斯,"贝尔珀太太问,"你把玫瑰都弄坏了。"

"嗯?它被压坏了,"她说。

看着花瓣落在别人脚下。

好漂亮的一支玫瑰,弗尔诺太太说。那个可怜的医生,看起来真够累的。她说话带着一种残酷的天真,弗尔诺太太非常精通此道。她鞠了一躬,毫不吝惜她的善行,但她知道这么做是值得的,她用手抚摸着她那串珍珠项链,感谢它所带来的又一次社交胜利。

这乡村舞会如此有趣,她对贝尔珀太太喃喃地说。

尽管贝尔珀太太能够懂得,她的表哥是总督府的秘书,她当然知道乡村舞会只不过是弗尔诺太太生活中充满热情的例行休闲活动而已。贝尔珀太太喜欢被人高看一等,当然能够理解这一切。

在黑暗里隐隐听到从圣士会教堂里传出来的十二点的钟声,头就开始疼了起来。门边更冷一些,奥利弗·哈里迪摸着前额,漫不经心地看着。在希尔达的声音飘来之前,他说,我想我不能去跳舞,因为罗德里感冒了,在诊所里用热水瓶取暖,当你回来的时候可千万不要忘记了,当战争在巴黎结束,走进教堂,突然间感到很满足,像是在黑暗中抚摸一张脸,像……他挪动着双脚。他听见他说,你没有抓住机会,那枕头下面的变化,当变化时,你又一次拒绝了,思考,拒绝,再思考……她一定不要撕碎那朵玫瑰啊,他想喊,不要喊,他觉得如果他喊出来点什么的话,那轰动的感觉一定像是你在教堂里倒立一样,所有人都会认为你疯了,你不得不扶住座位才能停下来,直到你发现这是个梦。他用手抱住头,他必须停下来……他感到膝盖发软。

"出去吧,到新鲜的空气中去,"她说。

"我没事的。"

"出去吧。"

她用手拉着他的胳膊,是玫瑰的茎。她把他带到外面。

我认为我们说过……

"是的,"她说。"我知道我们说过什么。"

他让她领着,他感到一种走出噩梦的慰藉和回到现实中的清爽。

我说如果我们看不见也许会更好。直到我们离开的时候。

是的。但是要走出来。

保尔太太对埃弗里特太太说，埃弗里特太太又对施密特太太说，医生看起来身体不太好，她身体很好，带他出来，所以她知道，这不是第一次有人打开那扇门了。

音乐或是在风中旋转，和谈话声一起，交织在舞步中穿过大楼，随着走廊的声音一起弯曲，撞入寂静中。因为艺术学校很少被使用，所以布满了灰尘，它也习惯了被忽略，打着瞌睡度过一年四季。黑暗轻轻爬上它斑驳的脸庞。它非常老旧，是在商店之后建的，在它的廊柱上有一块标有它落成日期的标志牌，那标志牌比住宅的挡风板更有一种永恒感。关于那个日期，很讽刺的是，如果有人想要它屹立不倒，然而它现在必须努力不要那样想。它享受着它沉睡的价值，尽管它开始怀疑永恒的意义。它见证着黑暗慢慢充满整个放着餐桌的地下室。

艾米·光达用布擦着杯子，看着哈根喝完一杯啤酒后，大口大口地喘气。地下室里很冷，冰冷的啤酒、冰冷火腿和冰冷的水泥地。艾米·光达的手浸在潮湿的玻璃杯里，非常凉，她的小圆脸被玻璃杯映射得扭曲变形。她脸颊又红又黑，也许是因为音乐，也许是因为别的什么，她喜欢音乐，非常非常地喜欢。她扫了哈根一眼，然后又回到玻璃杯的反射中。有人跟她说话，她站起来，戴着眼镜的眼睛里充满了惊奇，好像被从自己的思绪中抽离出来一样。

喝过了啤酒，哈根感觉舒服了一些，尽管不是特别满意，留在喉咙里的啤酒，仍有一点点苦涩。他紧了紧裤子，因为他系了一条腰带，除了一条腰带什么也没有，他的手摸到了那几乎湿透了的衬衫。他感到生气，为什么要这样打扮。有人戴了钻石。如果把钻石从女人脖子上扯掉，那毫无疑问将是一场革命。他感到手很粗糙，维克说，你是个好人，把你的手放在这里，克莱姆，但是他不愿意想维克，他从他手中获得了快乐。他为他的手感到羞愧。钻石让你羞愧，如果你上去说，你真是个好人，像钻石一样，她不会和你跳舞，就看在旧日的情分上么，好的，就这样吧，她知道，那种被鞭子抽打的刺痛，是那种被人一笑置之的感觉。他把烟在地面上踩灭。弗尔诺小姐说过。等待到底有什么用,感觉手掌里渗出了汗珠,当然如果这样你都没事的话,请不妨继续尝试。

他们在地板上放了太多的东西,贝尔珀先生抱怨说。

贝尔珀先生整了整贴在脖子上的衣领。他对于周围压抑的环境有一种自己的说法。他能想到就是,西西会说什么,那件紫色的蕾丝裙,她不敢纠缠在他妻子的不快上。贝尔珀先生缩着他的肩膀,这是一个能在所有人都无法幸免的大灾难中全身而退的人。他失去了社交的兴趣。他走出去到黑暗中接了一杯水。

这不可能是十一月,也不是十二月。伴随着从萨克斯管里冒出的声音,她双脚在地板上的尘土里画着什么。她这样做不是为了看看过了多长时间,而是为了知道自己到底有多么无聊。她用脚写了一个"F",但是把"S"弄脏了。母亲会告诉桑德斯(Saunders)太太、利思戈(Lithgow)太太和布莱(Bligh)太太。她从包里拿出一面镜子,意识到她的唇妆花了,于是又重新画好。花三个小时看那些笨蛋自我陶醉,容易让人面色憔悴。她在心里说,我看起来血淋淋的,好像是被一些笨蛋看到了,但如果不是那些笨蛋而是自己班上有打人特权的那个就更糟了。又或者其他的什么人。一想起他和穿绿纱裙的女人跳舞的样子,上帝啊。

西德妮·弗尔诺迅速向上看了一眼,好像怀疑自己大声喊出了什么。但是似乎没有什么迹象,她并没有看到弗尔诺太太颤抖的背影。她的脚继续画着,对着地板叹了口气,正在犹豫着要不要跳舞。手镯又落回她的手腕里。谁是马拉美(Mallarmé),有些老家伙比你更了解自己,你究竟在想什么,那天遇到了蛇,只想冲上去打,继续和绿纱裙纠缠,那双手,那双粗糙的手,或许正抓着纱裙,要把它撕碎。海伦(Helen)说那有点疼。她把脚落在地面上。遇上了另一双脚。

"跳舞,怎么样?"他问。

他的声音已经开始走调,就像那天那样,好像是害怕了。哈根担心起来。

她看着哈根的脸。她感觉自己缩成了一团。她感到自己蜷缩起来,像是受到重重一击。他就站在那里,傻傻地站在那里,不顾用走调的声音邀请她跳舞。她站起身什么也没有说,眼神掠过他的肩膀。当她挽起他的手臂时,她的脖子感觉到了他的呼吸。

弗尔诺太太对哈根微微一笑。毕竟,这是一种荣耀,不是西德妮的,而是她自己的。然后她的笑容消失了,她想到了罗格·肯布尔和那个糟糕的下午。

"他们是天生的一对,"贝尔珀太太说。

"呃,那是什么意思?"弗尔诺太太低声嘟囔道,尽管贝尔珀太太当然只是随口一说,没什么特别的意思,就是一句无心而平常的话,因为贝尔珀太太也是个普通人,尽管她的表亲在总督府工作。

交织在空气里的华尔兹,让贝尔珀太太不断地点着头,这种感觉由于对华尔兹的模糊的想念和一杯啤酒的刺激而变得更加强烈起来。如果你愿意的话,那是一种能够让你爱上华尔兹的华尔兹。它在没有月光的黑夜里回荡。

她带着他随意飘荡,穿过尘土,他能感到他的脚在尘土中,感觉到那枝去了皮的玫瑰茎和华尔兹跳动的乐章。他不关心她把自己带到哪里去,太累了,都是尘土,这是他所等待的,由艾丽斯带领着走出这进退两难的处境,所有那些不真实的挫败都被藏在华尔兹平庸的乐章中。希尔达喜欢华尔兹。华尔兹让她谈起旧时光。

"我们去哪,艾丽斯?"

"我不知道,"她说。

她不知道。在黑暗里,却很满足。她感觉我们都忘记了自我,要是我们能够成功地忘记自我该多好,只是窗户还在,街道和建筑的侧影还在,但是我能抵御这些,我抚摸着他的臂膀,抵御这些从我们出走开始就无法避免的疑惑。

"艾丽斯,"他说。"我现在很好。"

"休息一下吧,"她说。

他的手抚摸着一块石头,或是一块砖,他能感觉到缝隙之间的水泥,它支撑艾丽斯和那堵砖墙。

"你觉得有人会注意到吗?"他问。

"注意到什么?这什么都没有。"

"是的,"他说。"我想,我想没有什么。"

她的声音确然而平静。他靠在墙上。夜更黑了,他的脸上十分平静,什么话也没有说。华尔兹幽幽地传了出来,它因为平庸而显得更加有力,她感觉到了,我必须小心点,我已经不是那个听华尔兹的人了,那个人几周前想出了这个主意。她不可避免地听到了那些话,那些话一会儿飘向她,一会儿又被音乐抹掉。闭上眼睛只是看不见那些无形的东西,她已经知道,即使她用一个具有阻抗力的姿势也是徒劳的。

"我告诉你什么了,"他问。"我们将要离开。就像我可能会离开。那时我相信自己,因为我要相信自己。那一定是真的,因为希尔达。但是艾丽斯,不是真的,所有我说过的话都不是真的。"

这些话和奥利弗的声音一起冲上了她的头脑。

"是的,"她说,"奥利弗,是真的。"

"你认为我不可能离开?"

"是的,"她说,"我是这样想的。"

他的手抚摸着砖块,感觉她的声音飘浮在空中。你的头在被什么东西舔着,正在抗拒着什么,我们在走上另一条路。

"听着,艾丽斯,"他说。"我们不会那样坚强,我们也永远不会,那是不值得尝试的。这辈子我曾经试图抗拒过有一点点强大的东西,结果什么也没有得到。这是伴随着努力抗拒而来的道德满足感,至少我们是这么认为,我们这样做,就应该这样做。"

"因为我们肯定产生了幻觉,我们自己嗑了药,这些是我们所知的在理想状态下的慰藉补偿。所以我们被道德满足感绑架。人是有道德的动物。那就是为什么我说我和希尔达会离开。去哪里?什么是道德满足感?"

"这是我们不能同意的，"她说。

她用手把玫瑰茎折断了。

"我们都离开吧，"他说，"我就是这样，我就应该是这样的人。"

是因为高尚，他觉得，这是科尔内耶（Corneille）在舞台玩的一个把戏，没有什么欢乐谷的精神。

"或许，"他说，"看清我是什么样的人是很令人伤心吧？"

因为，爱上一个人的不完美比发现自己爱上一个不完美的人要好得多。现在她不说话，遥远的华尔兹正到了一个寂静的时刻。

"不，"她说，她的声音更近了。"你知道不是那样的。"

"我认为我知道那是什么样。"

"但我们离开呢？"

她想说说希尔达·哈里迪。她来开门的时候，嘴里还在责备什么人。她摸那孩子的手时，他的脸转向了一边。他的眼睛不在希尔达·哈里迪身上。她的头发和毫无生气的华尔兹一样杂乱无章。

声音在街上四处回荡，大门倒在台阶上，从里面射出的灯光，灯光中人影和声音混在了一起。弗尔诺先生对每个人微笑，半睡半醒地微笑，他朝她跳舞的大厅瞟了一眼，看见了，那裙子和搭在哈根肩上的手镯。她没有看到他，但是他非常高兴。对于弗尔诺先生随意吐个泡泡，用个随意的眼神把它射到空中已经足够了。弗尔诺太太向她的丈夫滔滔不绝地描述其他人对她的崇敬。西德妮此时非常快乐。标签已经贴上，没有人，尤其是弗尔诺先生，敢把它揭掉。

西德妮·弗尔诺再次和哈根跳舞，没有一点矜持，他能感觉到怀里的那种无所谓，腿也能触碰到她大腿上的紧身裤，这让他有点不自在，之所以和西德妮·弗尔诺跳舞是因为他心中有些想不明白的事。他的衣领湿了，贴在脖子上让他不舒服。他想是不是应该开个玩笑。

"像跳舞这种事，"他说，"让他感觉自己被人评头论足。"

"我从不把跳舞放在心上，"她说。

那是你活该,不管怎么样,她这下算是打了你的脸,很疼,感觉就像是她的手是一根铁丝,香水味越来越浓,它是女人才有的优势。那晚他走过她的房间,她靠着百叶窗站着,他想要进去。维克·莫里亚蒂站在那里,看上去样子像是要杀人。该死的维克·莫里亚蒂,他说。他的手在西德妮的脖子上摸索,小心翼翼地探索着她的每一寸肌肤。但你必须移开,你不能比百叶窗上的影子更近,或是像收到邀请了一样随意地触摸,是该停下来了。他的手自然地滑到了她裸露的背上。

"不跳舞吗,莫里亚蒂太太?"贝尔珀太太微笑着说,"你和你丈夫今天晚上都在干什么?"

维克·莫里亚蒂整了整她的手帕,亲切的表情带着烦乱。

"可怜的欧内斯特,"莫里亚蒂太太说,"你知道,他心情不是很好。所以把他留在家里看书。欧内斯特很喜欢读书。"

看那边那个女孩,她正在和克莱姆跳舞。看她的穿着,衣食无忧的样子。维克·莫里亚蒂穿着她的绿纱裙,瘫坐在棕色的椅子里搽脂抹粉。如果可以,她会看他一眼,尽管她也不想独占着他,那跳舞又算什么呢。但是克莱姆说,我当然爱你,维克,可你还是怀疑,如果他离开了那房间,便不会回来了。维克·莫里亚蒂的目光陷在了哈根的脸上。这使你理解了那些报纸,那个女人被人们发现喝了汽油,身边或许还有一张来自心碎的维克的纸条,但只有汽油的味道,如果你没有在现场看到那纸条起的作用,那有什么用呢,如果有,如果没有,如果他把它撕碎了然后说,弗尔诺小姐,能陪我跳下一支舞吗。她看着艾米·光达皱了皱眉,你无法从食品商手中逃脱。为此你想大哭一场,欢乐谷食品商和克莱姆,还有该死的欧内斯特,玩得开心点,他说,就像这很容易似的。她站起身走到洗手间去看看她的脸怎么了。

"莫里亚蒂太太走了,"西德妮说。

她的头没有从他的肩膀上移开。她对着他的耳朵说起来。

为什么莫里亚蒂太太还不走?

她哼了两节华尔兹。看到绿纱裙的撤退，心中狂喜。

为什么莫里亚蒂太太还不走？

"我想一直跳舞。我想就这样在跳舞中死去，"她说。

她的呼吸刺激着他的耳朵。他们跳到了高潮，他感觉她柔软起来，她乳房动了一下。让你怀疑这是否是她的把戏。你走过一扇窗，影子脱掉了它的衣服。他把手按在她的腰上，那颤抖，她在颤抖。他咬紧自己的嘴。

她知道自己在颤抖，于是想要转身离开，或者发泄出来，把所有情绪都发泄出来。华尔兹的舞步，他的呼吸，他的手掌已经分开了。不，她想说，停，音乐，她想用手指去摸摸她脸上悸动的神经。她几乎倚在他身上，闭上了眼睛，感受着华尔兹温暖的律动抚摸着她的双峰，仿佛中午时分躺在那片草地上那般感觉。那音乐发出了最后一声叹息。她几乎一动不动地站着，手臂保持以一种僵硬的角度直直地靠着他，哈根，到底谁才是哈根。

他微笑地看着她，眼神镇定而冷酷，没有一丝怒意。她笔直地站在散场的人流中间，从牙缝中挤出一句话。

"我想母亲可能是想要回家。"

最后，是该收拾东西了，带着后悔，打着哈欠，悄悄地溜走。钢琴盖落下的那一刻，触碰到了一些深层次的东西，让你接受这已经结束。不要在回忆里或是睡梦里想起舞会上的那些人。灯光低沉，只想要熄灭，已经结束了，结束了，灯光叹息了一声，已经到了鸡鸣时分。

"如果你不害怕，"奥利弗说，"我们就去远方，离开这一切，我们到美国去。我会尽我所能把希尔达和男孩们安顿好。有些人只有在感觉安全的时候才会快乐。希尔达就是这种人。我从没给过她安全感，但是我知道那是她想要的。现在她或许能找到了，无论是她自己还是男孩们都会有安全感。当然，那是最好。"

"好，那就去美国，"她坐下，把小册子放在膝盖上，"去加利福尼亚州好不好？"

"不，奥利弗，"她说，"我不害怕。"

"我们什么也不要，就我和你，我不会碰希尔达的任何东西。我想马上就走。"

他觉得，为了深藏心底的愿望，事前把一切都考虑清楚，那太傻了，可能性太渺小了，结局让人害怕。他现在不去考虑结局。未来在美国，和现在要做不一样的事情，不要像家里人那样做详细的计划。他不愿这样想，他只是想离开。

"我们什么时候走？"她问。

他放下心来，感觉自己得到了保证。而艾丽斯已经在她家向他保证过了，正在等着他。

"明天，"他说，"明天晚上。"

她没有说话。没有什么激动的情绪。就像这样，她觉得这些花在等待上的时间都是不可避免的。这是我对我和奥利弗的计划中的一部分。我们的时间已经去了美国。

清晨，再不会去爬山了，公鸡打鸣也没有固定的时间，也没有人唤你回家，更没有了沉重的脚步。屋舍在寂静中打了个哈欠，留下那些面无表情的脸和沉重的睡眼。路标不知道指向何方，不是穆林也不是康巴拉，因为在昏暗的灯光下一切都变得漫无目的。一个白色的气球落在草地上，落在露珠上。

23

　　比赛第二天吹起了冷风,风在看台中穿梭着,在台下肆虐着。台下镀锌台柱上方的冷池里装满了啤酒。第三年了,有人说道,第三年总是要下雨,1928年赌马人米切尔就滑倒了——我们都知道的,另一个人说道,说完抬头看向天空。真是糟糕,有人摇着头说道,竟然在周六下雨,尤其是有比赛的时候还下雨。他们给西德妮送来了一匹叫英特威尔(Interview)的大杂种马,这匹圆脸的骟马在农场赢了场比赛。据说它的主人是邦巴拉(Bombala)峡谷里的,他在回家的途中经过穆林和快乐谷。他边这样说道,边往地下吐着唾沫。这样也就不用费力把那头该死的骆驼弄下火车了。有人说要下雨了。亚瑟·光达不知道在那里跟那匹小马干什么,史蒂夫·埃弗里特(Stevie Everett)在上面,已经吓得尿裤子了。喝了酒的人,要么打着酒嗝,要么说话含糊不清,或者目光呆滞地盯着。掉下的烟灰落在破烂的衣衫上。他们说,悍迪凯(Handicap)被牵出来了,史密斯和莫菲尔德在中间,在拐角处咒骂着。你可以自己看看它有多普通,莫菲尔德微笑着,但是一脸谨慎地看着它的体型。它的母亲是一匹黑色的老沃格特(Walgett)。但是那也只是说说,没有人说它不能骑,当然了,等它好了的时候。有人看了看外面,说下雨了。

　　看台后的空地,人潮涌动,人们洗着破旧的牌。空空的草地,草色仍是夏日的黄绿,人们大声呼喊着。人们喊得嗓子都干了,呼喊声中有种绝望的情感。查非·钱伯斯无助地站着,随着呼喊声他觉得他的脑子晃来晃去。一滴雨水落在他的身上,一股冷战拂过他的肌肤。真是糟糕,他们说道,糟糕,比赛还下雨。或许更糟糕的是,这不是谁的错。一个职员,迎着风,缩着肩膀,用左手擦了下鼻子,然后漫不经心地把鼻涕糊到账簿上。这时的比分是2比1。有人声音喊破了,开始咳嗽。奥斯瓦德·斯宾克(Oswald Spink)声称,像这样花钱,穿着雨衣,拼命地喊着,就为了买五块钱的乐子,并不值得。

第二轮比赛开始了。维克·莫里亚蒂并没有戴她为比赛准备的帽子,因为下雨可能会弄乱上面那大片装饰稻草。这时她正半眯着眼穿过十字门,因为她那天早上发现她半眯着眼睛看起来不错。但是这雨太讨厌了,那片装饰稻草已经垂下来了,像是衬着她的脸型,看着像是安婕妮皇后(Empress Eugénie)或者她见过的某人。雨,还有这一切,都让她觉得糟糕,自从克莱姆走后,她都没有合过眼了。维克·莫里亚蒂想象着她会跟克莱姆说些什么。哦,她会说些什么呢,她也不确定,她还想在比赛中小赌一番。但是,不管怎样,她都会让有些人相形见绌,只是可惜她少了装饰稻草。她戴着那顶装饰着稻草的帽子,看着非常优雅,这时福娄太太正好看了过来,的确有点可惜。

赛马准备着第二轮比赛,马儿们都在雨中焦躁地嘶鸣着。当驯马师翻身上马时,它们发出鼻息声,人们不由得挤近围栏,紧紧地抓着手里的牌。维克·莫里亚蒂兴奋异常,她穿着高跟鞋,扭着柳枝儿细腰,除了披着的雨衣和毛毡,实际上她非常优雅。要是有支乐队就好了,就像在兰德维克(Randwick)那里,人们在看台后上上下下,然后谈论着你的着装,有时幸运地会有免费的牡蛎和黑啤。但这里是欢乐谷,吃早餐的时候欧内斯特不停地抱怨着鸡蛋,似乎你得知道鸡蛋从母鸡身体出来后的历史般,你像是可以进去看看似的,我也想,但是没有人可以用一颗鸡蛋来毁了我这一天的心情。这时,一名驯马师看了过来。她看了看她的牌,笑了。要是有乐队该多好,什么都比不上乐队。就连那一次在公园里都有乐队。他们演奏着卡门的曲子,欧内斯特握着你的手,说时机到了,可以拿出戒指了。那天是星期天,欧内斯特前一天刚剪过头发。你会对此为欧内斯特感到遗憾,但是你不能总是感到遗憾,除此无他。看看你变成什么样子了,如果黛西没有被逼迫该多好。还有这些邮票,真是搞笑,就为了看有邮票的报纸,还要大老远跑去穆林。你走吧,维克说道,而不再对那个蛋指指点点,每个人看到那些邮票都会心生慰藉的。

已经十一点了,他们今天吃早饭的时间晚了些。因为是周六,维克说道,从被子里打着哈欠出来。他下午要去穆林看报纸,晚上还要去穆林的地区集邮家俱乐部。不知道邮票里会有什么名堂,维克说道,吐出一口的牙膏沫吐到抽水马桶里。马桶边用玫瑰装饰,粉红色的,梳妆用具是弗雷德送的。欧内斯特弄断了背带。给我,她说道,我想知道你离开我会怎么样。欧内斯特只穿着内裤站着看她缝。

欧内斯特站在那儿,不光是站着,双手垂着,看着她不耐烦地穿针走线。维克,他说,维克。他听到邮差又敲了门,然后信就到了大厅的油毡上。他弯下腰去捡,重复着这一疼痛的动作。维克咬断缝背带的线。给我,她说。是一些账单和传单。他把另一个放到起居室里的集邮册里,拿开了。走在大厅里,光线呈现黄绿色的菱形,油毡布破旧空白,信可能没有在这上面,只有邮差窸窣的脚步声。他把它放在起居室的集邮册里。油墨起伏钩成的线条里,没有日期、署名……我并无意冒犯,信中道,只是有些事情大家都知道了,而有人也应该知道。莫里亚蒂先生,你的妻子,即使是我有意冒犯,您也可以自己睁眼看看。我是为了整个镇子和您的声望考虑,别无其他。希望哈根和您妻子会看到我是为您好才这样,请原谅我。

"你裤子里面还大有风景。"维克说,"你的背带缝好了,你可以穿上裤子把它们遮住了。"

"谢谢,"他说,"谢谢你,维克。"

"你咋回事儿?你不反击吗?"

"不了,"他说。

"我并不想扫你的兴。你说集邮能带给你快乐。我觉得你还是在那里过夜好了,你不用赶回来。"她说,"还不知道啥时候能回来呢,怕你身体吃不消。"

"嗯。"他说。

维克梳着头发,从背后可以看到紧身衣与肩胛处的褶子。我想给你介绍我妻子,他和贝朗热(Berenger)说道。维克并不喜欢他,因为他有兔唇。他们

登记的时候总写着,莫里亚蒂之妻,或者莫里亚蒂太太。她说,欧内斯特,我可以写我自己的名字吗?我喜欢写自己的名字。他能感觉到自己的身体,以及呼吸,他觉得他要晕倒了,似乎这都跟他没有关系,他再不能照顾好自己的身体了。他转向了邮差,进了起居室。一切都在那个集邮册里,但是他不想看。哈根说,让我来吧,然后拿着他为维克准备的外套。他会拿着外套,维克会说,可怜的欧内斯特,我不想离开,要知道你要是回来,家里这么冷清该怎么办。哈根说,你妻子会为你好而原谅我的。欧内斯特穿上裤子,看着地面,他觉得自己可能会摔倒。但是没有,他毫不费力地穿好了。

"格蒂!"维克扯着嗓子喊道,"我还没忘记鸡蛋的事儿呢,哪怕是你忘记了,我也忘不了。我忍够了,真不知道我哪儿来那么多耐心。"

他进了卧室。

"欧内斯特!"她喊道,"我把你的睡衣放在袋子里了,你可以在皇冠旅馆睡一晚。我都没合过眼,我今晚要好好睡一觉。"

格蒂·安塞尔拿了个鸡蛋给他,生着闷气。她还没洗脸,手上还有黑色的灶灰。

"不用了,"他说,"我不想要鸡蛋。"

她吃惊地看着他,然后放下鸡蛋离开了。

欧内斯特盯着一个鸡蛋,心中道,请原谅哈根向你问好。带上你的睡衣只是另一桩匿名通奸,像是一个笑话。说的是维克,噢,不是维克,可能不是维克。他想说,这不是你,维克,信上说的不是你。他想这样说。他坐在椅子里,一语不发。隔壁传来维克的歌声,还有她把盘子拿下床的碰撞声。他说,维克,我想跟你说,在黛西的房间里。好吧,欧内斯特,她说,我知道你怎样想,说吧。他却不知道说些什么。当维克握着他的手时,他看不到她,只看到哈根和他的金牙,他的笑脸,或者维克和哈根交织的笑脸。不是这样的,他说,不是的,他拿起勺子,觉得一股气涌上喉咙。他拿起勺子向鸡蛋打去。鸡蛋发出碎裂的声音。哈根笑着。因为很臭,房间里臭得像一颗臭鸡蛋。

"维克!"他大声喊道,"维克!"

她穿着睡衣忙不迭地进来,睡衣半落,上面有大朵的花。她看起来很惊恐。

"你到底怎么了?"

她开始皱着眉,不再害怕。她看着他在椅子上打着哆嗦。他知道自己在颤抖,他没有力气说话了。

"服了你了,"她说,"日子怎么过啊!大家还以为你不知道有劣质鸡蛋呢。"

"很臭。"她说。

他能感觉到鼻子上的眼睛都在颤抖。

"你是想要我去跟生蛋的鸡谈谈吗?又不是我下的蛋。"

接着她把蛋拿走了。她弯腰去捡鸡蛋时睡衣开了,他想要把目光移到桌子上,闭上眼,他想要这颗心停止跳动。

欧内斯特整个早上都坐在起居室。今天是周六。

"我把你的票据都放到箱子里了。"她说,探着头,"现在不生那个蛋的气了吧?"

人们穿着他们最好的衣服到街上看比赛了。

她穿好衣服,说:"走之前吃午饭吗?有块不错的冷猪肉。但是你要赶时间,不能错过那班车。"

"不吃了。"他说。

他坐在那里,听着她蹬着高跟鞋出去了。"我要去穆林了。"他说。她答道,"钥匙在垫子下面。别误了车。"他起身,顺着墙看过去。"时间到了,该拿箱子、票据和睡衣了。"她说。

维克·莫里亚蒂倚着围栏,看着赛马被牵了出来。人们为冠军欢呼,请他喝东西。小伯纳德·施密特把他的太妃苹果掉到了泥里,可怜的孩子哭得可伤心了。但那哭声被人群的呼喊声吞没了,呼喊声穿过围栏传到看台上,或者在雨中消散。看台的帆布上雨水不断地滴答着。旗子艰难地在风雨中飘摇着。维克·莫里亚蒂回过头看,一张十先令的票在她手里揉碎了。她想哈根可能会在看台上。有人可能撑着伞打着赌,有的人会孤注一掷。但是,等等,她说。她不确定,但是有种刺痛感,她的鞋子漏水了。这个世界真是不公平。

前面座位旁,亚瑟·光达抚摸着他叫嚷的小马。他的手摸着它,有点紧张,他能感觉到它的皮肤顺着他的抚摸的跳动。亚瑟的小马真是值得,他们说道。马儿对眼前这不是光达家后院的褐色马厩有些躁动。它用蹄子踢着地面;用牙齿温和地咬着亚瑟的袖子,为他担心。好了好了,亚瑟说道,并不是对马儿说的。随着人们的叹息声,第二轮比赛开始了。从看台到围栏,叹息声穿过细雨,停留在了亚瑟·光达耳边。就像在街上玩耍的孩子们,大家看着亚瑟。或许是他的眼睛,白色的眼白,附上虹膜,还有整个亚瑟·光达这个神秘的个体。小马嘶喊着跑进雨中,接着在一阵阵鄙夷声中宣布了第二轮比赛的结束。

贝尔珀先生站在看台上,看着自己的经济保证因为两张破牌科秘津(Comeagain)和罗萨贝尔(Rosabelle)而摇摆不定。尽管第二轮比赛只是第二轮,不是整个比赛,但是"英特威尔"仍然炙手可热。贝尔珀先生把下巴放在即刻飘起的红旗上。他紧紧地盯着科秘津和罗萨贝尔的牌,眼睛没有前天那样闪亮了。贝尔珀先生在乡村会议时经常会这样说,我告诉你,然后停一下,变换一下关键词,吸引听众注意力。在乡村会议上,他会说,这是一种傻子的游戏。然而,这并不能阻止贝尔珀先生犯傻。他现在坐在看台上,嘴里哼着小调。因为到处都是五美元的票。西西说,你心脏不好,乔,然后给他倒点东西喝。他想要考虑考虑。他进了穆林,他们在谈论着这次危机,似乎是某种新疾病。问题是不能喝任何东西。你说事情会好转的,或者正在变化的,或者多变的,不是像这样的,这样才让人放心点。事实上,尽管贝尔珀先生喜欢概括,可是在莫里亚蒂家的夜晚当他热情地谈论能源的管道化时,他发现自己不再相信响亮的口号了。他坐下来,下嘴唇翻动着。乔,他妻子说道,你让我感到害怕。

我们都在同一条船上，她说。但是事情到底是怎样，或者是在哪一条船上，贝尔珀先生并不知道。他并没有提到迪卡钢铁或者纽卡瑟煤铁公司。这使得她丈夫伸出舌尖，然后盯着一个赌马人的牌角。

哈根擦过贝尔珀先生，身着一身雨衣，走下楼。他没有停下来跟贝尔珀先生打招呼，只看了看他的帽子和脸，就匆匆走了。他或许应该打招呼的，只是在这种场合里不会，有点阶级区别在里面。所以，他就挤过去了，他认为自己的做法会被他们说成是一个想要故意掩饰被认出来的人。一个人转身走进了雨里。从哈根的头上看过去，不是看哈根，而是随意地看着雨里有什么，让你想咒骂。他从人群里挤出来，然后进了酒吧。

瓦尔特·光达咯咯地笑着，他已经喝得很醉了。

"你好啊，哈根。"瓦尔特说道，发黄的手里握着杜松子酒之类的。

"二盎司威士忌。"哈根说道。

瓦尔特·光达说道，这儿离公墓不远。噢，她说道，我知道。荨麻会刺人的。老法科纳太太(Mrs Falconer)下葬第二天就是周六。她的墓边都是枯花。

瓦尔特叹口气，嘴边挂着气泡。

哈根喝着威士忌。乡村酒吧的酒掺过水，味道淡，都不值得提。他觉得，就像这杯威士忌一样，单调，他握着杯子，这样就不会弄破，碎片会弄到手上。他想要打碎她。她在附近跳舞，你将手环在她腰上，她非常瘦小、玲珑，面庞好像在远处，说着，妈妈要回来了。她看过来，你就像空气一样，或者是她根本就不想触摸的东西。即使是最后一晚，你信誓旦旦，莫里亚蒂太太离开了，她说。她已经忘记维克了。瓶装威士忌劲儿太大了，是时候吐出来清醒了，要是加了醋就不会喝醉了。

形式上是弗尔诺赢了，酒吧侍者说道。

"弗尔诺？"他说，"不可能。"

他"砰"地摔了他的酒杯。

"太多把戏了。"他说。

她绕过他的脸看向雨中。他想要揍那个女孩。

"亚瑟赢了比赛。"瓦尔特·光达说。

"比赛?"侍者说,"瓦尔特,比赛还没有结束呢。"

瓦尔特抿了口酒。

"噢,反正,"他说,"反正亚瑟会赢得比赛的。"她的墓边花已经枯萎了。

哈根很烦躁,听着一个粗俗的中国醉汉胡言乱语,真的很无聊,于是他走了出去。

"喔,"维克喊道,"是你啊。"

她漫步到奥斯瓦德·斯宾克(Oswald Spink)旁,打听赌局状况。因为那样会让你感觉好一些。加拉哈特先生,斯宾克先生,她说,哦不,我不是要直呼姓名的。然后往后看,看克莱姆是否站在那儿。她能感觉得到水浸到趾头了。难道不会让你哭么,比赛。当她转身,什么都不说,其实你想说,你不是这个意思,克莱姆,不管赛马是出去了或者陷在泥里了或者其他的,谁会管一匹马呢。维克·莫里亚蒂手里紧紧地攥着十先令。我得把握住他,她说道,听着,我实说了,克莱姆。你不知道,他要去穆林,就在今晚。因为我不在乎了。维克·莫里亚蒂的脸都皱了。

在"英特威尔"身上下了赌注的人们呼喊着。

赛马奔腾而出,闪烁着钢铁般的光芒。他转过眼,这是史蒂夫·埃弗里特(Stevie Everett)首次参赛。他橙绿色相间的衬衣都贴到了身上。赛马障搅起了一阵躁动。弗尔诺的母马身形肥壮,沾满了泥。报纸说英特威尔在旗杆上积聚了云彩。它的马镫刺入下面,刺入空气中。光达的小马储存着力量,龙卷风似的。这些中国佬在小镇里可能会以2比1或者5比1获胜。人群拥挤着,呼喊着,扯断脖子都要去看看开始两天比赛的成果,当气球升起时,人们会把胜利的缰绳套在获胜的马匹身上。

他们挤成一团推搡着围栏,接着蜂拥而出,在空寂的景色里添上了一条彩色的人流。雨水拍打着肌肉,混合着呼吸声和风声。他们冲到风中,冲到灰色的空地上。色彩打破了灰色。它发疯似的肆虐着。赛马像一条有弹性的线盘绕着。可以听到泥巴黏住它们的马蹄。可以听到它们急促的呼吸。几乎可以听到色彩冲破一丛树木。人群就挤在围栏边,向着赛马挥手。这么多的木偶,这么多的线。驯马师握着缰绳,并没有完全控制住它们。

亚瑟·光达抓着围栏。他努力站直,人群挤得他都快不能呼吸了。跟一些东西隔太远,或者是小马,能感受到他的肌肉。在马厩里,伸展开,看着色彩移动着,与前面的融为一体。他感觉到了风。马蹄溅起的泥飞到他的脸上。马蹄声在噪声中渐渐衰退。英特威尔完蛋了,他们说,它黏了那么多泥,身上那么重。第二圈时它们成旋涡状跑。亚瑟·光达向前看去了,笑了。他等着,踢着脚,抓着围栏。他停止了呼吸。因为他不再是亚瑟·光达,而像一颗橙绿色的露珠穿过树林。亚瑟·光达的小马,他们说道,他的马领先了。他没有听到这些,他耳边只有急促的呼吸声。他们在场地边慢下来。他感到一阵疲惫,几乎要闭上了眼睛,只有呼吸还使得他张着嘴。他听到后面的声音。史蒂夫·埃弗里特的脸苍白,靠着一匹叫嚷的马。亚瑟·光达垂下肩膀。风停了。

一个中国佬!有人怂着肩喊道。是因为天气。都是泥巴,那么重,马会受不了的。

贝尔珀先生又撕了两张票。谁会想到比赛会是这样,谁会想到亚瑟会赢呢?

维克·莫里亚蒂几乎要被感动了,亚瑟赢了。她抬头看,马的鼻头是粉红的。她知道比赛结束了。她低下头,望着手中的票。加拉哈特先生,她问,只是为了可以转身,但是她转身了,什么都没有,只有闭幕式。她松手,任票从手里落下。我得去见他,她说。她从埃弗里特太太身边挤过去,她正拿着报纸挡雨。她去看台角落边,经过小便池。她穿过排排座椅。我得去见他,她说。她能听得到自己踏进泥巴的声音。她脑海中只有一个想法。我得去见他,我不在乎,我得去见他。他正站在赌马区的后边,点着一支烟。

"克莱姆,"她说,"我到处找你。"

"我又没去哪儿。"他说。

"不要生气,克莱姆。"她说,"我不是这个意思。"

"什么意思?"

"故意不理睬你。"

他顿了下。她抓着他的胳膊。维克·莫里亚蒂当着众人的面这样,似乎她这样想猜他的心思能让他在乎似的。

"是吗?"他说。

"是的,我认为。"

"那,我不这样认为。放开我。"

她想要哭。

"克莱姆,"她说,"不要这么狠心。"

西德妮·弗尔诺经过。她脸旁垂下的头发抹了啫喱,表情冷淡地从旁经过。他本可以赶上她,把她揍一顿。他不知道自己可能会说些什么,他看着下面。

"浑蛋,"他说,"放开我。"

她开始抽泣,雨水打在她的唇上。西德妮·弗尔诺上了车。他想要跑去阻止她的车启动。维克抓着他的胳膊。天呐,真是一番风景啊。汽车缓慢地驶离了。

"现在,"他说,"你满意了吧?闹够了吧?"

"我并不想闹。"

"不想,"他说,"你就是忍不住。"

"但是昨天晚上,还有今天。我想说,克莱姆,我必须这样,结束的时候你得告诉我。克莱姆,你不能退出,你不能。"

她呜咽地说着,嘴唇裂开了,脸上一脸泪痕。有人说莫里亚蒂太太走了。他想要堵住一张嘴,他的嘴还不能脱口而出一首歌。

"欧内斯特去穆林了。"她说。

她看着他,焦急地等着,或者想要抓住他眼里的神情。她的声音就顿在这儿了。

"我们不能像傻子样地站在这里。你最好打理下你的脸。"

他的声音最终平和了些。

"但是欧内斯特,"她说,"你会来吗,克莱姆?"

她站在那儿等着。

"嗯,"他说,"看吧。"

或许会去吧,因为也没有别的地方可去。维克并没有错,要是他能抛开那种想法,并感受到她的情绪。

人们的目光已经被磨平了,情绪已经被消耗了,牌都被踩在脚下,比赛结束了。这天过后没有了期待。他们没有目的地闲逛着,期待下一场比赛。结束了,或者说,终于结束了。旗杆上的旗子像是跛脚的人抖动着。又一年的比赛结束了,他们说道。一切已经发生的,没发生的。输掉的钱和戴过的帽子。但是他们静静地等着,或许是最后一分钟的狂暴,或许是因为不是回家的时候。因为回家就意味着从根本上接受了失败。

我带我的女儿去了比赛,瓦尔特·光达唱道。

他在看台后打着趔趄,试着去接雨水。

24

独自一人让她觉得有点害怕。一只,或者两只蛾子拍打着翅膀,墙上的影子如真人般大小。凡是预示着死亡的东西,蛾子或者鸟,她都不敢伸手去摸。蒂尼死的时候,躺在一片长方形毛巾里,她都不敢摸。尽管我喜爱所有的狗,她说,当你想起对一只狗的喜爱时,当然是在它变僵直以前。欧内斯特拎着蒂尼的后腿,看着自己的宠物被拖走,她哭喊着。尽管欧内斯特喜欢蒂尼。噢,天呐,我可怜的蒂尼,她说,我希望我们有个孩子。因为蒂尼死后,让人觉得什么都没有。欧内斯特说,是的。他钻进睡衣里,咳嗽了一声。她缝制了两双拖鞋,一样的样式。但是第一双不怎么好。但它毕竟是我的劳动,她说,我不会轻易放弃。欧内斯特还夸她勤劳。

他忘记把拖鞋带到穆林去了。它们在椅子下,她看见了,因为格蒂忘记带了,她总是忘记。看着拖鞋,她有些罪恶感。她转移了目光。她想起了果蝠。它们在果树下倒挂着,或者飞过树丛,尖叫着。蛾子的窜动让她很紧张。如果像他说的来,她说,我会听见他进来的,如果他来的话。拖鞋使她有罪恶感。她把它们拿出来,扔到橱柜里,发出一阵柔软的撞击声。也许我更喜欢欧内斯特,她觉得,听着拖鞋的声音。至少站在雨里时是这样。你不能抓着他的胳膊,只能摸。那是欧内斯特不能理解的。这就是为什么在床上他摸你,你想要抓着克莱姆的原因。那是欲望,欧内斯特会说。好吧,她说,是欲望使你等着路上的脚步声。就像《圣经》,黛西在听牧师讲道时咯咯笑着。那只大铜鹰站在圆球上,她说,在集市里当他触摸她时,她能感到冰激凌滑落进她的喉咙。她希望她生了火。

维克坐在那儿玩弄着手指。可能会起霜,这是一种不近人情,独自醒来的时候，或许克莱姆会留下来。一只蛾子撞到墙上，吓了她一跳。她想着果蝠，落在头发上，让人变成秃头。她捡起仙客来掉下的一片叶子。它枯了，棕褐色，在她手里沙沙作响。在马里克维尔(Marrickville)，她以前会弹奏一首叫《秋天的落叶》(*Autumn Leaves*)的曲子。这是一首描写落叶的曲子，是她看表演的时候在一个音乐展厅买的。她弹奏得很有感情，黛西说会使人想起秋天的落叶，使人悲伤。但是仙客来饱满地立在那里，粉红色的枝丫颤抖着，是一盆植物应有的姿态。她在碗中看到了她的脸。她轻轻地拍了拍她那不太卷的头发。可以从克莱姆的样子中看出，但是下雨了还能有什么期待呢。还有那个女孩儿。

维克·莫里亚蒂紧握着拳头。她来到壁炉边靠着，紧贴着壁炉，冰冷的玻璃贴着她的额头。是欧内斯特的钟。继续啊，她说，继续，滴答滴答。我忍不住，她说，你个笨蛋，滴答滴答。有些东西肯定能揭开伤疤，这件东西就是欧内斯特的钟。她看到那个女孩儿上了车，她不禁注意到车牌号，然后开走了。他说，好吧，再看吧，放松。你可能只是等着，没有感觉，还下着雨。她的手能感觉到她的脸发烫。

他来的时候，丢下了他的帽子，这使得她赶紧去听。

"来参加你的葬礼吧。"她说。

"是的，"他说，"没有带花。"

他开始用脚踢着护板。烟囱落下了些灰，掉到壁炉上的纸扇上。而格蒂本该在那儿生火的。

"您大驾光临啊，"她说，"寒舍蓬荜生辉啊。"

"噢，歇歇吧，维克。"

"或者不止呢。"

他看着她，眼神中透露着冷。

哈根用脚踢着护板，想要踢开或者用手。就像用手按着羊，它们咩咩叫着，闪着白色的睫毛。杀羊，或者和维克消磨时间，都是一样的，抱怨。杀羊或许没什么意义,或者只是为了早餐,或者……为什么她就不能静静呢?她在说着上次,即使她已经说过了。我们已经都听过了。

"即使你讨厌我,"她说,"你知道我爱你,克莱姆。"

她玩弄着桌布,声音咕哝着。

"好吧,懂了。"他说,"不要再重复了。"

"即使当她,"她说道。

"谁?"

他把她吼得脸都白了,愣在那里。

"没有谁。"

她的声音变成了呜咽,落在绒毛的桌布边。

他过来抱着她,她蹒跚着。这让他烦躁,让他想哆嗦,吻着,吻着一个柔软的她。

"好吧,"他说,"如果这就是你想要的。"

他的声音留在她的唇齿间。

另一个房间里,烛光在墙上拖着长长的影子,烛油静静地缓慢地流淌,形成了一个白色的池子。他躺在床上,手放在头后。她用她柔润的手抚着他的额头。但是,他不想睁开眼看维克·莫里亚蒂,她就像那一池烛油,苍白无力,似乎光芒已燃尽。她是那胸口跳动的烛光。你不能触碰,伸出手,却又不能触碰。或是像汽车,如钢铁般冷硬、顽固。它使你身体发热,同时又冷静地去思考。所以,他闭上眼,感受维克·莫里亚蒂而不是其他人的手。

哈根困惑着开始思考。这是一种全新的体验。西德妮是一个无情的名字。他讨厌他的困惑。

在这种沉默的氛围里,就像是迎着烛光和死人躺在一起。维克只听得到自己的呼吸声,别无其他。她现在不害怕了,即使现在不是独自一人,但是他躺着就像是自己独自一人。但是她的胳膊是温暖的,她躺着,眼睛瞥着他的肩膀线条,然后放在他的脖子上。她睡觉之前,仿佛有什么东西掉在了地上,就像钥匙的声音。她不知道方毛巾里还包着一只果蝠,那天晚上欧内斯特拿着手杖,说要出去关掉打霜的水龙头,于是他拿走了方巾。但果蝠不在方巾里。灯光也不像想象中那样照在树叶上,不是黛西用拖鞋打死它的。很可笑,像是片枯叶落在打霜的水龙头上。真冷啊,好吧,也没什么可遗憾的,她说道。狗叫的时候水龙头关掉了,但是果蝠不在方巾里。欧内斯特不想看到它的脸。他把方巾翻转过来,说维克,它已经死了。

她从睡梦中惊醒。

"克莱姆,"她说,"克莱姆。"

他惊醒。

"我做了个梦,克莱姆。很诡异的梦。"

她坐了起来,从镜子里看着自己摸着脸。

"你一惊一乍的。"他说。

他翻身的时候床吱吱响。他饿了,打着哈欠。要上北方,晚上的火车。在维利西斯克维克(Werris Creek)有法兰克福香肠,女孩儿在酒吧里打盹儿,她揉着眼睛。火车的蒸汽告诉你饿了,而不是女孩儿,不是维克,或是其他人。但是他的下巴还是一紧。他快速起床,开始穿衣服。

她看着他穿着衬衣站着,又开始感伤了。

"你要走了?"她说。

"看来是的了。"

她想要说话,她想谈论任何事。由于那件家具又长又咯吱作响,他的裤子阴影略弯曲。

"我认识一个叫爱德娜·莱利的女孩儿。"她说。

她不知道她的声音变成什么样子了。但她不得不说。

"为什么要提她?"他说。

"喔,我不知道,只是她的名字进到我的脑子里。你会喜欢她的,克莱姆。爱德娜是个好女孩儿,也聪明。她通过了许多考试,学了许多东西。她想要成为一名速记员。她父亲去世的时候她在跟一个叫莱斯特(Lassiter)的人交往，大概是个做保险的吧。但是我想起来了，爱德娜有本关于梦的书。在马戏团买到的，她是这样说的。有个女人蒙着眼睛，却能读懂你的心思。梦是一种暗示，懂吗？爱德娜买了这本书。是这样的，假如你梦到一匹黑马，一场旅行或者其他，你就在里面查，它会告诉你意味着什么。"

她得说话，不能停。她的声音在烛光中颤动。

"爱德娜怎么了？"他说。

他在打领带。他有条围巾，丢了，上面有人工的珍珠。

"爱德娜？"她说。

她思绪混乱。她不得不讲话。"梦使你觉得诡异，就像是翻转方巾时，看着镜子里自己的脸。"

"不要走，克莱姆。"她说，"不要现在。"

她提高了声音，在烛光中闪烁着。爱德娜，还有这一切，都让他觉得搞笑。

"那莱斯特怎么了？"他说。

天呐，他怎么会笑。

25

罗德里·哈里迪在院子里拖着步子。天上有几颗星星,仿佛连成一根晾衣绳,烟雾从房顶冒出来。他感觉有些孤独,因为,在傍晚看烟雾,总会增强你的孤独感。罗德里站在那里,看着烟雾,他知道迟早有一天自己会死去。他之前还不曾意识到这一点。妈妈说,可怜的沃辛顿太太死了,我们得给她家的女孩们写信,我们得扎一些花,我想,花圈就像一场葬礼。沃辛顿家的女孩们穿着黑衣服,妈妈将手放在胸前,那是早饭时间,他们在吃鸡蛋和熏肉,就算有人死了,你们还是得继续吃饭。死亡,就是皮博迪先生坟前的月桂树的味道和那些交叉的双手。死亡或许发生在别的地方,可它终会回归墓地,然后被常春藤覆盖。你下山的时候,还能听到常春藤在风中的声音。但你继续朝山下走,来到学校,希望不要碰到安迪·埃弗里特。埃菲·沃辛顿(Effie Worthington)的手裂开了。她在牧场时递给你一块姜饼,你咬一口,黏糊糊的,再喝下一杯牛奶。可是死亡并不在这儿,不在母鸡的咯咯声中,也不在杯中牛奶里。你会死,可还没有死,没有。还有这姜饼。

你知道自己会死,可你不知道那是什么时候,就是那样。烟雾围着一颗星星缭绕。你想到了死亡,于是止住呼吸。你明白,在黑乎乎的院子里意味着什么。你想要跑开。罗德里·哈里迪一动不动地站着。这一刻,死亡变成了一种个人的承受,而不再是穿着黑衣服的沃辛顿家的女孩,这是一个意义深远的时刻。这可能是罗德里·哈里迪一生中第一个意义深远的时刻。恐惧之余,还有一种重要感。就像一颗星星,以其独有的轮廓,固定在这一片黑暗之中,直到死亡的介入。他就是他自己。奥利弗、希尔达和乔治,大家的安全,已不再如此,也一样独特。安全的路线已经被死亡的意识打断。

长大就是这样。你已经十岁了。伴随着苹果香,时间悄悄落到了十一点上,那仿佛又是另一个十一点。或者,你在午后的阳光下睡觉,它赫然出现在与影子分离了的太阳底下。在这片森林和它的土地周围,没有其他的东西。后来你就知道了。时间开始在星光清冷的林荫大道上赛跑。你想举起手来。他想去告诉玛格丽特·光达,可是告诉她什么呢。因为你无法用语言将它说出来。它的的确确发生了,而你也知道,就这么多。好比一阵香味或者声音,你无法说出来。妈妈在屋里哭,你走进去,然后走开,你是明白的。她说,待在那儿,在走廊的阶梯上等着,手冻得冰凉。爸爸站在客厅的角落里,他说,罗德里,妈妈在哪儿。你别过脸。然后走到窗前,将他的烟斗往窗台上一敲。接着,你又别过脸。你走过妈妈的房间,她就关上门,你知道她不是在换衣服。她说,沃辛顿太太真可怜。她穿着淡紫色的衣服。一辆车从穆林的方向开来,他能看到车灯,一辆驶过的车,有着微不足道的车灯。他心想,我要长大,要去悉尼,要做很多事,只是还不知道要做什么。夜空旷而黑沉。爸爸在就诊室里弯下腰,他的影子也弯下腰,如果被他看见,他会问,罗德里,你在做什么,而你却不知道该怎么回答他。爸爸有时候让你感到害怕。爸爸也会死,窗台上的影子一抹而散。

　　罗德里走了进去。他不知道自己要做什么。他想走进就诊室里,说,爸爸,我想在这里坐一会儿。从走廊到门口,他一路寻思。他站在门口等着,不知道自己要做什么。

　　这时,奥利弗打开门,站在门口向外看。

　　是你吗,罗德里?他问。我还以为你已经睡觉了。

　　他说,没有,还没睡。

　　他们就站在那儿,看着彼此,又或者并没有看。罗德里在想如何将那些无法说出的话说出来。爸爸说,这么晚了,你该睡觉了。

　　他回答说,好的。

　　站在走廊上,你不能说什么,因为爸爸不会明白。

好，那么，晚安了。

爸爸的吻很粗糙，就像粗花呢一样，也就是那种摸起来很粗糙的衣服，你想说，想说你在院子里明白了些什么。可是你咬着唇上了走廊，灯光照射的一路好长好长，然后爸爸关上了门。

奥利弗走到屋子中间。他低头站在那里，想着，我之前在做什么呀。抽屉开着，纸散落一地，日记被撕了几页，他手中拿着从日记本上撕下的纸。然后，罗德里来到了门口。他说，爸爸，晚安。从日记里撕下几页，灯光照在上面，几月，几周，它变成了棕色，被用来卷烟，这就是过去，仿佛藏在日记的纸页中，轻易就被毁掉。然后，罗德里来到了门口。罗德里也是过去。奥利弗心想，一切就是这样。他撕下几张纸，然后砰地关掉抽屉。这个动作如此野蛮，里面的东西都晃出来一半。你莫名地抓着那纸页，或者旧的情感，让他们扰乱你，却没有勇气清除它们。好了，现在干净了，我可以呼吸了，此刻，我正站在未来面前，已经没有理由理会过去。他想，罗德里也是过去，也没理由去理会。他的脸停在镜中。他想，如果你能看到自己的良心，那么，它会是什么样子呢？那个优雅的、戴着听诊器的耶稣信徒。然后，他笑了，不知怎的突然就想起了蚕豆。

墙上挂着一张古老的全家福，照片上的人用那一贯的表情注视着镜头，表情在镜中变得纠结、发黄。这只是许多个夜晚中的一晚，不过多了一地的纸屑和一阵情感上的混乱。这种事可能发生在任何时候，在任何一个晚上，就像今晚一样，把箱子里的东西装进包里，走出去。他只能带上一个包。他也不想带其他东西，没有什么能与炉火旁那棕色的纸页相连，它们是属于另外一个人的。他在盆里洗手，两只手叠起来，又打开。手，就像这样。他看着那水和肥皂，以及挂在扶手上的毛巾。然后，他在毛巾上左右翻动，擦干了手，他心想，一定要走，马上走。他一下子走开，一定要走了，一定要在这种机械行为被打破前走出去。

在大厅里，他撕掉了外套的标签。屋子里很安静。傻傻地看着外套，和那

撕下的标签,希尔达说,奥利弗,你不能像那样出去,别人会胡乱猜测的,希尔达看着针说。因为希尔达就是良心,罗德里来到门口时,那个小声说出的词又出现了,直到你将头埋进手心,身体前倾,祈祷有人能用绳子吊起你的头,伯基特说,那是西贝流士(Sibelius)①的曲子,你等待着弦乐器,等待着那清晰的调子,而不是这已经逝去的词,你整个人回到过去,回到嗓子里或是那遥远的号角声中。然后,你看到这个节目发出吱嘎声,然后进入鼓翼中,可你当时没有力气,或是心不在焉地打扫着纸屑,就连椅子移动了,你也还是站在那儿,锁在过去的某个时刻里:在那个时刻,你甚至能经受住别人手捧鲜花的诱惑。可这是音乐,记忆被拖回到了十年前。他说,这,已经死了。他穿着厚重的外套打开了门,看见天上的星星,台阶上结了霜。开门不仅是开门。他没有往回想。脚下的冰霜很脆弱。

  罗德里躺在床上,听见奥利弗出去了,就像其他夜晚一样,出诊,爸爸出去了,车库的门"吱呀"一声打开后,你就听到车子启动的声音。妈妈在屋里走动,咳嗽着。可他必须坐在床上,坐在黑暗里,好像这样就能帮上什么忙似的。哪里的水滴在了房顶上。这次不是梦了,你醒来的时候,妈妈的手拍着你的被子,爸爸开车出去已经很久了。他从未有过这种感觉。溜走,溜走,从被子里抽双脚,碰到的只有黑暗,先听到车子的呼呼声,接着就是呼吸声。

  等待,欢乐谷在黑暗中等待着,等待着什么,这是一个没有答案的问题。人类的好奇心与无生命事物的想法并不共通,至少问题的答案在黑暗中只是暂时的,没有最终的答案。所以,唯一的选择就是睡觉,于是,罗德里·哈里迪睡着了。睡觉就有这点好处,你感觉不到自己被欺骗了,当然,那是在你醒来以前,可醒来也是很久以后的事了。所以,罗德里·哈里迪睡着了。他的那张脸又如十岁一般。于是瓦尔特·光达在路边的草地上,他的世界是没有维度的,躲过了荨麻。他的梦也无关紧要,只是一个梦而已。

---

① 西贝流士(1965—1957),芬兰著名音乐家,民族主义音乐和浪漫主义音乐晚期的重要代表。

艾丽斯·布朗拿着包坐在客厅里。她在等。她听见车从山下上来。她认为，我留下的这一切都实现了它们的重要性，被抛弃的物体也不再悲伤，我什么都不要去碰，只是走出去就好了。她想了想斯托普福德—钱珀努恩太太，公园里，风吹过草地，星期天的下午，还会演奏《救世军》，她想了想修道院和玛丽修女的样子，坐在有轨电车上，墙上的紫罗兰一闪而过，这一切都是一场梦，她想，但奥利弗是真实的。她抓着自己的手。我想活下去，在这点上，我和哈里迪·希尔达有着同样的权利，我不能被这半梦半醒的状态、被这个梦掌控，又或者，这是一场梦吗，是一场梦吗，奥利弗也是一场梦吗？奥利弗从山下上来了。我们要去什么地方，去那个没有标签的地方，而我们该住在这里。这没有什么不对。

艾丽斯，外面响起了奥利弗的声音。

他在说，这没什么不对。她熄了灯，立马熄了灯，屋里一片漆黑，再也看不见艾丽斯·布朗，屋里堆着一些书和照片，那是生活的替代物，或者生活根本没有替代物。她感觉，欢乐谷睡着了，我不再属于欢乐谷，这个可怜的梦，这个现实的替代品。

"艾丽斯？"奥利弗叫道。

"在，"她说，"我来了。"

她独自站在黑暗的屋子里，那些支离破碎的过去的情感已经消失。她想，没什么让我感到抱歉的，即便是希尔达·哈里迪也不能。这些都是睡觉的一部分。

26

他们听见那声音不停地回荡。两个因为恐惧而分开的身影在烛光下显得很大。现在哈根和维克之间已经没了任何关联,这一刻,甚至一句话也没说。他俩心里只剩下恐惧,还有在客厅里不断徘徊的双腿。

哈根感觉到自己的心先是猛烈撞击,然后又趋于平静。这使得他呼吸也变得急促了。这并不像是恐惧的表现,也不是听到响动后被吓到的表现。他一想到别人都认为他害怕了就很生气。

"你觉得怎样?"他问,伴随声音而来的还有一声鼻息。"那是那个老家伙的后背。弯弯的挺有意思,"他说。

维克坐在床上,没有说话。床单从她的胸前一直垂落到地板上。她把滑落的床单抓在胸前,在烛光之中床单有些泛黄。她感觉自己没有听见他说什么,只听到了踱步的声音。

"唔,我觉得我该走了,"哈根说道。

始终感觉是偷偷摸摸的,虽然是穿着裤子的,但你要是穿着内衣撞见什么人,会更加糟糕。他站在走廊上,等待着。手里还拿着他的帽子。客厅的门用的是瓷漆的门把手。他在等它转动。他听到了脚步声。但却什么动静也没有。他不是那种站在大路中间找麻烦的人。因此他拿起帽子,轻手轻脚来到走廊。到了院子里后呼吸就顺畅多了,巷子里也是,但你的眼睛始终等待着门把手的转动。他开始轻轻地吹起了口哨,脚步轻快,你不再在意是不是西德妮·弗尔诺,你心满意足,几乎不可能是维克,她说,莫里亚蒂太太走了,晚安,西德妮,你说。她惊恐地躺在床上。虽然这使得你成为了卑鄙小人,那个房间里的莫里亚蒂就像是马戏团卡车上的马,或者是拉马车的马,膝盖受伤后在威廉大街（William Street）上蹒跚而行，如果门打开了你会说点什么呢。救世主啊，他说，救世主。他的气息通过他的牙齿吹出了哨声。倒不说因为害怕或者别的什么原因。一团在黑暗中缓慢移动的白影，是什么。

"谁？"他问，声音在巷子里显得有些空洞。

他看着眼前一团模糊的白影，停在篱笆对面。

"呃？"白影说话了。"是我。"

随后疯子钱伯斯笨拙地往巷子深处跑去。哈根看到他的脸快速闪过，如果说那白色的一团是脸的话。听说他叫查非·钱伯斯，有一只凸出的眼睛，他们通常都让他在外面瞎混。他咒骂了几句，从另一头走出了巷子。

查非·钱伯斯在黑暗中笨拙地奔跑着，感觉到皮肤一阵刺痛。有时他晚上都无法入眠，会出来四处游荡。他的双脚踩在了路边的荨麻上。哈根，他又念了一次，舌头有些不听使唤。他能感受到自己开始发抖，因为哈根，因为一个脱口而出的名字，只得抓住莫里亚蒂家灯下的篱笆。他觉得自己必须说出这个缠绕在舌尖的名字。他必须说出来。终于说出来了。他开始感觉好多了，有些神清气爽，星星逐渐藏了起来。他习惯了躺在阳台上，当然得是夏天的时候，然后数星星，但他坚持不了多久。

查非·钱伯斯沿着小巷漫无目的地走着，就像那个游荡在他脑海中的名字，虽然现在只剩个名字，不带任何情感。他听见了一声猫叫，带着情欲的那种粗哑，看到了一只黑猫拉长了身子，使劲地想钻过莫里亚蒂家篱笆上的一个洞。这声猫叫冷冷地回荡着。这声音带着一丝颤抖，刺穿了欧内斯特·莫里亚蒂的皮肤，一直延伸到他的后背，然后停在了客厅。他听见了那只猫的嚎叫。他挺直了身子，死盯着刚刚还有一件熟悉物品存在的地方，第一次理清了思路，再一次明白了整件事，虽然现在有所不同了。他们的声音压得很低，但他还是听见了，听见了他踱步的声音，然后停止了。他知道他在屋里绕圈，但是为什么，但是为什么，为什么。然后他想起了这顶帽子是谁的。他的思路又飘远了。他已经冷静了下来，即使那顶帽子在这儿。

她说,你要拿上睡衣,在皇冠旅馆,你要穿上睡衣,拿上鸡蛋,她说,一定会下雨的,因为我戴了草帽。但是,去穆林,你忘记了维克住在这里,不管是草帽还是雨都会让你心中一痛,像是颠簸着碾过车辙印的卡车,你通过电话听筒,穿过电话绳,发出匿名的声音。在那本相册里,就是在塞内加尔附近拍的那些照片里,唯独你没有看镜头,而是在擦燃火柴的时候看着你点的灯。他记不住要点灯。你会看有关邮票的报纸,他们说,那就是为什么在主道穆林上能够看到有关邮票的报纸,边喝咖啡边讨论,当墨水掉落在地板上时,来自亚瑟·保尔的压力定会让我们记住这点,或者将其记录下来。但不是维克。墨水污去了名字,抹灭了此人。那时他正在不停地转圈,他感觉自己曾经这样转过圈,再看地毯的时候已经找不到他的脚印了,只有咖啡洒落的痕迹,但是否有人来过却无迹可寻。过道里也没有帽子。学校的那些人都在等待演讲开始,这就是为什么你也在那儿,留着小胡子,眼睛不停地眨,或者说是波特小姐(Miss Porter)将没洒的咖啡倒了,就像倒墨水一样,就像没在学校一样,因为这儿不是学校,因为波特小姐说集邮者会用一杯咖啡或者一张邮票来纪念历史的进步,小心,莫里亚蒂先生,她说,如果累了,喝杯咖啡能让你精神百倍,看报纸是很辛苦的,她说。

欧内斯特·莫里亚蒂感觉屋子在摇晃。但没有撞到他的头。他用手挡开了天花板。这屋子也仿佛感觉到了痛苦,停止了摇晃,就像猫在黑夜之中的喊叫,痛苦从心底深处逐渐膨胀起来。我在这儿,他说,不是穆林,我为什么来呢,因为没报纸可看了,一切都结束了,非常不错。你坐在穆林喝酒,你不会留下来,波特小姐,你说,喝酒是一种常态,感觉椅子塌了,透过波特酒看桌子的形状也变了。虽然不是波特,维克说,那个,欧内斯特,你的资金怎样了,圣诞节的时候赫伯特叔叔(Uncle Herbert)说过,如果他们并没有给他一两瓶波特酒作为佣金,他是不会送来的,但是喝吧,欧内斯特,这是为你好,酒保说过黄褐色的陈酒品质上乘,他的妻子非常期待,住在穆林,除此之外就没什么好期待的了。

灯在乳白色的瓷器上投下了阴影。他感觉不太好。在穆林喝着黄褐色高品质的波特陈酒让他感觉不太好。他的胸口一阵阵痛，呼吸困难又微弱，他不怎么站得起来，拖不动自己沉重的身躯。那些声音还在继续，偶尔会听见酒吧里有声音在说，那个穿着格子套装的顾客、一个星期之前失去了妈妈的技工说，他非常紧张，而且浑身是血，因为她的脑袋都被砸开了，所以他们认为凶器肯定是锤子，她没能坚持多久，没能坚持到医生到来，他们在离斯昆(Scone)不远的火车上抓住了他，这是他的第二任妻子，存了点钱，曾在辛格顿(Singleton)开了一家酒馆，不管怎么说那个男人非常紧张，不过好像待人接物都还很冷静，仿佛自己没有理由那么做，但是如果你看过报纸你就会奇怪那些人脑袋里装的究竟是什么，完全没来由地干了这事儿。天哪，酒保说道，你看走眼了吧，他说。然后吧台旁有几个人转过脸来。电话里一个匿名的声音说，我并不想打扰你，但哈根对你妻子有非分之想，所以欧内斯特，放手吧，走吧，去喝酒，事情已经这样了，你不得不放手了。他们将他放在地板上，在他脸上喷了水。我会好的，他说，我要回家，我要回欢乐谷，不管怎样，即便是晚上，在喝醉之前，我没理由要喝酒，即便是圣诞节我也不该喝。科林斯(Collins)出发去欢乐谷了，他们说，现在已经到了加油站外了，你也许可以去打个车，酒保说。他觉得胸口很难受。但是他必须回家，他曾答应过要回去。他把睡衣留在了皇冠旅馆。

欧内斯特·莫里亚蒂的一生都在原地打转，他已经习惯了那个小圈子，但是也没有在房间里转圈来得满意，不似那么舒服。人的一生总是会因为某个目的在某个圈子里转，至少你是这么认为的，你并不知道这样的圈子并不存在。现在你必须停止转圈，那个目标已经不存在了。他想坐科林斯的卡车回家。此时，连风都是黑色的。他感觉一切都结束了，只剩一点毫无价值的习惯，甩都甩不掉，就像回家，就像开门，就像在厚垫子上蹭鞋。他把钥匙插进锁眼，听着咔嗒声，心想自己这是在等什么呢。地上结起了霜。他绕过去关掉了水龙头。上次洗衣房水龙头爆裂，搞得一片混乱，那是洗衣服的日子，维克说，真可惜你不是个水管工啊，欧内斯特，她说。真可惜他不是什么都会。但是他没理由什么都会——那他又为什么要砸她的头呢。或许是因为走廊里的那顶帽子，或许是那盏灯。他走进客厅。东西都收起来了，一盏灯不可能来回走动，绕圈，他把火柴折断，就为了看看它有多脆弱，盒子里还有很多，可能有三四十根，全都是脆弱的火柴。

他低头看着地上折断的火柴梗。他站在那儿，看着灯，夜色下，他的思绪碎成一片又一片洒满地，黑暗中短暂的麻木给他带来了一点抚慰。在之前的感觉回来之前，这个房间，也还是维克，又不是维克，溜进了另一个房间，那儿……一口气涌上胸口。他无法呼吸，无法移动，他听到了开门声，听到了脚步声，还有他自己呼吸发出的声音。他只能站在客厅里，站在她修剪枝叶的地方，她说，这棵植物有些不太雅观，他们说需要保持湿润，唉，我有点看厌了这身套装了，厌了厌了，以前我总喜欢粉色，但是看看，看看贝尔珀烧坏的那个洞，我们为什么得一辈子待在这儿，我快窒息了，可没人关心。维克在房间里的生活就是这样，粉红色的。我们制造的这一切，你说，是我们，我很开心，维克，你说，因为……仙客来的粉看起来有些苍白。花瓣伴随着他的呼吸不停扇动，毫无防御力。他的双腿开始移动。

他开始走进另一间房。这不是卧室，只是另一间房。两个不同的世界。我得进去，他说。他能感觉到自己胸口上的汗液在往下流，凉凉的。路途似乎很长，四周一片寂静，打破寂静的声音使得路途变得更长了。但他开门后停下了，她看着他站在那里，他们之间只有沉默和蜡烛。

她不能说话。现在没什么可说的。她一动不动地坐在床上，仿佛哈根才刚离开，恐惧随着床单掉落到地板上。她想，弗雷德、黛西或者克莱姆也许是最后一次走过这条街，蒂尼死的那次，她从梦中哭醒，但她有欧内斯特在身边。这想法使得她挨着皮肤的手有些颤抖，她全身赤裸地坐在那儿，欧内斯特站在门口，他的脸，他的脸看不清。

欧内斯特，她说，听起来她好像有些大舌头吐字不清，害怕自己的声音有可疑之处，害怕门口站着的不是欧内斯特。

他们在等待着打破紧张局面的那一刻，肯定不久就会到来，维克·莫里亚蒂倚靠在墙上，欧内斯特·莫里亚蒂站在门口看着，他知道，那张脸已经看不清了，一切都被磨灭，只剩下骨肉和附着于骨肉的情感。这正是她所害怕的。因为站在这儿的不是欧内斯特，在过去的几个小时里，那张脸一直在变化。她撑在墙上的手臂开始有些痉挛。影子也在随之费力地移动。

"你还站着做什么，为什么不动？"她问。

他看起来神情沮丧。她不再说话，越来越害怕。

"好吧，"她生气了。"那就这样吧，我们都知道，"她大声叫嚷着。

那个身影弯下了腰。因为他脸上的阴影她看不清楚，那并不是她所认为的表情。

"欧内斯特，"她说，欧内斯特面对墙失声痛哭，生生把她的话击退了回去，她害怕起来。"只要你想听，"她说，"我就告诉你。欧内斯特，是这样的。"

他站在那儿。她停止了说话。

然后她看到他走上前来。他的双臂很僵硬。他向前走着。她不敢看他的眼睛。天哪，这是你想都不愿想的事情，或者做梦都想不到的事，就像你躺在床上，感受着他的呼吸和他的双手慢慢变热。

"不，不要这样，欧内斯特，"她尖叫起来。"我没有，不，我告诉你。但你不要这样。"

他把她扶起来靠在墙上，感受着她的颤抖，她躺在床上的身体非常害怕，他们说，信上说，只要他还有一口气去坚持就好，就像看向一只闭上的眼睛，游动，流淌，光线逐渐消失，他必须拼上他所有的力气，他们在火车上抓住了他，把他绑起来，用电话绳锁住喉咙，"啪"地折断了。

她喉咙里没有声音，仿佛话语已经冻结在了那里。她的头发垂落下来，人也耷拉了下来。床上的那个人。他透过模糊的光影看过去，呼吸都快要停止。身体滑落下来，头发和床单也随之坠落，一起掉落在地板上。他看着这一切。他想要冲出门去,但只是双手抱住了头,已经跳进黄河都洗不清了,即便他的最后一个动作是不停地撕扯着肺。因为如果她没死,她说,要是她没死的话……他手足无措,只得待在那儿。

欧内斯特·莫里亚蒂埋着头。他跪在旁边的地板上。床单是红的。他看着那张脸,把她那从嘴里伸出的肿胀舌头握在手里,这曾是属于那个女人的,这张脸也是,但这具尸体,不再是维克。我杀死了维克,他说,她死了。他粗暴地扯着那具不再是维克的尸体的舌头。

现在一切都结束了,他也不再用力,省下力气,他的神经也放松下来,但他感觉到了一种奇怪的自由。他走进客厅。打碎一地的沉默,与头脑中陌生而几近美妙的欢腾并不协调。他听着玻璃落地的声音,感受着手中玻璃的碎裂。他看着自己的手。它似乎不那么重要了,不管它是不是红的,只需摧毁一切,剩下的就只有它了,没错。全结束了。目的达到了,就在这个房间里。他发现自己捂着脸哭了。把你的背带给我,她说。他嘴里全是血。他哭了。但是唯一的选择就是转啊转,不停地转很多年,这是个谎言。他看着仙客来,瘫倒在地板上,他拎着花茎把它提了起来,提出了花盆,它被擦伤了,奇怪的是,它那粉红色的花瓣仍然充满了疑问。于是,他用脚后跟将它踩得稀烂。

现在他可以出去了。那个房间里有个女人死了,他大声说道。这事你不会相信的。他大笑起来。他回头看了看客厅里的残骸,史密斯一家送的红木钟,玻璃碴上被踩烂的仙客来,所有的这一切象征着维克和欧内斯特·莫里亚蒂的生活目标已经完成。欧内斯特·莫里亚蒂就是那样的人,他说,什么样的人呢,为什么会杀害自己的妻子。

他开始沿着道路漫无目的地走着,就这么走着。外面的空气让他的胸口一阵阵缩紧。维克说,开一枪吧亲爱的,你就会感觉好些的。是不是有个人叫作欧内斯特·莫里亚蒂。他在学校教书。报纸写道,他似乎没有理由那么做,你们说说现在的人心里到底在想什么。欧内斯特·莫里亚蒂继续走着。主要的理由就是没有理由。他开始咳嗽。他的胸口越来越紧,他已经挣扎了那么多年,仿佛有人在拉那幅卷轴,猛地一拉,他就感觉到了胸口一紧。他还在走着,还在走着。碎石上的脚步声告诉他他还在,还有薄冰碎裂的声音。然后他停了下来,他不在了。在他又开始走动之前,欧内斯特·莫里亚蒂甚至连个名字都不是。眼眶外有水在流淌,但不是眼泪。因为眼泪是属于个人的。走还是不走,他在黑暗中思考。那一整片的黑暗。他的手向着冰倒去,都没有试图反抗。

27

灯光楔入黑暗中,将其分裂成两个部分,车子在有着灯光的路上旋转减速。此时,房子已不再是真实的结构,它们在路旁显得十分苍白,空留一番假象,象征着睡眠的面具带着沉默的寓意。一只兔子从路中穿过,加入这黑暗中,这也是一种缺乏实质的举动。你感觉,只有这车,才有着现实的成分或者目的。他们以那坐直的身体赋予其现实与目的。他们仍未放松下来,就像人们不停地驱车旅行,那是一场没有终点的旅行,无法通过面部表情来判断它的终点。他们仍然直坐着,带着某种不屈的目的。他们说,我们要去一个地方,所以我们坐在车上。即便那没有标签的行李就是一个目标。

艾丽斯·布朗和奥利弗一起坐在那儿,心想,不管这算什么,如果不是奥利弗还能是什么呢,美国或者非洲吗,可它还是奥利弗,仍然是,而且一直都是。她开始放松一点点,带着半睡的笑容,想着那些缠绕在不相关的事物上的东西,一杯咖啡,或是留下的袜子。她感觉很温暖,他的外套伸进那半现实的梦想世界中,几乎把它变成了有形的东西。她想,这下真实了。这还只是开始,睡觉,醒来,这依然是奥利弗。

"我们会在穆林的车站停一下,喝点咖啡,"他说。

"好啊,"她带着那半睡的笑容说道,"车站的咖啡总是很香。"

她并不在乎。与奥利弗一起,平常之事,和他们的整个人生,已经开始了,将会有一连串平常之事,触碰人生的海岸,变得意义非凡。她闻着车站的咖啡,嗓子里一阵温暖,她感到很温暖。

说起咖啡,思绪又回到过去,他感觉到了她的放松,回到过去,那个街头的小酒馆,他忘了,这一刻和那一刻之间毫无联系:坐在雨夜里,闻着咖啡的味道,那卡其色的咖啡,或者她叫了一杯奶油咖啡,因为淋湿了,他们紧紧抱在一起,勾着腿,一起走到雨里,你就知道你要回家了,战争结束了,多年过去,时间白白地延伸,等着你此刻留下的印象,等着。你认为,你想象着,其他影像并没有出现在艾丽斯·布朗面前。

奥利弗·哈里迪开着车从欢乐谷到穆林,在路上,他一直躲避着某些他也不确定的东西。静止的光下,灰色的树木清晰可辨,车轮很牢靠,他感觉很坚实,这让他有了想回去的念头。

"我得回去看看,"他说。

听到这话,她知道他们转回了另外一个世界。他要回去看看。她闭上了眼睛。她不想看,不怎么想看路上的东西,就像不想看树木那清晰的轮廓一样。睁开眼,光忽然不见了,她看不见这一路,因为到了那沉重的山脊,车的前灯也变得阴沉,于是,车子被迫停了下来。在车子那被动的体内,是没有什么与动作相关的。或者她自己,或者她自己。她不能动,她永远不会从当前的束缚中移开,她甚至无法打开她的双手。

奥利弗走了回去。是欧内斯特·莫里亚蒂躺在路上,他已经死了。

一只鸟扇动翅膀,慢慢地从灰色的树上飞下来。

他站在那儿,看着欧内斯特·莫里亚蒂的尸体,已经死了有一会儿了,差不多都冷了,就像其他尸体一样,僵硬又带着无意识的滑稽。这样躺在路中间,显得他更加无足轻重。他的脸上有血,倒下了。像这样看着莫里亚蒂,死亡让你有了分离感。莫里亚蒂从欢乐谷的路上出来,倒在地上,死了,这个动作机械的人,只是你并未倒下,你突然停下来,又返回那无可避免的起点。你并没有像这样逃离欢乐谷。那只挥动翅膀的鸟,摆脱了那种不可能的流浪的想法。

他继续弯腰,再次触碰那尸体。他要把它带回去,他们会叫医生的。窗帘后希尔达的脸扭曲成遗憾,莫里亚蒂也遗憾,希尔达和莫里亚蒂被失望与痛苦联系在一起加入了欢乐谷。只是莫里亚蒂死了,希尔达没有。他手环着尸体,将它抱起来。希尔达试着藏起那沾满血的手帕。他想要对着那用重量压着他的男人大喊,他还得把他拖回去,拖回去,要带回欢乐谷。他被那重量压弯了腰。

他说,"是莫里亚蒂,出事了,他死了。"

她听到车门关上的声音。她并没有说话。我们得回去了,她想。她并不质疑死亡,也不感到吃惊,也不去查证事实。事实就在奥利弗的声音中,在这一刻,在他们两人此时的行为中,也在那个死去男人的尸体上。这个死去的莫里亚蒂,昨天还从街上走过。我们说过,要去美国。她感到了那"不可能的事情"的冰冷的重量,它就在车里,在她的身旁。他们一路开车回去,她听到了尸体的撞击声。

"艾丽斯,"他说,"我们得留下来。他们想知道点什么。我希望你能理解。"

他的声音一点都不坚定。她不希望这样。

"我很高兴他不会在那儿躺太久,"她说,"我很高兴我们碰到了他。"

她不想说起现在,不愿去回想。他们一路开车去寻找莫里亚蒂,原因就是这样。

然后,他们毫无波折地开车经过那还没有发现他们离开的街道。他们的返回几乎没有起点,回来的路上也没有狗叫声,房屋的脸上也没有惊讶的表情。那房子多么死气沉沉,多么不真实啊,她想,尽管我们也不真实,像影子一样悄悄溜回来,车上载着一个死人的尸体。我们所有的计划都落空了。我们说过的话也死了,那些话还不如这个死人真实。他已经实现了我们未曾实现的东西。

奥利弗打开了车门。

他说,"我得带他进去,你等一会儿,我开车送你回去。"

这就是哈里迪医生。她坐着听他说话。哈里迪太太叫她等一等。他的眼睛是灰色的,不,是蓝色的,他的专业态度很冷漠。她看着医生背着那东西走了上去,被压弯了腰,就好像那是一位老人。她一点也不觉得痛苦。遵循事物的自然过程并不会让你感到痛苦。她倒是觉得自己就快哭出来，这是一种情感的突然释放，从她的眼泪中、在回来的路上被丢下的另一个人身上释放出来。

奥利弗把莫里亚蒂的尸体移进大厅，知道自己就要面对些什么，至于是什么，他也不知道，可是周围一片安静，只有灯光从油毡屋顶上拖曳下来，这正对着房子在黑暗中打开的门，不过是一种表面的细节，让他的心怦怦跳。那株仙客来被踩得乱七八糟，壁炉上挂着一个机械装置紊乱的钟表。莫里亚蒂躺在沙发上，十分安详，与这一切都无关联，这是他曾经如此熟悉的东西。他摆脱了它们。莫里亚蒂太太呢？他站在里屋的门口，看着这曾经是个女人的东西，脸上血肉模糊，床单滑落在地，蜡烛几乎被蜡油覆盖。他并不恐惧，因为恐惧与人类元素相距太远，看着这堆冰冷的血肉，他开始用嘴巴呼吸。然后，他又回到当前的情形中，他站在那里，他、艾丽斯、希尔达和莫里亚蒂在这弱不禁风的木房子里被联系在了一起。我们的身体和他们的身体一样，尽管还在移动，可是，同样的激情，同样的恐惧，和那张说这些话的脸：欧内斯特一定要给教育局写信，她说，欧内斯特必须逃走。在针插下去，让他的表情得到暂时的平静前，他说，医生，我爱我的妻子，可怜的维克，她吃了多少苦啊。摆脱混乱后的平静，离开欢乐谷后的平静，我们一定要寻找这种平静，希尔达说，我们一定要去昆士兰，因为欢乐谷就是痛苦，这种非理性的冲动已经让莫里亚蒂一家悲痛不已。蜡烛的火焰沉进了蜡油中。他站在黑暗中，看着那变了形的尸体。

那种无能为力的感觉丝毫没有减轻，她还在那儿，莫里亚蒂在旁边的屋子里，还有一地家具的碎片。他想，他们试着摆脱那不能克服的东西，却毁了自己，艾丽斯和我偷偷溜走，前往那虚幻的梦境，或许这是不理智的。他无法压抑住那莫名而起的愤怒，他在黑暗中摸索。为此，你想一头撞在墙上，用无形的物质，或者欢乐谷，代替墙。远处的钟又将他拉回现实。他浑身冒着冷汗。

他想，走到街上去，告诉希尔达和其他人，什么东西就像具有讽刺意味的抵押品一样被扔在路上，你捡起他，然后带了回来，它们让你走，却知道你会返

回来,无能为力。因为你无法摆脱那个壳,以及那些方式和习惯,除非死去,就像莫里亚蒂那样。你替换了坚忍,像希尔达那样,她就是坚忍,她在木屋里睡着,她把这叫作道德的胜利。在这不属于他的道德胜利之下,他感到万千苦涩。

莫里亚蒂虚弱地躺在那里,这就是她外在生活的写照。奥利弗在客厅里弯下身来,笨拙地从玻璃中捡起钟的碎片。还没意识到这是一个被亵渎和抛弃了的屋子,这让客厅显得如此可怕,因为这里还不曾有人来过,因为你感觉莫里亚蒂只成功了一部分。钟表的弹簧在他手中松散开。夏天,坐在植物园里,他将希尔达的一缕头发绕过帽子去,他念诗的时候,她的脸上露出了笑容,十六岁时,一首多么庸俗的诗,她说,奥利弗,我现在知道那是什么意思了。他正在毁了希尔达,因为什么呢,因为他和他喜欢的艾丽斯一起悄悄溜走,打算去一个更伟大的地方,尽管还不确定是哪里。希尔达一定会盯着那些遗留之物看,比如一个摔坏的钟,她听着那滴答声,脸上的表情就好像看到什么不明白的东西一样。他说,我爱艾丽斯。这不是断言,听起来不像。艾丽斯仍然是完好无损的,不像希尔达和莫里亚蒂家里的碎片。

他走到停车的地方。

"艾丽斯,"他叫道。

他发现她已经走了,他还真有点希望她走。情感是无法从突然而来的疲劳中解开的,你得承认这一点。你不能去想。

然后,他来到警察局,按响了门铃。

28

西德妮·弗尔诺下了床。房间里一片漆黑，伸手不见五指。她用力地拉上窗帘，光着的双脚踩在冰冷的地板上，愣愣地站在黑暗中。现在什么时间了，仿佛时间与夜晚有什么关系似的，仿佛是时间在决定何时才是夜晚。在你七岁时，半夜裹着被子醒来，身子动弹不得，心里却想知道，这黑夜会不会永远都不结束，自己会不会永远都不能再动了。但是那个样子至少是清醒的，不想知道是不是把头埋入了水龙头下的水槽里，还是羊群中，还是服用了阿司匹林。妈妈说阿司匹林首字母A需要大写。而妈妈和爸爸这两个单词首字母不管大写与否，都是两个称谓，于是你就纳闷了，你纳闷的是别的事情，纳闷一个人的脸上发生什么的时候最好别看。

她又回到床上躺下。被窝还是热乎乎的。由农舍一眼望去，一片漆黑，之前说过睡觉前我想去散个步，当然，我会穿上外套，外面挺冷的，而且我也知道要当心，我不会走太远，就在附近转转，在他们能看见的地方，但是什么也看不见，因为没有亮光，你心里清楚，但是必须得看，转啊转，回忆那些比赛，然后想想这件事，现在该想这件事了，为什么莫里亚蒂太太不该去呢。她翻转身，将脸靠在柔软且温暖的枕头上。有了，答案很简单。你揉了揉脸，答案出来了。是羽毛，或者绢纱，还有雨中的哭喊。但是现在没下雨了。她躺在床上仔细听着，什么声音也没有，也没有马。她觉得筋疲力尽，但还是睡不着。

或者随便想点什么都行，想想这是为什么，比如为什么要用手指去触摸双乳和大腿，触摸这些柔软而充满情欲的器官，想想如果不这样做又是为什么。你不愿意去思考的是什么。想要等别人去承认，比如莫里亚蒂太太，你一下就明白过来，他知道是因为他骑车去镇上了，没说妈妈要回家去，但是带上我啊，我也想要去镇上,去感受一下。她的手指在被窝里不停揉搓。西德妮·弗尔诺,她不屑地嘀咕。她想把这些想法从脑袋里赶出去,或者说,想把床单撕烂。却无计可施,你只得乖乖躺在床上,弗尔诺,根本没什么大不了,或者说等同于零,这只是个名字,一所房子,或者是文章里偶然出现的段落。这并不是权力,倒像身在席卷溪谷的大火中,或是你将双脚伸进谷边,感受谷风的吹拂。这就是我想要的,她说,而另一个人在说,带上我,当他的声音落下,她看到他很害怕。他很害怕,害怕我。男人的恐惧一向都会受人鄙夷,同时也有性感之处,当他跳舞的时候,你想将这种恐惧控制在他的肉体之中,他的手臂之上,但是你所知晓的这个身躯其实装满了伪装出来的坚强。打伤一匹马时,他大笑着看着这匹马儿忍受恐吓的模样,感受着马儿在他双腿之间的颤栗。哈根,她说道。嘴里传来粗鲁而笨拙的声音。她发现自己在想罗格·肯布尔。这也许就是不同之处。

远处传来某人说梦话的声音。

西德妮·弗尔诺下了床,披上貂皮大衣,随即感觉到脖子里厚实饱满的皮毛。弗尔诺太太可是花了大价钱,这样的大价钱与其说她是因为这副貂皮,还不如说是因为享有特权。但是弗尔诺太太的态度还有点摇摆不定和犹豫不决,带上我女儿,带上我的貂皮大衣,就差不多了。我们应该安排好一切,西德妮说。说出这句话,让她多少得到了些满足之感,在晚上睡觉时间,妈妈睡着了,爸爸却没睡,穿过走廊出去透透气,她也需要透透气。外套有点沉。她以前抽烟的时候还不小心在上面烧了个洞。她穿上外套,但在她偷偷溜到长廊上的时候,她的身体就仿佛摆脱了她与这件貂皮大衣的联系。你能闻到外面霜冻的味道。她开始发抖了。一时间,她感觉冷热交替,确定却又怀疑,她时常这样。

她边走边感觉着草尖在腿上刺痛的感觉,小树枝插在了头发里,又滑走了,她走在树林里,来回走着,直到天色渐白,她知道它从哪个山头升起来,知道睡不着的时候该往哪个方向寻找亮光。马厩里有什么东西在拨动着谷壳,也许是只猫，或者是只老鼠。谷壳发着窸窸窣窣的声音从橡条上落下来。她离这些声音非常远，而且还传来了马蹄涉水的声音，一直往上往上，它们自己爬上了山坡，她留神听着，想把这些声音一一对上号。

马儿那里传来工具撞击的声音，还有人声。他从马上下来，站在那里。她知道。她定定地倚靠在门上，听见马儿打着响鼻摆动着自己的身体。

"谁，"他问道，手里在刷着马鞍，她感觉到有人拍了她一下。"哪个家伙？是你！"他说。

"是的，"她说。"我睡不着。"

他走进了马具室。她拿着外套站在外面。

"你该回去睡觉了，"他说。

他的声音根本就没有关注当下，她感觉，没有关注她，他的头埋着，若有所思。她的指甲掐入了门的裂缝之中。

"是的，"她回答，"是该回去了。"

哈根，她想说出来，就现在，但她却听见他下坡的声音，仿佛她根本不存在一样。他的步伐有些沉重，他已经不在那儿了，已经离开了。

她回去睡了，沿着小径穿过来时的院子，单穿着一件外套，再无其他，微微感觉到来自皮肤的抗议。天还没亮，一切都还是原样，西德妮，回去睡吧。她将嘴埋在枕头里，无声无息，感受着已经变冷的被窝。

一晚上没睡着是抱怨烤面包不好吃的好借口。她觉得有些头痛，眼皮很重，眼圈都是黑的。

"烤面包真难吃，"她说，"太软了。"

"那就让他们重做，"弗尔诺先生说。

弗尔诺先生坐在那里翻看着昨天的报纸，周围弥漫着果酱的香气。早上八点半吃早餐，他为此感到非常满足，这样一来就解决了他对于过早吃完早饭却无事可做的担心。这是个原则问题，就像鸡蛋和培根，每天都能上桌，而腰子或者别的东西却偶尔才会吃。仆人们都出去工作了，他们都是弗尔诺先生

的仆人。他背对着炉火坐着，一脸的心满意足。

盘里的面包被西德妮碾成了细碎，房间里很温暖，还飘荡着一层薄雾。她有些昏昏欲睡，不满屋里家具的沉闷和爸爸将腰子送入口中时的镇定。走进饭厅的时候，她在爸爸脸颊上亲了一口。早上八点半的时候，你也会这么做，亲一下爸爸，然后他会问你昨晚睡得好不好。一整天中，最想逃避的就是这件事。爸爸的脸上有肥皂的味道，她感觉脏兮兮的。她想哭。炉膛里的湿柴发出咻咻的声音。

"你妈妈打电话去了，"他说。

这样说并不是责备。弗尔诺先生太过沉迷于腰子那讨好的滋味，以致忘记了应该指责这样的行为。此外，他有时喜欢单独和西德妮坐在一起，至少她人在此。他觉得他们彼此理解，这种理解和他与妻子之间的不一样，和他能够解释的理解的本质也不一样，甚至理解的基本原则也不一样。弗尔诺先生拒绝从知识层面去解释这种理解。但是这种理解确实存在，一直都存在。

他的眼睛越过眼镜架看着她，问道："吃点腰子吗，乖孩子？"

他总爱这么称呼她以示亲昵。

"不，我还是多喝点咖啡吧。"她回答。

爸爸的眼神使得她埋下头看着手里的杯子。她有些难为情。爸爸坐在他的椅子上，他似乎很爱椅子，这是个多年养成的习惯。有次在海边，他们偶尔会去特里格尔(Terrigal)，她踩完一朵银莲花后，把它使劲摔在石头上。随后她又摔了第二朵第三朵……看着石头上点点的浆汁，让她有了一种怜悯和嫌恶参半的感觉。她搅拌着咖啡。有点害怕想起这样的事情。

弗尔诺太太走进餐厅。她身上的气息占据了整个空间，立刻打破了平静的氛围。弗尔诺太太有些心烦，不停地转动着婚戒。

"最坏的消息，"她说。

弗尔诺先生用手遮住自己的餐盘。他努力地压制着自己的不安。但他的手却发出了无望的抗议。

"真的很可怕，"她说，"贝尔珀太太告诉我，莫里亚蒂太太去世了。"

弗尔诺太太没再说话，完全沉浸在了这个突如其来的消息之中，不管她有多么激动。

西德妮感觉到了胸闷，带着一点狂喜。她站了起来，她坐不住了。

弗尔诺太太带着希腊信使清晰的思路再次开口，"而莫里亚蒂，他们发现他躺在道路中间安详地去了。贝尔珀太太说是心脏病突发。"

弗尔诺这才开始有了表情。

"还有呢？"西德妮问，"然后呢？"

因为肯定还有她不知道的，因为下山的时候头是低着的，你该去睡觉了，黑暗中传来他的声音，这之间没任何联系，但是……她听到炉膛里火焰的呼呼声。

"还有，"弗尔诺太太说。不止这些。"当然，我从来没喜欢过这个人。他的长相，总让人觉得有点什么。我还记得他来的那天，穿着大大的外套坐在书房里。贝尔珀太太还说那个可怜女人满脸的血浆。他们不知道为什么。但你想想，是为什么，猜猜他们会不会派警察来？他们肯定得派人来。"

"来做什么？"西德妮说。

她的声音响亮又冷漠，使得弗尔诺太太愣了一下。

"当然是抓哈根。真想不到啊，警察要来！"

弗尔诺先生绝望地发现自己毫无头绪。

"但是莫里亚蒂怎么了？"他问。

"莫里亚蒂？那个可怜的男人死了。肯定发生了什么事儿，贝尔珀太太说，她说他们肯定得派警察来。"

"显然有事发生。莫里亚蒂太太是哈根的情妇。"

西德妮心想，天哪！那个女人死了。贝尔珀太太说她满脸是血。有人会来验尸。封闭整个房子。查看哈根是否……哈根是否去过那儿。

她紧张得全身都僵硬了。她现在的每一根神经都在颤抖，还一边思考着

她妈妈所说的一切。

"但是哈根去过。贝尔珀太太说的。钱伯斯家的孩子在那条巷子里见过他。就在这一切发生的时候。"

"莫里亚蒂呢?"弗尔诺先生问。

"莫里亚蒂死了。"

弗尔诺太太不停地用手擦脸,而不是手帕。

西德妮抓着椅背,感受着红木光滑的卷形花纹。这原本是属于弗尔诺太太的祖母的。

"钱伯斯家的孩子,"她说,"这算什么证据?"

"我们知道他是有点颠三倒四。但是在那个巷子里,"贝尔珀太太说。

西德妮·弗尔诺屏住了呼吸。她走到窗前,眼神跟随自己的手指在一片迷雾里乱窜,迷雾里树林摇曳,这才渐渐显出其模样。

"会有线索的,"她说,"钱伯斯家的孩子会证明的。笨蛋。"

她望着树林冰冷的树干和草地上银色的霜。

"哈根没去那儿,"她说。

"但是,西德妮,天哪!"

"哈根在我房间。我跟他睡在一起,"她说。

这句无情的话打破了沉默,也打破了一只咖啡杯。她没有转身,仍旧望着远处的树林。然后就听到声音传来,咖啡洒在了桌子上,一滴滴往地上滴,或者说是抗议的声音,她不知道。

"莫里亚蒂太太曾是哈根的情妇,"她说,"我爱哈根,所以我跟他同床了。"

"我爱他。我会嫁给她的,"她说。

弗尔诺太太突然觉得天旋地转,一句话也说不出来,只是愣神地张着嘴。

"我不在乎,"西德妮说着,敲打着窗玻璃。"不管莫里亚蒂太太是谁,我都会嫁给哈根,"她说。

她转过身来,面向整个餐厅里弥漫的情绪碎片。她努力站得笔直,埋着头。她并不属于这里,就像石头上的银莲花碎片,通过脸型和肩膀的角度来划分她的种类和材质。弗尔诺太太大哭起来。

"早晚的事,"西德妮说,"早晚会发生"。

大家都一脸疑惑,为什么她不解释一下,或者说他们一直都在疑惑,多年来一直都不能明白,一直累积着,等待着最后的爆发。妈妈哭丧着脸,都顾不上用手掩面,呆坐在那儿,爸爸,爸爸也是如此。她不敢看爸爸的脸,仍然摩挲着椅背,手指沿着红木的卷形花纹不断地描画着。

弗尔诺先生试图从座位上站起来。但炉火的热气和眼前盘子里乱作一团的腰子使得他站不起来,死死地盯着盘子,试图整理一下刚才到底发生了什么。对于那还未明朗的思绪,所有的打击最先表现在身体上。这就是为什么会觉得领口发紧,舌头肿胀,耳朵充血。然后就是疑惑,西德妮,抑或说哈根和西德妮,西德妮和哈根,又或者……西德妮在夜里踮着脚尖穿过那扇门,脚下的石子硌得脸都变了形,手里托的蜡烛也随之摇曳,穿过这里走向休息室,火炉前的空气凉凉的,就像戴在温热手腕上的钻石手链,或者坐在高凳上舀起的冰激凌。他开始咕哝着什么事情,但其实什么也没说。对于弗尔诺先生来说,这是不可能的。他的双眼扫视着房间里的每件东西,一件挨着一间,这些东西从他出生开始一直在这儿,找不到任何解释,这一瞥也没在任何东西上稍作停留。

她能感觉到这一切。她感觉到了一种压抑,同时她也想从中挣脱,挣脱出当下的情境。她能感受到某种此起彼伏的怜悯,虽然微弱,仿佛这是一种带着悔恨的死亡,夹杂着深沉的情感基调。但是她必须释放自己,必须离开,抛弃怜悯继续过活。她走出餐厅。此刻逃离毫无意义,所有人都已经知道了,包括在厨房里安排今日菜单的佣人。所以她必须下山,只有在那儿,她才能想出符合逻辑的下一步。吹在她脸上的风有着强烈的目的性,就像她迈出的步伐。她经过马厩和一个无关紧要的马夫。山下曾经由他监管的库房,他把她关在门后的那间库房旁,她盯着门口的犁愣愣地站着,躲避着库房里的某些东西,

同时也在思考着什么,思考着她这一生不过是将一天天的日子串在一起,思考着自己有些害怕的躯体,靠在犁把上的躯体。她走过库房。失败是毫无疑问的,她脑中的问题已然十分清晰。

哈根站在马车库房给工人们下达命令。她看到了他的后背,还有他身上那件针织外套的网眼。现在她已经不再害怕,取而代之是叫过一个人并看着他的勇气。

"哈根,我有话跟你说,"她说。

他抬了抬帽子望向她,心想又是什么事,脸上装出的镇定骗不过她。她笑了起来,就像男人一样伸出手肆无忌惮地笑了起来。这次可是我说了算,她想。这么一说让她直盯着他的眼睛。

"怎么?"他说。

他的牙齿微微露出笑意,两腿分立,定定地站在地上。她将他从头到脚审视了一遍,忍着即将脱口而出的话。他交叉的手臂让他的整个身体紧绷着,一动不动。

"莫里亚蒂太太死了,"西德妮·弗尔诺说。

看着他的脸色逐渐惨白。哈根害怕了,她心想,我吓到他了,现在该说什么呢。

"莫里亚蒂也死在了大路上。他肯定是走出来才死的。他们说是心脏病,一种非常自然的死亡。但是他的妻子,他的妻子是被谋杀的,"她说。

哈根看起来就像——就像一个突然受惊的大男人一样笨拙。

"莫里亚蒂杀了自己的妻子?"他问。

哈根的声音有些迟疑和含糊,这又一次给了她信心,虽然不是现在,现在没必要说这些,她看着他的脸说道:"也许。"

不远处,一个工人正甩着鞭子。

"她死了,"他傻乎乎地说。

西德妮·弗尔诺看见他的喉结动了动,不过她感觉这并不是怜悯,而是恐惧。男人的喉部居然会长喉结这么可笑的东西。

死了的维克赤身裸体地躺在乱七八糟的床上。别忙走，克莱姆，她说，门把手停止了转动。那个小矮子也等在门内，非常生气，因为他必然会生气，他在房间里不停地走动，你听得到，还有门把手上愤怒的陶瓷锁眼，不是壁炉上那头你杀掉吃肉的公牛，你杀了那头公牛，它的鲜血横流，你杀了那头公牛，她说，站在那条巷子里的某张床上，离开那条巷子，也许她说的是莫里亚蒂，也许不是，也许是房间里的另一个人。她站在他跟前，盯着他看。他能感受到她的眼睛。

"你别那么想，"他说。"我没杀人，我没有。听着西德妮。我来告诉你事情的经过。但是如果你以为……"

"我没有以为。"

她用脚掌稳稳地站着，玩弄着他的情绪，感受着他的挣扎。

但是查非·钱伯斯在巷子里。查非·钱伯斯看见了。

在土壤坍塌的时候将一只甲壳虫或者蟑螂困在里面，然后拿开你的手，将它释放。

"你得听我说，西德妮，"他说。

他必须找个方式说出来，他想要逃离，他想要倚靠某些并不可靠的东西。

"为什么？"西德妮·弗尔诺问，"你为什么害怕？"

他看着她，向她求救。

"因为你不在那儿，"她说。"查非·钱伯斯是谁？想想。还有别人吗？"

"没有，"他说，"没有."

"所以你没去那儿。你在我房间，"她说。

你之前想要的西德妮·弗尔诺。屋里变冷了，她脱下了她的裙子。当你经过时看到她的影子，但不能触摸，她是西德妮。疯狂的莫里亚蒂死了，还有维克，这就是她说的。他的双手无所适从地放在身体两边。

"你肯定是疯了，"他说。

"这是我的提议。"

他头埋下去看着地面,想着她所说的"不在那儿"是什么意思。

"然后呢?"他说。

他的声音遥远而又平静。她听见他在嘲笑一匹受伤的小公马。

"我还有第二个提议。我要嫁给你,然后我们一起离开。"

"你爸爸?"

"我想怎样就怎样,"她说。

不远处有个工人正慢慢地挥甩着鞭子。这声音就像西德妮·弗尔诺的话一样平稳且持续不断。在他的耳中歌唱。

"你明白么?"

"是的,"他说。但不是哈根的声音。

她听见声音从山坡上传来,他用脚尖敲打着地面,是的,他说,或者是她,在替哈根说,是哈根太太,在北方快乐地生活着,会买一片地,你必须问问我丈夫,她说,我丈夫会征求我的意见,买或者卖,即便是我在办这些事,这可以理解。她觉得非常自立。我已经做了这一切了,她说,他们也许会要几个孩子。你该进来了,克莱姆,她会说,打开门,别害怕,会用她的嘴去亲吻一张久等的嘴,一直在等待的嘴。上坡的时候她用双手抚摸着自己的手臂,触摸着裙子的质地。她没有感觉到颤抖,只有双臂的坚定。

29

莫里亚蒂家发生的事情煽动了其周遭的沉闷情绪。天竺葵深绿色的叶子也无法遮掩四处窥视的眼睛、草坪上的呼吸以及加速的脉搏。正如莫德(Maud)所说,警察进去了。他们都静静地站在外面的街道上、栅栏边,脸上露出期待的神情,嘴角下垂。他们没有畏惧。被害人没有一丝惊惧的表情,就好像我们都在等这一天一样。他们说,可能是莫里亚蒂,或者是哈根。群众的猜测总会让整个事情戏剧化,使得整个情形疑云满布,从而取代了害怕,因为毕竟事情可能就是那样。这样的事情会充分调动你的好奇心,它有着各种可能性。天竺葵在草丛背后微微摇曳。

欢乐谷的情绪已经流入了一个特定的点。热情散去之后,整个镇子都陷入了困境之中,死亡现场已被转移。奥利弗·哈里迪从自家窗户看向外面荒无人烟的山坡,像锯齿一样从山顶落入缓和的山谷,描绘出了一个较大范围内,抑或不太大,兴奋之情的起伏,你可据此解读脉搏,感受大脑里重复的滴答声,设想影子弯下腰来,而双手试图撑住,却是徒劳,变成了一声尖叫或者说一个张开的嘴。所有这一切都发生在昨晚,或者更早一点,但真的是昨晚,他说,发生了一件报纸将称其为谋杀的案件,你在平时看到这种报道也许不会不安,因为那不一样,别人被谋杀了完全就不一样。他开始微笑。脸部开始扭曲。因为这令人震惊的谋杀与那时那景都有关,成为了火车上的玩笑或者黑屋里的暗影,也许取决于那有助消化的果汁。但是这一做法毫无意义,大家都在关注。就像两人逃离彼此的意义,矮子会放大自己的重要性,扔个回应给这个世界,这就是我们所想的东西,他们说,仿佛他们作为设计的一部分存在着。奥利弗说,艾丽斯·布朗用他的笔在探索,探索我们所思想和感觉到的一切,所有

的一切都是有关联的,比如谋杀,也许就是因为火车上的一个玩笑。或者不是。他感觉自己心里充满了愤怒。不,他说,不。他将笔扔进书桌。但这样反而增加了他的无力感。

奥利弗·哈里迪在医务室等着医生回话以下决定,至多这样,过过手续,他会写,他会说,亲爱的艾丽斯。然后他稍停一会儿。房子里依然流淌着惯常的气息,只有希尔达在理清单。我们没必要拿走所有的东西,她说,那么远,途中的开销也大,但餐桌和椅子得搬走,这是简婶婶送的礼物,还有茶具,质量很不错,还有客厅里的镜子。奥利弗·哈里迪的脑子一片空白,就像一张白纸,因为这样能够少点痛苦,商业信函或者空白纸张。希尔达断断续续地写着。她没有思考,并不是因为莫里亚蒂一家人,她所听到的来来回回的汽车并不是做梦,还在去穆林的路上发现了莫里亚蒂。她的手因为一个想法猝然一动。但是她得写,得列出清单,这样只是为了获得一点安全感。奥利弗说,贾斯维特有个小女孩。在汽车返回之前,她进去看过乔治。就在昨晚。医务室的沙发弹簧坏了,带走根本没用,因为昆士兰州也能找到沙发。奥利弗说莫里亚蒂死了,盯着培根的眼神有些颤抖,那时正在吃早餐,他感到不舒服并不是因为死了的莫里亚蒂,而是慢性哮喘影响到了心脏,他说着,将盘子里的培根切成小片,她却办不到,只能在脑袋里将培根想象成碎片,看着乔治,还有汽车,她必须得补好他外套的前襟,她会带走那个中国花瓶和客厅里的地毯,昆士兰州的蛾子和其他地方是一样的,她听见汽车引擎轰隆作响后又停下来,莫里亚蒂的心或者她自己的,以及昆士兰州的一切可能。希尔达·哈里迪划去了清单上的某件物品。

很快就到午餐时间了,罗德里就要放学回来了,午饭准备了煮羊肉和水瓜汁。

奥利弗在一幅画面上寻求援助。这是希尔达的脸。她坐在椅子边上,准备一下子站起来。希尔达表情接受了莫里亚蒂去世的消息,他在早餐的时候告诉了她后,又向艾丽斯转达了此事,因为希尔达知道后,笨拙地拿着盘子说,走在路上总会遇到这种事的,这是命,他也许在那儿躺了一整个晚上,这都是些废话,就像写信给艾丽斯告知死讯,他必须扼制好情绪,因为只有这样才有可能写下去。亲爱的艾丽斯,再加上日期。时间冻结在23号无法流动,谈话也无法继续,只有手在摩挲着盘子。

他站了起来走动了几步。他听出希尔达在客厅了。他们坐在餐桌边上吃着午餐。艾丽斯会收到一封信,信上说,希尔达和我会带着这个小屋里的家具和习惯一起离开,这是我们的生活,会一直这样持续下去,不管是在昆士兰州还是别的地方。白纸黑字清清楚楚。情绪会摧毁信心和道德心,甚至生活,所以必须得控制好它。躺在床上的希尔达不像希尔达了,表情只在关心打碎的钟和报春花,希尔达抓住不放的碎片是她的,我们该把茶具带走,奥利弗,她说道。我们。这是希尔达的生活,已经计划好了的生活。

他坐下来拿起笔,想着措辞,肯定不止这样,比如亲爱的艾丽斯,一个名字。然后他开始写。

也许我昨晚就该想想现在我要写什么。根本没这么困难。我不知道。但是我出去之后发现你已经走了。也许你认为这样最好,我的意思是,不多说点什么便离开。因为通过这一切,你已经比我更多地意识到我们所做的事情和我们本该做的事情。没让你做出你自己的判定是我的错,我的不对。我不想面对真相。

他抬头看着被晾衣绳切割成两半的天空,绳子上挂着水珠,远处的山谷往后掠去,轮廓非常清晰,不用再去想象没入云层的山顶。看到这些他释然了。他看到的山谷只有黄土和岩石。他的双肘都靠在书桌上。

我希望你明白何为离开,我认为你明白。我走进屋子。她已经死了,当然会有人告诉你的。这一切都是徒劳,都是为故意毁坏这个家而痛苦,有两个人想要逃离必然。说必然听起来有点失败主义者的味道。我们也许已经顺着那条道路逃往一个实现个人幸福的地方。但是艾丽斯,我不能,在那个家里看到了毁坏的真正含义之后,我不愿意这么做。我知道,在这件事上,没什么可说

的。他是个随性的人，任你支配，我们将此称为不理性。但是如果他还想保持点尊严，他就该奋起反击。我不知道我为什么会这样说。你以前就知道这些。你明白我以前不会这么说。但现在我说了。这就是不同之处。因为我想要你试着接受你以前不愿意接受的东西。

写信的时候，心里想着艾丽斯坐在阳台上的书桌前看着这些话语，很受感动。情绪悄然返回，眼眶有点湿润，绝对不行，必须写下去，抛开你想要构建的那些画面。

几个星期之后希尔达和我就会离开。我没有考虑过未来。我知道未来就在那儿，没什么大不了的。在我们经历这一切之后，在你和我之间我不能再有别的想法。我会告诉自己，这一切仍然存在，时间的流逝和外在的压力都不能将其摧毁。完美永不磨灭。我想要谢谢你，却无法言说，因为这几个星期以来你带给我的幸福，因为你帮助我去看到并感受到的一切。亲爱的，我永远都感谢你。

客厅里他们在摆桌子准备吃饭。他忘记了钢笔上的划痕。

试图预测未来，以及忘记我已经拥有和一直拥有的东西，实在太不可能，我会毫不犹豫地将这两种行为指责为无知。因为我爱你，艾丽斯，现在也是。爱你是我存在的理由。这才是关键所在。离开只是离开，只是换个环境。因为我爱你，亲爱的，我希望你也记住这一点。这就是我想说的全部，再没别的话了。

亲爱的艾丽斯，艾丽斯，笔尖有点迟疑。敲门声传来，门开了，有个声音在说：

"午餐准备好了，奥利弗。快来吃，不然冷了。"

他死死盯着这张写过的纸。她在门口看着他，他的后背，通过他的后背感受到了这一切，她不知道，但却感受到了，这让她屏住了呼吸。

"好的，"他说，"我就来。但我想先把信写完。"

希尔达在门口看着他。她想要上前说，"好，奥利弗，我知道，来说说你一直没说的事,直到现在还没说的。"希尔达·哈里迪脸上尽是怜爱,还有散乱的头发,有些犹豫,但根本不起作用,就像她的生活,有时她会觉得自己特别无奈。比如刚刚理好的碎发立马又掉了下来。所以她在门口停了下来,心想自己可以只看他的背,思考可以说点什么,感觉到自己做得对之后她非常欣喜,到时她就可以说这就是昆士兰州,我们现在已经离开了。窗外的欢乐谷往远处延伸着,灰暗却不容置疑,但她感觉很安全,她的手坚定地握了握。

"我在想,贾斯维特一家能不能帮忙带走点家具,"她说。

房间里只有这句话的声音。这本不是她想说的话。她的手紧紧地握着门把。

"我敢说他们能,"奥利弗说。

客厅里传来乔治和罗德里的声音。

"好了,快点,亲爱的,"她说。"孩子们都回来了。"

奥利弗·哈里迪拿着信去了邮局。他避开了莫里亚蒂所居住的那座房子,篱笆那边的街上堆满了人。此时镇上非常安静,所有的情绪都集中在这一希望破灭的焦点上。这所房子死气沉沉,无论旁观者多么想要用他们的关注为其增添一点生气。这让奥利弗·哈里迪觉得恶心,他感觉自己是这间房子的一部分。

这个表面上无知无觉的镇子,一整天都因此事激动非常,猜测与事实的混杂在下午起风的时候逐渐成型,大家以讹传讹,以致有个词语尤为炙手。贝尔珀太太在电话里有些结巴,仿佛电话线也受了影响变得头脑发热、神志不清,她告诉艾丽斯哈里迪医生是怎么在去穆林路办事的途中发现莫里亚蒂的尸体,然后将其带回家的。哈里迪医生和尸体。她不想参与其中,也不想与整个事件的发展有关联,无论是猜测还是事实,傍晚的时候,天暗下来,她拉下窗帘,贝尔珀太太跟她讲了发生的事情,并认为她会感兴趣。艾丽斯很高兴天黑了,也很高兴贝尔珀太太忧郁的声音只出现在电话里。

与奥利弗和希尔达夫妇一样,艾丽斯也因整个镇子情绪的涨落而处于痛苦之中，直到现在那消息就像钢琴曲一样还在耳边叮咚，挂掉电话的时候她还有些神情恍惚。那个声音告诉她是谋杀。还说哈里迪先生沿路返回了。艾丽斯作为负系数，不愿为欢乐谷提供有解的方程。我一直都这样，她感觉自己一直都是奥利弗方程式里的负系数，奥利弗、希尔达，以及艾丽斯。所以为什么呢，为什么这种痛苦会因为一通电话冒出来？我还是那个我，她说，那个无法流畅弹奏舒曼的我，那个在纷争中摸着石头过河却从不开口质疑的我。我只有几个问题。就经验而言，是不是时间成为了一个永恒的问题？在修道院里，问题都是经过严密保管的。温和的风，她回头看了看，就像月桂树叶，相互摩擦着却又不像有轨列车一样相互挤压，仍保持着距离。在修女的脸上，有一种让我的哀悼永恒，她说，还有修女那严密保管的生活方式。或者我是在哀悼之前的那些个下午，在五点的时候弹奏舒曼，还有在有人打扰以来一直对于五点的一个明确概念，这种情况也是循环发生的问题，为什么，为什么。我端坐此处想着，时间不再是稀里糊涂地接受一切，这是奥利弗一直喜欢干的事。这就是为什么我有点愤愤不平，她说。我不能接受，奥利弗本该时刻想着我，可我却在不停地想着他。她想说，放我走。她想要逃离整个事件，就像她不想听贝尔珀太太的声音一样。但是奥利弗在那儿，虽然是人在心不在，但那也是奥利弗。她将双手放在脸上，她再次听到了电话断断续续的声音，又或者是门铃在响，门铃。

信送来了，打开还是不打开，这并不重要，对艾丽斯的生活已经不会再有影响。她坐着，手里拿着信。她在城边一个人居住，以教钢琴或者赶制衣服为生。这是艾丽斯，她说，这必须成为她的目标，不能更改，就像山边的水槽一样固定不变，虽然几乎不具备水槽的功能。

她已经下定了决心，没必要打开手中这封被捏得皱巴巴的信，只要手一打开，眼睛就会忍不住去看。看信，她说，这显然也是我，对于别人来说，真的是我，昨晚坐在车里，现在该写什么呢，因为所有的这一切你都已经如此地了解，即便梦游时刻我也非常清楚，也许是因为我爱你，艾丽斯，一直爱着你，爱你是我存在的理由,这才是关键所在。这是奥利弗。我也爱他,尽管时间给了我压力,而离开只是离开,只是生活环境的一种改变,要么带来黑暗,要么带来光明。

艾丽斯·布朗坐在灯旁,手里拿着一封信,但却又不只是一封信。这封信很感人,灯光越来越暗,她却因为无比感动而无法将其拨亮,因此灯光就这么暗下去。欢乐谷一片死寂。我该走了,她说,去加利福尼亚,也许吧,只不过是永远向着光明。独自离开已经没什么可怕的了,也没什么可再摧毁的了,所以结局就是再无痛苦。随后她意识到,手里的信纸已成碎片,而自己也已泪流满面。

30

一个被谋杀了的男人或女人已不再是某种实体,凶手也一样,他们就此成为报纸上的名字或专栏。很难将动机与激情安在那些合法调查剥夺了的、被报道失去了人性的人身上。四十四岁的欧内斯特·莫里亚蒂校长,在欢乐谷杀了他三十五岁的妻子维多利亚·梅布尔·莫里亚蒂,随后在去穆林的路上死于心力衰竭。就这么多。在纳拉布赖(Narrabri)车站的一个饮食店里,旅行推销员尤斯塔斯·温(Eustace Wing)将他的报纸放在一瓶番茄酱上,希望自己能赶上火车,他还有些消化不良。在布罗肯希尔(Broken Hill)的斯特(Sturt Street)街上,尤菲米娅·理查森太太(Mrs Euphemia Richardson)将她的《悉尼晚报》剪成常见的方块,上面印着维多利亚·莫里亚蒂的照片。在纽卡斯尔(Newcastle)的电车上,矿工赫伯特·肯尼迪(Herbert Kennedy)带着一磅重的牛腩回家,包装报纸上写着三十三岁的邮差兼货车司机威廉·钱伯斯提供了使问题复杂化的证据。

威廉·钱伯斯说,在23号的晚上,哈根从房子里出来时,我就在莫里亚蒂家后面的小路上。他看上去有点混乱。E. G. 法利先生(Mr E. G. Filey)说,等一下。你确定天黑了吗?是的,天已经黑了。可是你看得出来,看得出来哈根很奇怪。法利先生说,那我问你,陪审团会听这样的证据吗?

由水果商安东尼奥·洛佩兹(Antonio Lopez)、酒吧老板阿诺德·温特伯顿(Arnold Winterbottom)、马贩子斯坦利·梅里特(Stanley Merritt)和其他一些人组成的陪审团可能会笑他。他们知道,至少温特伯顿知道,威廉·钱伯斯(在欢乐谷人称查非)的头脑有问题,尽管他在开货车,也是个冷静的小伙子,可是就连他的母亲也对温特伯顿太太说,可怜的查非,他很单纯,但人很好,只是他的头太大了。我看见哈根从房子里出来,查非·钱伯斯说。他的嘴太大了,一边说话还一边颤抖。你看见他从那里出来几次了? E. G. 法利先生刮着他的鼻子问。这时,大家都笑了。

不过,哈根,这个名字?莫里亚蒂太太雇的女佣格特鲁德·安塞尔不安地搓着手,她的双手通红,右手还不时把玩着左手腕上的一个疤。格特鲁德说,哈根先生不时地来看望莫里亚蒂太太。她说的"不时"是什么意思呢?一周两次。她以为他们是朋友。朋友又是什么意思呢?这个,她也不知道了。格特鲁德·安塞尔的脸红了。不过,莫里亚蒂太太有时候切了三明治,然后在客厅里放上杯子,哈根先生就带巧克力来,有时候他们还会跳舞。目击者就没看到什么别的?格特鲁德·安塞尔说,没有了,这时她感觉自己在流汗。

法利先生说,他的当事人没必要被牵扯进去。他要提醒陪审团注意穆林医院的护士长兼集邮家俱乐部会长艾米莉·波特小姐和克朗酒吧的酒保克拉伦斯·威斯特罗普(Clarence Westrup)的陈述。波特小姐说,23号晚上,莫里亚蒂在读一份报纸,看样子十分紧张,而且心事重重,一番讨论后,他拒绝了第二杯咖啡。她说,他的手在颤抖。克拉伦斯·威斯特罗普说莫里亚蒂在酒吧里就像死人一样,他一走出去,就扑倒在地。他们往他脸上洒水。他醒来后,说了一些奇怪的话,说他要回家,然后他们帮助他上了科林斯的卡车。

水果商安东尼奥·洛佩兹感觉衣领夹得他痛,牧场主詹姆斯·特里普(James Thripp)感觉到了温特伯顿的呼吸。时间已是十二点,一个单调的声音很正式地说,莫里亚蒂是一个温和的人,他行为冷静,备受尊重。七分钟过去了,人们只认为莫里亚蒂是出于一阵无名的愤怒,在欢乐谷读书的孩子们的家长可以证明这一点。然而,还有威廉·钱伯斯提供的证据,尽管法利先生对此嗤之以鼻,此外,格特鲁德·安塞尔说的话也要纳入考虑。

温特斯顿知道那个哈根,那个在酒吧里闲晃,爱讲故事,有时还会摔坏杯子的人,他知道如何判断,是不是莫里亚蒂太太也好,已经省去了"太太",她说,在她身后,你看他,现在却满心恐惧地站在那里,好像有什么东西在他喉咙

里似的。

三十一岁的克莱姆·哈根不承认自己于23号晚上去了莫里亚蒂的家。听到这里,查非·钱伯斯坐在凳子上颤抖着,说不出话来。那好,请哈根先生说说那晚的行踪?沉默是钟表的滴答声,是一阵咳嗽,是在地板上磨蹭的脚。艾米莉·波特小姐打了一个喷嚏。克莱姆·哈根仰着头说,那晚他在格伦湿地。允许哈根先生提供证据吗?法利先生翻了一页纸,发出沙沙声,他说,可以。

读报纸上的案例,让弗尔诺先生想起了他的一生都在试图避免的东西。可这对于纳拉布赖(Narrabri)的尤斯塔斯·温(Eustace Wing)和纽卡斯尔的赫伯特·肯尼迪,以及布罗肯希尔的尤菲米娅·理查森太太来说并没有特别指向什么。事实并不是一堆这样的看法,午后通常都会读报纸的弗尔诺先生,发现什么东西出现在了另一个半球,发现了苍蝇,他的脸,或者不是他的,因为到这个时候,弗尔诺先生已经睡着了。可现在,这个新闻有了新鲜而惊人的意义,围绕着一张熟悉的脸,侵占了弗尔诺先生那独有的领地。因为你不得不看一看,读一读,接着,西德妮·弗尔诺小姐被叫来了,即便这样的重现引来了你肚子的抗议,你的眼睛也想抵制所看到的东西。

因为弗尔诺先生去穆林办事了。我不能去,斯坦,弗尔诺太太带着那种不同寻常的情感说,这总会让弗尔诺先生感到不舒服。然后,西德妮·弗尔诺小姐就被叫来了。你坐在那里,看着地板,或是一张脸,或是地板。法利开始询问弗尔诺小姐,他的样子就像一个虚情假意的魔术师,准备向观众介绍最可靠的方法,哪怕迄今为止他的方法都不可靠。弗尔诺先生摸着凳子,那是松木做的,你能感受到它的纹理,听得出那声音,交代行踪,在23号的晚上,他一言不发地抬起头看着。

31

罗德里来到商店里。他们很快就要走了。他用木棍敲了敲铁丝栅栏,铁丝发出嗡嗡声,于是他停下来,只听这声音一路跑下山。他想,头顶的电话线或许就像这声音一样。可这也没多大关系,因为妈妈拿起一件衬衣说,哦,天呐,罗德里,你长得可真快,我们可以把这些衬衫送给施密特太太。可是,那毕竟是电话线,不是铁丝栅栏。他抬头看着电话线,追随着它们穿过了一群鸟儿,然后下到田野里,又眼睁睁地看着它们穿过草丛。电话线是与外面世界相连的。时间和欢乐谷赋予这一切神秘的气息,电话那头的沙沙声堪比神谕一般。直到妈妈说,罗德里,我们就要走了,你有什么想法呢?那询问的语气与去穆林、去看牙科医生和周日下午去康巴拉野餐时大不一样。地平线也在希尔达·哈里迪的声音中移动,仿佛它急着去拥抱什么。妈妈有时候会哭。她说,没事,罗德里,因为我们就要走了,我们会把你留在悉尼的学校,会给你买一些新衣服,那些就送给施密特家吧。他感觉到了这声音的接近。叠好的衬衫在一旁沉默,他和妈妈非常接近。天黑之前,他们看着窗外,看着山的轮廓慢慢消失。罗德里·哈里迪按响铃铛,骑车去悉尼。她将手放在他肩上,说,你该点上灯了。

此刻,他想要唱歌,他经常有这种感觉,或是就算不说话也要制造出某些声音,或是电话线里的语言。去到光达家,他用棍子敲栅栏,听着它发出嗡嗡声,然后张开嘴,在风中唱歌。他希望自己能吹口哨,或者就像查非·钱伯斯那样,会吹口风琴。莫里亚蒂一家人死了。法官进行了审讯。夜晚,你从他们家房子旁经过时,心脏会猛烈地跳动,你想快点跑开。肯定有个人是凶手。夜晚,墙上的影子会变大,会使你坐起来,去听某种声音。旁边屋里传来的是生

命之音,不是在院子里跟你说起死亡的那个声音,于是,你又躺在枕头上,眼睛看着蜡烛的火焰,这时,那声音在说,有一天你也会死,但不是现在。

罗德里·哈里迪对死亡的专注只是间歇性的,因为——他们就要走了。这样就可以从墙上的影子中解脱出来,从便池后的那伙人中解脱出来,对于他来说,这些都是欢乐谷暗示的恐惧。它们将不会存在于那模糊却使人宽慰的将来,那个山后面的地方,那个电话线所连接的地方。他走下山去。他心思专注,但却不是专注于当下,不是街角,不是埃弗里特家房顶上一块飞起的铁片,而是时间和罗德里会用新鲜材料去构建的一系列几乎不确定的事。

"晚上好啊,罗德里,"光达小姐说。

她坐在商店的柜台后面,编织着一条裙子的领。她在笑。他从艾米·光达的笑容中感受到了温暖。

他说,"我是来找玛格丽特的,光达小姐。"

于是她叫道,"玛格丽特!"她从后面出来,叫道,"罗德里。"光达小姐还说,"你可以进里屋去。"

他放学后来买牛眼糖、弹珠或甘草时,很喜欢听光达小姐的声音,就像她的笑容那样圆润而温柔。他在柜台后停了下来,说:"我们要走了,光达小姐。"

她说,"嗯,我听说了。"

她的手不停地钩着针。这编织的动作,进进出出,并不去理会哈里迪一家的离开。地上的木板陈旧而粗糙。它们已经在那儿好多年了,也在老光达的脚下好多年,对于亚瑟和艾米,还有玛格丽特来说,这木板就是一种固定的装置,它们有着那老旧而无光泽的木板的麻木性。罗德里不知道自己在等什么。只是对艾米钩针的动作感到痴迷。他的胃有些不舒服。他说过,他们就要走了。丝线被连了好远,好远,像车一样。你从学校来,走过树林,坐在熏肉机旁的凳子上。这里既温暖又安全。

艾米·光达说,"可是我希望你还会回来。"

"是的,"他说,"或许吧。"

尽管他也不确定。他不这样认为。罗德里想,我会回来,或许会回来娶玛格丽特·光达。然后,这种想法就冷却了。

他在后面见到了玛格丽特,院子里传来美洲家鸭的"嘎嘎"声和亚瑟·光达喂马的声音。

"你好,玛格丽特,"他说,"我想我该来一趟,我想……"

他们在院子里站着。看样子没有太多话要说。

玛格丽特心想,这是罗德里,我喜欢罗德里,可你又能说什么呢,罗德里还小呢。她有了一种刚扎起头发时的镇定感,尽管她的头发还不能扎起来。可她仍然有那种感觉,一种隐秘而身独立的感觉。此刻已经有所不同。因为玛格丽特已经将事情掌握在自己手中。她说,妈妈,我要去商店里住,说完就将抹布挂在炉子上,就像那样。这时,埃塞尔·光达就会说,谁都会以为,我不是你的妈妈,我不重要,但我可不会让你任意摆布,你得打消这个想法,瓦尔特,你觉得呢,你听说过这样的事吗!埃塞尔尽情地向丈夫抱怨着她的不满,它们像珠子一样打在她丈夫身上,但却不能穿透进去。他走出厨房,钻到车子底下,斜视着车轴上的润滑油,格蒂·安塞尔说,我不是那种喜欢坐车兜风的女孩,可如果你答应带我去的话,我可以花上半个小时。厨房里的水壶"嘶嘶"作响,就像埃塞尔·光达的声音。这时,玛格丽特戴上了帽子。

她去商店里住了。她放学后就去帮艾米姑姑整理书。洗衣日那天,连院子里的床单也怨声满载,这天,她就会帮妈妈把它们熨平,埃塞尔·光达的话蒸发成一阵薄而痛苦的蒸汽,它们并没碰到玛格丽特,也从不曾碰到过她。毕竟我已经试过了,埃塞尔说,而你爸爸,真丢人,星期六晚上,他们又在街上把他扶起来,在总督府里时谁又曾想到呢,我已经责怪斯蒂尔一家好多次了,这回,安塞尔太太说她要报警了。床单被熨得很平整。还有手帕呢,玛格丽特说。

玛格丽特周围的生活是封闭的,除了与亚瑟和艾米有关的部分,他们的生活无意识中与这些融为一体。可是抽屉里的盒子至今都没有打开,那里面有风信子,还有艾丽斯·布朗的照片和象牙玫瑰。这已经结束了,就像在一个小

屋里坐在黄麻布上哭泣,你感受着黄麻布的质地,咬着手任泪水流下。你说,我要死了,我要死了。于是你躺在地上,等着死亡的到来,那时还不到两点,阳光填满了门下方的缝隙,声音也被阳光堵住。小屋里很热。眼泪风干后,你脸上的皮肤拉得很紧。你还活着。他们在商店里打开了一罐鲱鱼,配着喝茶。棕色的茶水啪嗒啪嗒往外倒,又或者在灯光下变成了红色,艾米姑姑说,莫里亚蒂一家死了,你得把他们送上法庭,直到他们付出代价。

可现在,莫里亚蒂死了,在下一家人搬进来之前,房子的门关闭着,摄影师已经走了。关于莫里亚蒂和他妻子的死,玛格丽特并没有想太多,只是一阵麻木而已,那熟悉的面孔消失了,在某人生活的一贯模式中留下一个缺口,可是莫里亚蒂一家在玛格丽特的生活中并没有太大意义。

即便是莫里亚蒂那张你一看到就联想到统治者的脸,你将手臂举过头顶,恐惧突然降临,等待着痛苦,莫里亚蒂此刻就是一种积极的手段。你感到手臂上有一阵并非来自莫里亚蒂的击打,身体上也不觉疼痛,可是当你躺在黄麻布上时,累积的痛苦就溢出来变成了眼泪。这就是莫里亚蒂在玛格丽特·光达生活中的意义。

你也不再哭泣。莫里亚蒂死了。星期天,你听到第一声钟响从罗马教堂传来,然后,基督教堂也传来钟声。艾米姑姑去做弥撒了。在走廊上等着,那是星期天,此刻几乎已是永恒了,尽管你和艾米莉·施密特,以及格拉迪斯·拉德一起坐在学校的凳子上,另一只手在用粉笔写字,他真好看,艾米莉·施密特说,他寄宿在保尔太太家,玛格丽特,你不这么认为吗,这可不好说,他身上还有一股艾米莉·施密特喜欢的帕尔马紫罗兰的味道。玛格丽特·光达看着粉笔弯弯曲曲动来动去。很快就要放学了,她心想,很快我就可以离开学校。这时又听到艾米莉·施密特那恭敬的声音,她说,你可以星期天上来,此时你已不再关心星期天或施密特一家,所以她的话也帮不上什么忙,因为星期天下午你要回到商店里。

玛格丽特身上发生了一些事。艾米莉·施密特和格拉迪斯·拉德能感觉出来,那是一种不会被强加的优越性。有些事逐渐发生了,可那时候你并未察觉,直到你认为玛格丽特·光达是不会受到伤害的。

32

贝尔珀先生从鼻子里哼了哼气。

"关键是我们已经身无分文了。"

将过去几周都没能说出的话说出来,这也算一种安慰吧,那时,就连衣领也像缰绳一样勒着你的脖子。此刻,贝尔珀先生放松下来,等待着妻子的沉默,西西会说些什么呢,尽管贝尔珀拒不承认女人身上也有优良品质——除了在家里料理家务,或者(尤其是)在床上,可他还是悄悄崇拜着妻子那神谕一般的天赋。他们在夜晚说话时,因为距离太近而压低了声音,他们的谈话对贝尔珀先生而言,具有无可否认的神谕般的意义,尽管他会以沉默的方式终止他们的谈话,或者,以爱的名义说,西西,你可真唠叨啊,要么就是睡着。

而现在,贝尔珀太太能说的,只有:

"哦,亲爱的乔。哦,亲爱的,亲爱的。"

椅子的褶边下,一只狐梗狗使劲地抽着鼻子。装饰着烙画的屋子,那些贝尔珀太太自己勾勒的轮廓,摩洛哥山羊皮椅垫,蓝色的家具,所有的这一切构成了一种迄今为止丰满的生活,但这些东西却无法掩饰那弱不禁风的墙和它们所包含的愿望。

"哦,亲爱的乔,"贝尔珀太太说,"你不应该这么鲁莽。"

那不可思议的炒股行为,仍然是这么不可思议,它打击了贝尔珀太太的信心。她还记得,十六岁的时候,在姑姑家,她把一个伟吉伍德糖盅摔碎了,看着碎片撒满一地,就是这种感觉。

她的丈夫说,都是危机惹的祸。

因为在过去,他一旦说话出现漏洞,总会用一些陈词滥调来搪塞,在家里或是在酒吧里,他经常这么做,因为在这些地方,"危机"一词就能回答好多问题,它能给你一种"这也不全怪你"的感觉。此外,他有时候还会试探性地看看他的妻子。贝尔珀太太的信心减少了,但贝尔珀先生的信心却增加了。她说,你不该这么鲁莽的。这时,贝尔珀先生擦了擦额头,将自己描述成一个鲁莽的男性,这让他感到些许安慰。

"西西,我们会渡过难关的,"他说。

"谁会去想那些煤炭呢。为什么,因为大家都在烧煤。"

可是,贝尔珀先生说,"在危机年代,日用品也变得和煤炭一样。"这来自语言的勇气使他将手伸进口袋,然后踩着脚在屋里走来走去。

日用品怎么会和煤一样呢,贝尔珀太太不明白,她不断地问自己什么才是日用品,就像他经常使用的那些词,你在心里记下来,稍后还得去查字典。贝尔珀太太说,乔很聪明,他盘算着将她拥有的一切标以某种令人满意的借口。他谈论着平价的东西,他在《先驱晨报》上看到一个领导人的报导,然后告诉你法郎出了什么问题。就连弗尔诺太太也印象深刻。可这正是令弗尔诺太太感到恐惧的地方。

只是时间问题,贝尔珀先生说,他正起劲的时候,烛台在壁炉架上轻轻摇动。澳大利亚是未来的国度,它注定大有成就。他说,看看它的内部,我问你,发展的机会多么可观。

即便自信回来了,贝尔珀先生还是很聪明地不去谈起他自身的情况。他紧紧抠住字眼不放。贝尔珀太太的束腰发出吱嘎声。

"那打捞湾呢?"她问。

提到这个,他就激动起来,还开始咳嗽。

"打捞湾已经倒闭了,"他说。

他试着让兜里的钱发出"叮当"声,却发现身上只有两先令了。她说,就像打了一个嗝,然后掉出一把钥匙来。他触摸着那银币的边,遭遇了它无声的暗示,那紧贴在他口袋里的硬币使他翘起了嘴。

"珍珠总是一项没准的生意。"

这时,贝尔珀太太想起了另外一个故事,不记得是不是在床上听他讲的了,那时珍珠在屋子的角落撞得"砰砰"响。她看着丈夫,看着他那发红的脸,看着可怜的乔。贝尔珀太太的优越感变成了同情。也许男人就是傻瓜,可是——就算他是傻瓜,你也不能让他瞎折腾。

"我想,不过是一阵心烦而已。"

"是啊,"贝尔珀先生应和道,他抓住这个机会,不去想接下来的事。"我们得小小地冲动一把,西西。我在问你呢。"

这时,贝尔珀太太开始笑。因为乔看起来好傻,好像她不知道一样,他也知道她知道,一切都太愚蠢了,就算玛丽要走,她自己也能做好吃的烤饼,如果是那样的话,他们就得以土豆为生了,他开始滔滔不绝地谈论一个产黄麻的地区,你咽下所有莫名其妙的话,就好像……这就是贝尔珀太太笑的原因。

她的丈夫看起来很生气,他说道:"我不认为这有什么好笑的。"

"不,"贝尔珀太太叫道。"不,只是太有趣了,乔。你和我,——过来,特里克茜,到妈妈的膝盖上来。那爸爸呢?呃?"

贝尔珀先生摸着他那孤独的两先令,这么多天的悬念终于揭开,他感到有些震惊。

"好吧,只要你还笑得出来……"

贝尔珀太太说,"我当然笑得出来。没人能阻止我笑。"

"喝一杯茶怎么样?"她说,"我口渴了。"

就在这个特别的早晨,艾丽斯·布朗去银行看贝尔珀先生。

"啊,艾丽斯,你可是稀客啊,"贝尔珀太太说。"我们正要喝一杯茶呢,是吧,乔?有什么事吗?我想我们得以此为乐。你不是打算消沉下去吧?"

"不,"她丈夫迅速说道,"不."

然后,她为艾丽斯拉出一把椅子,那丫头可不是幽灵。

这时,艾丽斯·布朗已经摘下了帽子和手套,因为这只不过是一次寻常的拜访，因为至少她已做了决定，她要去加利福尼亚。她想，奥利弗是爱我的，过去几天来，这声音在屋子里上下回响，因为她不得不上下走动。这还不算太混乱，她想。屋外的山是灰色的，平原也是灰色的，它们不断地压过来，静静地、温柔地、慢慢地压过来，直到她双手紧握，她渴望着某种爆发，而不是这些山的压力。她说，奥利弗是爱我的，这么说只是想再次确认。然后，夜里下了一场暴雨，拍打着铁盖的屋顶，还有风，简直就是一片黑色的混沌。她说，我独自一人在这房子里，这几乎是一种不带任何情感的陈述，不管是自怜也好，还是恐惧也好，她听到了雨水的声音。她看着家具、桌布仿佛都在往下垂，她感觉自己看着某些移动的东西，然后，屋子里的一切都停止了移动，它们被雨的拍打吓到了。

她知道自己一定要反抗，这间屋子是能够活动的。她要反抗。这种想法慢慢拍打着涌上她的心头，她从一间屋子走到另一间屋子。她低头看着自己的手，发现自己双手紧握。所以，我要去加利福尼亚，她说，那拍打着的海浪，是真正的海浪，在夜里，车轮转动，从"呜呜"冒出的蒸汽中滑过，车停下来，还有一个冰冷的声音在报时，可是车轮还是得移动，海浪和那些小岛，伴随着水的流动，指针也指向轻松的地方。她要去加利福尼亚。这种想法以一种强烈的、闪光的主旋律的形式冒出来，这是她能够理解的，就像鼓声的主乐调反弹回来一样，她第一次听到这个是在斯托普福德·钱珀努恩太太家的客厅里，后来，她差不多已经忘了，直到在这屋子里又想起来。

镜子中，她的脸上洋溢着成功的表情，还有其他，这使得她别过脸去。在斯托普福德·钱珀努恩太太家的客厅里，一个拿着巧克力的、在银行工作的男人，邀请她星期天去沃克吕兹（Vaucluse），或者星期六晚上去看电影？沃克吕兹还有紫藤呢。随后，她打了个呵欠，因为这已经不重要了，尽管她的脸色还很黯淡，就像一个总是一脸黯然却满怀期待的女孩，尽管对于期待不抱多大希望，好像什么也不会发生一样，吃一块巧克力或者读一本轮船公司的册子，尽管她漂洋过海，这又算得了什么呢。一只被关在笼子里的禾雀在啄开种子，这

种想法又溜走了,因为没必要,不是现在,去加利福尼亚,这小小的脆弱的主旋律,就像裂开的种子一样。镜子里的已不再是她的脸,又或者是,那返回的主旋律,声响越来越大,和她所触碰的这发光的电缆,冲出来的时候铆足了劲头,她一定要抓住它,这就是它的目的,她看着镜子,如此想着。

于是,早上,她戴上了帽子和手套。她要去贝尔珀家。她听着那清冷的晨曲,抚平了手套,体会着做出决定后的安宁。因为她已经决定了。房子在她身后,就像一个昨晚被丢弃的壳,她在黑暗中上下走动,将它丢弃了。

"贝尔珀先生,我来是想谈点事,"她说,"我想问问我股票的情况。"

贝尔珀先生低着头,想着这茶到底有多深,那玫瑰到底有多红。贝尔珀太太的肚子隆隆作响,这是危险的信号。她想,好了,艾丽斯也在想,情况不妙,因为穿着束腰、长着赘肉的贝尔珀太太根本就是一个好人。就连弗尔诺太太都承认这一点。

"真巧,"贝尔珀太太说,"我们正在讨论股票的事呢。"

"是啊,是啊,"贝尔珀先生说。

他敲打着勺子,看着他的妻子,等待着与她的心灵感应。你伸出手,试着抓住飞起来的东西,却什么也没抓住,自己缩了回来。

33

打好包,离开,走廊上的箱子、搁置的外套和墙沿处的报纸,以及一间间屋子里传来的回声,如泣如诉,无不带着怀恋与惋惜。奥利弗·哈里迪站了起来。你能感觉到它们,那些没有钟声提醒的最后的时刻,只有那满布灰尘的钟将影子投射在墙纸上。你忘乎自我去感受这些,不由得笑了起来,在这样的时刻,你的笑容中难免带着苦涩。阳光淡淡地照在地上,滤过地板和那在庭院中摇曳的树枝间。在这空旷的屋子里,每一丝声音都显得浮夸:乔治的唠叨声栖息在客厅的行李上,还有罗德里把名字的首字母R·H刻在厨房的门上时刀子发出的刮擦声,他这是在留纪念,尽管没有日期,你回过头,看见他把H刻得歪歪扭扭,妈妈说,将名字的首字母刻在树上是没教养的表现。

奥利弗靠着就诊室的窗户,他想,除非你能将所有经历过的苦与乐灌注进一个地方,并将它们作为遗产留给后来者,不然,去纪念在这里的经历就毫无意义。总之,如果可能的话,他不去羡慕贾斯怀特。你正感受着那刮得干干净净的下巴,这时,希尔达的声音从卧室里传来,她说,奥利弗,我们得尽快离开,因为孩子们不能熬夜,于是你就想着,在这骨肉之下还剩下怎样混乱的情感,你想,毕竟,这些情感都赋予了这座房子,不然,它们也在欢乐谷的空气中无常地飘动着。因为从某种程度上讲,你已经被一扫而净,就像空板一样,映衬着那刻在冬日之光里的一棵无形的树上的树枝。

希尔达走进屋来,说,"奥利弗,车准备好了吗?"

"准备好了,"他说,"等你准备好,我们就可以走了。我想我们也没什么事要做的了。"

"不,"她说。"我们越快——我是说,孩子们就快管不住了。"

希尔达的声音带着你想象不到的目的穿透而来,那声音此刻已不再摇曳,在这间屋子的阴影中,它就是事实的核心。仿佛是希尔达的声音在说,天黑了,奥利弗,那声音好像在说,我想和你说说话,这是最后一晚了,我们从未说起过这些,我们就连话都很少说。不管是在夏日的强光下坐在植物园的椅子上,还是在黑夜里躺在希尔达的旁边,过去的那些年,你们都没有太多话,尽管很少人能够透过语言去交流,不过,黑暗中,希尔达正在努力,你能从她的手上感觉出来,她的手指上戴着因时间流逝而变松的戒指,触碰着你,让你感觉仿佛触碰你的不只是她的手。他看着她的脸,因这黑暗和希尔达的触碰而感到高兴。奥利弗,因为我明白你的感受,那声音从远处传来,越来越近,仿佛就在咫尺,你别以为我不明白,更不要觉得我这么说是因为一切都结束了。她这是在说艾丽斯,开门见山,言语中不带试探。这是希尔达身上未被发掘的品质,是她自己不久前发掘出来的,你仍能从她的声音中听出,那被发掘的品质暗暗变成了自信。这很奇怪,所以他一开始想要抵抗,因为这触及他们此前从未提到的东西,不只是触及,甚至遍布所有的经历。无法分辨这些的希尔达,和艾丽斯一道陷入了痛苦之中。躺在那里,过一会儿,你便不再抵抗,你总想实现却未能实现的与希尔达之间的那种亲密关系,还是希尔达实现了它,在黑暗中,鼓起勇气,揭开一块古老的伤疤。希尔达总是很勇敢,那是一种抽象的美德,你还在想着别的东西,直到听见她的声音、在黑暗中感觉到她的手,你才明白过来。她说,也不容易,就好像在对罗德里说,那里有很多友好的同学,所以,亲爱的罗德里,到那里就好了,可我并不是罗德里,不容易,所以离开后,我们都得努力,奥利弗。黑暗之中,你的头脑一片混乱,你不是罗德里,那是希尔达,不是艾丽斯,或者,这一切都被希尔达的手联系在一起。你说,希尔达,我喜欢艾丽斯,或是希尔达,或是艾丽斯,对于黑暗或一只手来说,这都不重要了。你要睡觉。你感觉希尔达的唇哆哆嗦嗦形成一个吻,你想说,希尔达,不管怎么样,这一切都结束了,某些目的,或许我们是无法领会的,因为天黑了,哪里都好,偏偏不是欢乐谷。此刻,他们站在就诊室里。

"我们可以启程了,对吗?"希尔达问。

"妈妈!"乔治叫道,"罗德里不把刀给我。我想要罗德里的刀。罗德里在门上刻他的名字。"

"不,乔治,你不能要罗德里的刀,爸爸准备好了,我们这就走。"

罗德里坐在车上,他们就要离开了。

"热水瓶呢?"希尔达说。"乔治,你和罗德里一起坐到后面,头别伸出车外。"奥利弗·哈里迪医生走进车里,说,"答应妈妈你们不会的。"他们将门牌从栅栏上取下来,撕下这个标签,去贴在别的地方。亨利·贾斯怀特明天就要到了。这房子是等待着迎接一个生命,或是站在那里驱散一个鬼魂,你怎么说都可以。车子一路开下山去。

"我们要走咯!我们要去昆士兰了!"乔治喊道。

罗德里感觉皮肤有些刺痛。他看着街道,如今已是另一番模样,它那仅有的傲慢已经褪去。赫夫南(Heffernan)太太家栅栏旁的李树在等待着另一个黎明。佩里家的信箱是蓝色的,不是你所想的绿色,它是你从熟悉到陌生的过渡,那有着蓝色信箱的街道,已是另一番模样。他总以为它是绿色的。他们说,过来,绿脸鬼,你跳过这些回忆,看着栅栏慢慢往后退去。看着这些,你忘记了自己是否还在呼吸。

"很快我们就要到穆林了。"

"是啊,很快了,"奥利弗说。

希尔达将手从胸前拿开,往他肩膀上蹭。

车子一路向前,陷进那漫漫长路和飘洒的雨中。